A garota
roubada

A GAROTA

ROUBADA

Tess Stimson

Tradução
Alves Calado

Título original: *Stolen*

Copyright © Tess Stimson, 2022
Os direitos morais da autora foram assegurados.

Direitos de edição da obra em língua portuguesa no Brasil adquiridos pela Trama, selo da EDITORA NOVA FRONTEIRA PARTICIPAÇÕES S.A. Todos os direitos reservados. Nenhuma parte desta obra pode ser apropriada e estocada em sistema de banco de dados ou processo similar, em qualquer forma ou meio, seja eletrônico, de fotocópia, gravação etc., sem a permissão do detentor do copirraite.

EDITORA NOVA FRONTEIRA PARTICIPAÇÕES S.A.
Rua Candelária, 60 – 7.º andar – Centro – 20091-020
Rio de Janeiro – RJ – Brasil
Tel.: (21) 3882-8200

Dados Internacionais de Catalogação na Publicação (CIP)

S859g   Stimson, Tess

A garota roubada / Tess Stimson ; traduzido por Alves Calado. – Rio de Janeiro : Trama , 2022.
376 p. ; 15,5 x 23 cm.

Título original: *Stolen*

ISBN: 978 65 89132 83 7

1. Literatura inglesa – suspense. I. Calado, Alves. II. Título.

CDD: 808.8
CDU: 82-32

André Queiroz - CRB-4/2242

CONHEÇA OUTROS
LIVROS DA EDITORA

www.editoratrama.com.br

 / editoratrama

*Para minha irmã, Philippa.
Guardiã da memória e melhor amiga.*

O PRESENTE

A areia quente no acostamento queima seus pés descalços. Os pulmões estão pegando fogo e ela sente uma dor ruim de verdade na cintura. As pernas parecem feitas de geleia. Agora é o pânico absoluto que a faz continuar andando.

Ela viu o que fizeram com a mamãe. Sabe o que vão fazer com ela se a acharem.

Eles não a encontraram porque, quando chegaram, ela estava escondida atrás do vaso com a buganvília no pátio, como costumava fazer quando era pequena. *Vamos brincar de uma coisa. Quero que você fique quietinha feito um camundongo.* Ela não soltou um pio.

A estrada à frente parece tremeluzir e ela não sabe se é porque faz tanto calor ou porque está exausta. O suor escorre para dentro dos olhos e ela o enxuga. Não faz ideia de onde está. Nada parece conhecido. Não existem casas nem pessoas em lugar nenhum. Só enxerga areia e capim ralo, que se estendem por quilômetros em todas as direções. Nenhuma coisa atrás da qual poderia se esconder se eles viessem pegá-la. Ninguém a quem pedir ajuda.

O terror cresce por dentro. Ela sabe que a mamãe morreu. Está com quase 6 anos. Entende o que significa morrer.

A mamãe a mandou correr. *Corre! Não olha pra trás!* Apesar de não querer deixar a mamãe, ela obedeceu. Mas agora está *muito* cansada. Seus pés estão em carne viva e com bolhas, e as pernas tão bambas que ela oscila feito bêbada para trás e para a frente no acostamento. Não sabe por que eles querem pegá-la, só que não deve deixar que a encontrem.

Corre!
Não olha pra trás!
Ela corre.

Dois anos atrás: quarenta e oito horas antes do casamento

1
Alex

Se eu tivesse interrompido a gravidez, viraria para a esquerda agora, ao entrar no avião.

Teria espaço na mesinha lateral da cabine privativa para as minhas pastas e o bloco de papel almaço onde faço anotações à mão, à maneira antiga, porque cinco anos de prática advocatícia me ensinaram que esse é o melhor método para encontrar o furo que todo mundo deixou passar. Recusaria uma taça de champanhe gelado, de modo a manter a mente clara, e chutaria os sapatos para longe – sapatos Grenson masculinos, de couro creme e marrom, profissionais, discretos e que deixam claro que sou uma mulher que deve ser levada a sério.

Mas não interrompi.

Por isso, sou direcionada para a direita, e não a esquerda.

Meus sapatos são da New Look, mas você precisaria realmente conhecer calçados para detectar a diferença. Não posso me dar ao luxo de pagar por coisas chiques *e* pela creche. Assim, meu cabelo de comprimento médio está mais no ruivo natural do que no castanho classudo que eu costumava usar. Aos 29 anos, estou em um caminho acelerado para virar sócia no Muysken Ritter, escritório de advocacia especializado em direitos humanos. Mas hoje em dia, quando acordo às 4h30, não é para encaixar uma hora com meu *personal trainer* antes de chegar ao escritório, às seis. Eu adorava os fins de semana porque podia trabalhar direto, sem a interrupção de reuniões e contatos com clientes.

Não mais.

A mulher na fileira à minha frente gira, olhando por entre as poltronas, enquanto o carrinho passa. Está sorrindo, mas a expressão dos olhos é tensa. Não a culpo: estamos há menos de meia hora num voo de nove horas.

– Será que você podia pedir para a sua menininha parar de chutar? – pergunta ela, gentil.

– Lottie, para de chutar a cadeira da moça – digo num tom que não dá a mínima ideia de que seria o mesmo que mandar o sol se pôr no leste.

Lottie para instantaneamente, as perninhas gorduchas suspensas no meio do balanço. A mulher sorri de novo, dessa vez com mais honestidade, e se vira.

Foi enganada pelos cachos.

Minha filha de 3 anos é abençoada com caracóis de um louro quase branco que chegam à cintura, o tipo de cabelo de fantasia que as princesas da Disney tinham antes de ficarem rabugentas. Isso desvia a atenção para longe da projeção combativa do maxilar, da postura teimosa, obstinada, dos ombros. Ela não tem uma beleza convencional – suas feições são muito peculiares para isso, e há a questão do peso, claro. Mas dá para ver que vai ser impressionante quando ficar mais velha: o que a geração da minha avó chamaria de "formosa". Ela só precisa crescer para combinar com o rosto, só isso.

Os cachos são o truque de prestidigitação da natureza. Fazem as pessoas pensarem em anjos e no Natal, quando seria melhor afiarem estacas e procurarem balas de prata.

Lottie espera apenas o suficiente para a mulher relaxar.

– Por favor, querida, pode *parar* com isso? – diz a mulher. Desta vez não há sorriso, dolorido ou não.

Tum. Tum.

A mulher olha para mim, mas estou concentrada em folhear a revista de bordo. Você precisa escolher suas batalhas. Ainda temos oito horas e meia pela frente.

Tum.

Tentando outra abordagem, a mulher empurra um saquinho de balas Haribo pela abertura entre as poltronas.

– Quer umas jujubas?

– Você é uma pessoa estranha – responde Lottie. Tum.

– É, muito bem, está certo. – Outro olhar não correspondido na minha direção. – Não devemos aceitar doces de estranhos. Mas não vamos ser estranhas se nós nos apresentarmos, não é? Sou a sra. Steadman. Qual é o seu nome?

— Charlotte Perpétua Martini.

— Perpétua? Isso é... incomum.

— Papai disse que eu precisava ter um nome católico porque ele é italiano, por isso mamãe pesquisou santas no Google e escolheu a pior que conseguiu encontrar.

Minha filha e eu não temos segredos.

— E cadê o papai, Charlotte? Ele vai viajar de férias com você?

Tum.

— Papai morreu — responde Lottie em tom casual.

A carta matadora. Cachos dourados de princesa *e* um pai morto? Não há como recuar daí.

— Ah, meu Deus. Sinto muito, Charlotte.

— Tudo bem. Mamãe diz que ele era um sacana.

— Lottie — repreendo, mas sem muita convicção. Ele *era* mesmo.

A mulher volta a se acomodar na poltrona, irradiando a combinação peculiar de embaraço por não ter o que falar e uma curiosidade macabra com a qual me familiarizei nos quatorze meses desde a morte de Luca, no desmoronamento de uma ponte em Gênova. Ele estava visitando os pais idosos, que dividiam o tempo entre um apartamento naquela cidade e a casa ancestral da família de sua mãe na Sicília. Por sorte, era o meu fim de semana com Lottie, e não o dele. Caso contrário, ela estaria junto.

Com pena da mulher, dou meu celular a Lottie. É bastante seguro: a treze mil pés de altitude ela não pode repetir o fiasco da compra por aplicativo do mês passado.

Com minha filha distraída, abro minha pasta, tentando manter a papelada em ordem no espaço espremido.

Essa viagem não podia ter vindo num momento pior. A audiência de asilo de uma das minhas clientes, uma mulher iazidi que sobreviveu a múltiplos estupros durante o tempo em que permaneceu prisioneira do Estado Islâmico, foi inesperadamente antecipada na semana passada, o que me obrigou a passar o caso para um colega, James, o único advogado na nossa firma com tempo livre. Ele é extremamente competente, mas minha cliente morre de medo dos homens, o que tornará difícil para James conferenciar com ela durante a audiência.

O caso deve ser resolvido rapidamente, mas estou preocupada com a possibilidade de alguma coisa dar errado. Se não estivéssemos indo para o casamento do meu melhor amigo, Marc, eu cancelaria a viagem.

Estou na metade de um e-mail detalhado para James quando de repente Lottie derrama um copo inteiro de Coca na minha mesa.

– Que porcaria, Lottie!

Sacudo meus papéis furiosamente, olhando riachos de Coca escorrendo das páginas.

Lottie não pede desculpas. Em vez disso, cruza os braços e me olha com raiva.

– Levanta – digo irritada. – Anda – acrescento, enquanto ela permanece obstinadamente na poltrona. – Você se molhou toda de Coca. Isso vai ficar grudento quando secar.

– Quero outra.

– Você não vai ganhar outra nada! Anda, Lottie. Não estou brincando.

Ela se recusa a ceder. Solto seu cinto de segurança e puxo-a da poltrona. Ela uiva como se eu realmente a tivesse machucado, atraindo atenção.

Sei exatamente o que os outros passageiros estão pensando. Antes de Lottie, eu também costumava pensar isso sempre que via uma criança abrindo o berreiro num corredor de supermercado.

Empurro Lottie pelo corredor estreito em direção ao banheiro. Ela reage batendo no encosto de cabeça de todas as poltronas, enquanto passa.

– Foda-se! – diz animada, a cada tapa. – Foda-se. Foda-se. Foda-se.

Parei de ficar envergonhada com o mau comportamento da minha filha há muito tempo, mas isso é extremo, mesmo para ela. Agarro seus ombros.

– Pare com isso agora! – sibilo no seu ouvido. – Estou avisando.

Lottie grita como se tivesse recebido um ferimento mortal, depois desmorona frouxa no corredor.

– Ah, meu Deus – exclama uma mulher sentada perto de nós. – Ela está bem?

– Está. – Eu me abaixo e sacudo minha filha. – Lottie, levanta. Você está fazendo um escândalo.

– Ela não está se mexendo – grita outra pessoa. – Acho que se machucou de verdade.

A agitação preocupada em volta de nós se intensifica, e algumas pessoas meio se levantam nas poltronas. Um comissário de bordo vem rapidamente pelo corredor.

– Essa mulher bateu na criança – acusa um homem.

– Eu *não* bati. Ela só está dando um chilique.

O comissário de bordo olha para o homem e depois para mim, em seguida para Lottie, que ainda não se mexeu.

– Ela precisa de um médico?

– Não há nada de errado com ela – digo. – Lottie, levanta.

Uma mulher mais velha, a algumas poltronas de distância, dá um tapinha no braço do comissário.

– São os terríveis dois anos. Toda criança passa por isso.

– Lottie – digo com calma. – Se você não se levantar agora mesmo, não vai ter Disney World, nem sorvete e nem televisão durante uma semana.

Numa batalha de vontades, minha filha de 3 anos é facilmente páreo para mim. Mas não é apenas teimosa: é inteligente. Consegue fazer num instante uma análise de custo-benefício.

Ela se senta e os sussurros preocupados em volta se transformam em exasperados murmúrios de desaprovação.

– Eu odeio você! – diz Lottie. – Eu queria não ter nascido!

Eu a puxo até que fique em pé.

– Então somos duas – respondo.

2
Alex

Um sopro de ar tropical úmido, pegajoso, nos envolve quando saímos do avião, como se alguém tivesse aberto a porta de uma secadora de roupas no meio do ciclo. Meus óculos escuros embaçam instantaneamente e o cabelo de Lottie se afofa num ninho platinado em volta dos ombros. Só posso imaginar o efeito da umidade nos meus.

Nós nos juntamos à fila amarrotada e cansada que serpenteia em direção ao controle de passaportes. Quando o guarda de fronteira dos Estados Unidos pergunta se minha visita é a negócios ou prazer, fico tentada a dizer que não é uma coisa nem outra.

Se você gosta de jantar às 17h30 e usar sandálias com fecho de velcro, a Flórida é para você. Mas para quem não tem menos de 7 ou mais de 70 anos, ela é menos encantadora.

Estamos aqui porque a noiva de Marc é o tipo de mulher que quer fotos de casamento perfeitas para o Instagram, com oceanos azuis e praias paradisíacas, independentemente da inconveniência para todo mundo.

Não posso ser a única pessoa que acha a moda atual de casamentos em locais distantes o apogeu do narcisismo. Se é romance que você quer, basta fugir. Caso contrário, será justo esperar que um irmão com três filhos pequenos, empréstimos estudantis e uma hipoteca arranje dinheiro para cinco passagens de avião para não se arriscar a virar um pária na família? E os parentes idosos, cujos próprios acontecimentos da vida – casamento, filhos – ficaram para trás, e para quem o casamento de um neto é um dos poucos prazeres genuínos que restam?

Para mim, viajar seis mil quilômetros para permitir que minha filha seja dama de honra no casamento do meu melhor amigo é um incômodo caro. Para os solitários e enfermos, incapazes de viajar, essas celebrações distantes são de partir o coração.

É o motivo pelo qual Luca e eu nos casamos duas vezes, uma na igreja ancestral da mãe dele na Sicília, para agradar sua família enorme, e uma em West Sussex para minha família consideravelmente menor. Talvez um terceiro casamento fizesse a coisa dar certo.

Pego nossa mala no carrossel e Lottie e eu entramos em outra fila, desta vez para um táxi. Quando entramos no carro, estamos com calor, cansadas e desagradáveis, mas felizmente minha filha cai logo no sono, com a cabeça acomodada no meu colo.

Acaricio seu cabelo afastando-o do rosto suado, sorrindo enquanto ela franze o nariz e bate na minha mão para afastá-la, sem acordar.

Ser mãe de Lottie é a coisa mais difícil que já fiz. É a única tarefa, na minha vida cheia de conquistas, que tive dificuldade para executar.

Não existe um texto de cartão comemorativo para complementar essa declaração, nenhum *mas nada foi mais satisfatório*. Não acho a maternidade satisfatória, nem recompensadora. É uma coisa tediosa, repetitiva, solitária, exaustiva. Luca era um pai muito mais natural. Porém, meu amor por minha filha é visceral e sem questionamentos. Eu levaria um tiro por ela.

Verifico meus e-mails enquanto viajamos pelo tráfego pesado na estrada que atravessa a baía de Tampa, com cuidado para não perturbar Lottie.

É como eu temia: enquanto eu estava no avião, o pedido de asilo da minha cliente iazidi foi negado, principalmente porque ela não estava disposta a falar com seu advogado homem e participar integralmente da entrevista.

Disparo vários e-mails rápidos em resposta, dando início aos passos necessários para uma apelação. Não estou sendo metida, nem egoísta, quando digo que minha ausência de Londres tem consequências no mundo real, e cada minuto que fico longe do escritório conta.

Porém, quando Luca morreu, Marc pôs toda a sua vida em suspenso para cuidar de mim. Ele sabe que não gosto particularmente de Sian, sua noiva. Minha ausência no casamento, não importando o quanto eu pudesse arranjar motivos, testaria nossa amizade. E só vou ficar fora durante seis dias. James pode segurar as pontas até o meu retorno. Só vou precisar virar algumas noites quando voltar, para pôs as coisas nos trilhos.

Guardo o telefone e ajeito suavemente a cabeça da minha filha no meu colo enquanto pegamos a saída em direção à rua principal de St. Pete Beach, iluminada em neon, com seu amontoado de hotéis, bares, lanchonetes e lojas para turistas.

Saímos da rua principal, indo para longe dos grupos de pessoas, em direção a um bairro mais residencial. Alguns minutos depois o táxi para diante de um portão na entrada de uma ponte curta, que leva a uma minúscula ilha-barreira a algumas dezenas de metros da costa. O horizonte é dominado pelo Sandy Beach Hotel, um prédio amarelo prímula, de seis andares e com ameias, erguendo-se contra o céu como um bolo de noiva.

Nosso chofer baixa sua janela para falar com o segurança e, depois de um momento, a barreira branca é levantada e atravessamos até uma minúscula língua de terra que se projeta no Golfo do México.

Acordo Lottie enquanto o táxi entra no pátio diante do hotel. Um carregador leva nossa bagagem. Pego minha filha sonolenta no colo e a carrego até o saguão.

Uma enorme parede de vidro se abre diretamente para a praia branca e Lottie enterra o rosto no meu ombro. Ela sempre morreu de medo do mar; não tenho ideia do motivo.

Vários quartos voltados para a praia foram reservados para o pessoal do casamento. Troco o nosso por um virado para a piscina, de modo que Lottie não precise acordar com uma visão do oceano. Um pôr do sol vívido, laranja e vermelho, está se espalhando no céu, e já vou levar minha filha cansada para cima quando Marc e Sian entram, vindo da praia.

Marc finge me ignorar totalmente e estende a mão para Lottie, sério.

– Senhora Martini. É um prazer vê-la de novo.

– É *senhorita* – corrige ela.

– Senhorita. Desculpe o erro.

Sian passa a mão pelo braço de Marc. O gesto é mais possessivo do que afetuoso.

– A gente deveria voltar para onde os outros estão – diz ela.

– Querem se juntar a nós? – pergunta Marc. – Paul estava pedindo mais uma rodada.

– Eu iria, mas a Lottie precisa dormir. Está exausta.

– Por que você não a bota na cama, volta aqui pra baixo e se encontra com a gente? Estamos no Parrot Beach Bar, do outro lado da piscina. Zealy e Catherine também estão lá.

Assim fala o homem que ainda vai ter um filho ou uma filha e descobrir como é passar o resto da vida com o coração andando fora do corpo.

– Ela tem *3 anos*, Marc – diz Sian. – Alexa não pode deixar a filha sozinha num hotel estranho.

Marc pega a alça da minha bolsa com autoridade de proprietário.

– Pelo menos me deixa ajudar você com isso.

– Todo mundo está esperando a gente – diz Sian.

– Vá você. Nós descemos num minuto.

Sua noiva sorri, mas o sorriso não chega aos olhos bonitos. Jamais houve a menor chance de uma ligação romântica entre eu e Marc. Nós nos conhecemos quando ele começou a treinar o time de futebol feminino da University College em Londres, onde eu estudava Direito. Nos três primeiros anos, ele só me via suada e suja de lama, num short de lycra pouco lisonjeiro e com protetor de boca.

Já gostei de algumas das namoradas de Marc. Mas ele deixou várias boas escaparem porque perdeu o momento certo do pedido: quando percebia que eram perfeitas para ele, elas já tinham se cansado de esperar e acabavam tocando a vida.

Marc está com 36 anos e é um rico diretor de marketing com tudo a que o sucesso dá direito, a não ser uma esposa e filhos, e há vários anos está doido para se casar. Por acaso, Sian foi a que estava de pé quando a música parou.

Meu telefone toca no instante em que enfio o cartão na porta do quarto.

– Desculpe – digo. – Eu não atenderia, mas é o James...

– Tudo bem. Eu cuido da Lottie. Sian não vai se incomodar se eu demorar mais um pouco.

Duvido seriamente, mas preciso falar com James e descobrir o que está acontecendo com minha cliente, por isso aceito a oferta de Marc para cuidar de Lottie e volto ao corredor para atender ao telefone em um lugar silencioso.

Quando retorno ao quarto, quinze minutos depois, Lottie está vestida com o pijama e acomodada numa das camas *queen size*. Marc está empoleirado junto dela, lendo uma história.

– Pronta para descer? – ele me pergunta, pondo o livro de lado. Hesito.

Estou tensa devido à conversa com James, e totalmente acordada. Mas mesmo tendo toda a consciência de que não tenho o dom natural da maternidade, faço o máximo para ser uma boa mãe.

– Não posso deixá-la – respondo.

Lottie cruza seus braços gordos.

– Você não leu direito minha história – diz a Marc. – Você *pulou* uma página.

– Tudo bem – digo. – Preciso cuidar disso, Marc. Pode ir. Vejo você amanhã.

Em seguida, eu me acomodo na cama, encostando na cabeceira almofadada e posicionando Lottie na dobra do meu braço. Ela me entrega o livro, *Bebês coruja*, virando a página de papelão muito manuseada enquanto leio em voz alta a história dos três filhotes de coruja empoleirados num galho na floresta, esperando a volta da mamãe coruja.

E ela chega, voando silenciosamente entre as árvores: *Vocês sabiam que eu ia voltar.*

Então acrescento a frase que não está no livro, a frase que Lottie espera, a frase que Luca, compensando minhas deficiências, sempre acrescentava, com mais fé do que minha história garantia:

– As mamães sempre voltam.

Trinta e seis horas antes do casamento

3
Alex

Lottie acorda horas antes do amanhecer, ainda no fuso de Londres. Jogo meu telefone para ela, ganhando uma valiosa meia hora, e me enterro de volta embaixo das cobertas. De todas as provações da maternidade, a privação do sono é uma das piores.

Jamais quis ter filhos. Isso não quer dizer que eu não a adore completamente, agora que ela está aqui. Lottie é o meu oxigênio, o motivo para eu respirar. Mas não posso ser a única mulher que não se enxergava como mãe até isso acontecer e, se for totalmente honesta, durante um longo tempo depois de ela ter chegado.

Para ser justa, eu também não me enxergava muito como esposa. Luca e eu nos conhecemos há quase cinco anos, em março de 2015, alguns meses depois de ele ter se mudado para a Inglaterra vindo de sua cidade natal, Gênova, no norte da Itália, para comandar o escritório da empresa de importação de café de sua família em Londres. Naqueles dias, eu alugava um apartamento térreo a uma rua de distância da estação do metrô de Parsons Green, em Fulham, com duas amigas, e estávamos fartas de ter nossa entrada de veículos bloqueada por pessoas que largavam os carros nas ruas próximas antes de pegar o trem para o centro de Londres.

Numa noite, incapaz de ir até a festa de aniversário de 60 anos do meu pai em Sussex até que o dono do carro que estava obstruindo o meu voltasse, fiquei esperando, furiosa, e depois explodi na cara do sujeito.

Italiano até a medula, Luca reagiu no mesmo tom. Pelo que me lembro, nossa primeira conversa consistiu quase totalmente em palavrões imaginativos em duas línguas.

Mais ou menos no ponto em que voltei intempestivamente para o apartamento, agarrei um pote de sorvete Ben & Jerry's e o espalhei inteiro em cima do para-brisa dele, notei como ele era bonito. Nosso encontro evoluiu para o clichê de uma comédia romântica: ele me convidou para jantar, eu aceitei e nós terminamos na cama.

Na época eu tinha 24 anos e começara a trabalhar em tempo integral na Muysken Ritter. Estava ralando dezoito horas por dia, seis e às vezes sete dias por semana. Não tinha tempo para um relacionamento.

Mas Luca era charmoso, viajado e divertido. Eu gostava de passar tempo com ele. O sexo era excelente e eu me pegava revigorada e mais produtiva depois de uma noite juntos. Era fácil imaginar que estava um pouquinho apaixonada por ele.

Talvez estivesse mesmo. Dessa distância, é difícil ter certeza.

Cerca de quatro meses depois daquela primeira noite indutora de cistite, graças a uma intoxicação alimentar e aos antibióticos consequentes, descobri que estava grávida de seis semanas. Se não tinha tempo para um relacionamento, certamente não poderia me virar com um bebê. Agendei uma interrupção e contei a Luca, porque sentia que seria desonesta se não fizesse isso, não porque achasse que ele tivesse o direito de opinar.

Para minha perplexidade, ele se abaixou, apoiou-se sobre um dos joelhos e me pediu em casamento. E eu, que reagi gargalhando, feri um bocado o seu orgulho.

Ele era italiano, claro, e católico: a ideia de aborto era anátema. Implorou que eu ficasse com o bebê, prometendo se encarregar de todos os cuidados com a criança, dizendo que eu "mal perceberia que o bebê estava ali".

Ele era passional. E persuasivo.

E eu era suficientemente jovem e suficientemente arrogante para acreditar que realmente poderia ter – e fazer – tudo.

E havia minha irmã, Harriet, que, aos 19 anos, foi diagnosticada com câncer do colo do útero. O agressivo tratamento de quimioterapia salvou sua vida, mas a deixou infértil. Era impossível não ter sua tragédia em mente quando tomei a decisão.

Na segunda vez em que Luca fez o pedido, eu aceitei. Leitor ou leitora, eu me casei com ele – duas vezes. Nós nos mudamos para uma casa geminada, de dois quartos, em Balham, transformando um deles num quarto de bebê, e começamos a construir nossa pequena família. E quando tudo desmoronou, como aconteceu inevitavelmente antes mesmo de chegarmos ao segundo aniversário de Lottie, aceitei o destino e pus o casamento e os filhos na lista de experiências que precisamos tentar ao menos uma vez, mas jamais repetir, junto com macacões de paraquedista e vestidos florais.

Sou acordada pela segunda vez quando Lottie joga o telefone na minha cabeça. O aparelho me acerta com brutalidade e eu me sento bruscamente, esfregando a lateral do crânio.

– Porra! – exclamo. – Por que você fez isso?

– Você não está me escutando.

– Que porcaria, Lottie. Isso machucou de verdade.

– Não quero ser dama de honra.

Empurro as cobertas para longe.

– Não ligo a mínima para o que você quer. Você disse que ia fazer isso, e vai.

– Minha mamãe azul diz que eu não preciso.

Não faço ideia do que ela está falando.

– Bom, *essa* mamãe aqui diz que você precisa, sim.

Tenho que fazer xixi, mas quando tento abrir a porta do banheiro vejo que ela está emperrada. Fico de joelhos e puxo dezenas de pedaços de papel que Lottie enfiou embaixo, um hábito irritante que ela desenvolveu no período traumático após a morte do pai. Lottie faz isso com qualquer porta que não se encaixe ajustada no piso, convencida de que monstros passarão pelas frestas. Ela se recusa até mesmo a entrar na cozinha dos meus pais, porque a porta do porão tem um espaço de mais de um centímetro que ela não consegue bloquear.

– Pelo amor de Deus, Lottie. Achei que a gente já tinha falado sobre isso.

Ela encolhe os ombros, projeta o queixo e me olha com fúria e teimosia. Uso o banheiro, volto e me sento na beira da cama dela.

– O que está acontecendo, Lottie? – pergunto, num tom animado. – Faz meses que você está ansiosa por esse casamento.

– Não gosto mais do Marc.

– Desde quando?

Sua carranca se intensifica.

– Ele tocou em mim.

Nada, mas *nada*, em mais de dez anos de amizade, jamais me deu motivo para duvidar de Marc. Nenhum olhar, uma insinuação ou alguma observação casual que sugerisse que o gosto dele fosse direcionado a crianças. Mas quando a filha da gente diz que um homem a *tocou*, a gente leva isso a sério.

– Como assim? – pergunto incisiva. – Quando?

– Ontem à noite. Eu não gostei.

Minha boca fica seca. Até onde eu o conhecia, Marc *jamais* faria isso, mas a coisa sempre acontece com as pessoas de quem a gente menos suspeita.

Lottie tem muitos defeitos, mas não é mentirosa. Sua posição básica é dizer a verdade e o resto que se dane. A ideia de que alguém pudesse ter tocado nelae *a machucado* é suficiente para acender uma fúria assassina em mim. Eu iria até o fim da terra para proteger minha filha.

– Onde ele tocou você? – pergunto, com o máximo de calma que consigo.

– Não vou contar.

Quero agarrá-la pelos ombros e arrancar os detalhes, mas ela simplesmente se recusará a dizer, se eu ficar pressionando. Seu silêncio mais longo até hoje durou três dias inteiros, quando me castigou por tentar estabelecer o que ela queria no aniversário. Lottie não era do tipo que ansiasse pelo fim do impasse.

– Certo.

Eu me levanto de novo.

– Ele foi muito *bruto*.

– Bruto como?

– Ele me apertou!

– Apertou? Quer dizer, tipo um abraço?

– Não! – Ela agarra um bocado da sua barriga ampla em cada mão. – Aqui! Assim! Ele disse que eu estava *ficando roliça*!

Mais tarde cuido do aspecto gordofóbico dessa bosta. Neste momento, só estou aliviada porque não preciso acusar meu melhor amigo de molestar minha filha no dia do casamento dele.

– Ele só diz isso porque vai casar com uma tábua de passar roupa – digo.

– Ela parece *mesmo* uma tábua de passar roupa – concorda Lottie, deliciada.

– Na verdade, você deveria sentir pena dele.

– Está bem. Vou ser a garota das flores dele.

– Que bom – digo afável.

O ensaio para o casamento começa às seis da tarde, uma hora antes do pôr do sol, a mesma da cerimônia, amanhã. Ainda não são sete da manhã, o que me dá onze horas a preencher sem permitir que Lottie fique doente de tanto comer, se afogue, tenha queimaduras de sol ou corte o cabelo de alguma das outras quatro damas de honra (o que está entre as possibilidades; houve um incidente bastante desastroso com a tesoura de papel em seu primeiro período na escola maternal).

Não estou otimista.

4
Alex

Eu realmente nunca entendi o medo que Lottie tem do oceano. Não houve nenhum trauma de infância no mar que pudesse ter provocado isso, nenhum incidente de quase afogamento, e a água em si não é problema; ela adora piscinas e já faz quase um ano que consegue nadar sem boias de braço, mesmo na parte mais funda.

Mas este é um casamento na praia e Lottie precisa se acostumar com a proximidade do mar. Assim, depois do almoço, tomo um gim-tônica para reforçar minha disposição (sinceridade total: não é o primeiro do dia) e a levo à praia.

Felizmente, apesar de seu queixo baixar e os ombros se curvarem para a frente de modo que ela parece uma miniatura de touro feroz, Lottie não explode, como eu temia. Caminhamos devagar em direção a um trecho de areia branca e fina recém-varrida, onde os funcionários do hotel estão colocando filas de cadeiras douradas enfeitadas com fitas na frente de um caramanchão de casamento entrelaçado com estrelas do mar e conchas de plástico. Levo Lottie pelo corredor de areia que ela vai percorrer no ensaio do casamento, dentro de duas horas, e mostro onde ela vai se sentar, na primeira fila.

– Aqui não tem maré – explico, me agachando ao seu lado enquanto ela olha para o oceano, com as feições sombrias. – Bom, pelo menos, não muita. O mar não vai chegar mais perto, prometo.

Lottie dá um passo firme em direção à linha d'água, que fica a uns seis metros de onde estamos. Essa é a minha garota encarando seus temores, desafiando-os de frente.

Ouço a voz de Sian atrás de mim.

– Vai nadar, Lottie?

Sian e Catherine, sua melhor amiga e madrinha de casamento, estão caminhando pela areia quente usando sandálias de plástico iguais, cor de rosa, o cabelo molhado puxado para trás depois de um mergulho no oceano.

– Já vamos voltar para o hotel e nos arrumar – respondo.

– Mas o mar está tão quente! – diz Sian. – E ela tem bastante tempo antes do ensaio.

– É um *oceano*, não um mar – reage Lottie.

Sian se agacha ao lado dela.

– Espero que você não fique preocupada com as pessoas vendo você de maiô, Lottie. Ninguém se incomoda com a sua aparência.

Sinto vontade de dar um tapa no rosto bonito de Sian. Mas não preciso me preocupar; Lottie está com a situação sob controle.

– Por que eu ficaria preocupada? – pergunta ela, na bucha.

– Deixa pra lá – responde Sian rapidamente. – Você tem medo de tubarões, então?

– Claro que não! Eu *gosto* de tubarão.

– Ela não tem motivo para sentir medo – diz Catherine. – Eles vão dar uma mordida nela e cuspir de volta.

Lottie parece considerar isso um elogio.

Meu telefone vibra no bolso enquanto Sian e Catherine voltam para o hotel. Fico surpresa ao ver o nome da minha irmã Harriet na tela.

– Lottie, fica sentadinha aí, sem se mexer, enquanto eu falo com a tia Harriet – digo apontando para uma espreguiçadeira ali perto. – Cinco minutinhos, tá?

Dou alguns passos em direção ao mar, tentada. A água quente ondula sobre meus pés descalços e me pego desejando que Lottie pudesse vencer o medo; a água está mesmo perfeita.

– Eu não esperava que você ligasse – digo à minha irmã. – Tudo bem por aí? Mamãe e papai estão bem?

– Pelo que sei, sim. Por quê?

– Porque você *ligou* para mim!

– Merda, desculpe. Acho que liguei sem querer. – Harriet suspira. – Quando vi a chamada perdida, pensei que tinha acontecido alguma coisa errada.

Engulo a repreensão implícita.

Harriet e eu não somos íntimas desde que éramos crianças; nós nos amamos, claro, mas somos como óleo e água. Frequentemente passamos meses sem nos falarmos, a não ser que haja uma crise na família. Mamãe só tem 57 anos, mas foi hospitalizada duas vezes nos últimos três anos, para tirar pólipos malignos do cólon.

Em cada uma dessas ocasiões, fui eu que tive de dar a notícia a Harriet, que mora nas ilhas Shetland com seu marido Mungo, um engenheiro de plataforma de petróleo. Apesar das maravilhas da tecnologia moderna, sei que frequentemente ela se sente isolada da família, especialmente porque Mungo costuma passar tempo longe, nas plataformas. Ela é artista plástica, trabalha em casa, de modo que tem tempo suficiente para se sentir solitária.

– Desculpe – digo. – Não quis preocupar você.

– Tudo bem. Alarme falso.

Há uma pausa ligeiramente incômoda.

– A Lottie deve estar empolgada – diz Harriet, finalmente.

Minha filha é o único assunto que Harriet e eu temos em comum. Ela adora Lottie e, apesar de não nos falarmos muito, Lottie costuma sequestrar meu iPad para conversar com a tia pelo FaceTime.

Olho para Lottie, que não está sentada na espreguiçadeira, como foi orientada, mas serpenteando pelas filas de cadeiras douradas, os braços abertos como se fingisse ser um avião e atrapalhando os funcionários do hotel.

– A Lottie é a Lottie – digo. – É difícil dizer.

Fico surpresa ao ouvir o som de um anúncio de voo ao fundo.

– Você está no aeroporto? – pergunto. – Vai pra onde?

– É só a TV. Olha, preciso desligar. Só queria ter certeza de que tudo está bem. Tire um monte de fotos da Lottie pra mim, certo?

– Claro.

Enfio o telefone de novo no short, volto pela praia e vejo minha filha conversando com um homem que não conheço.

A mão dele está no ombro dela, e algo no modo como ele se inclina dispara todos os alarmes maternais. Grito o nome de Lottie, o homem olha na minha direção e se afasta rapidamente. Quando chego perto de Lottie, ele já está desaparecendo na lateral do hotel.

– Quem era ele? – pergunto à minha filha.

– Não sei.

– O que eu te disse sobre falar com estranhos?

– Eu não estava falando com ele. *Ele* estava falando *comigo*.

– O que ele queria?

Ela me encara, claramente irritada.

– Ele me disse que não estava encontrando a filhinha dele, e me perguntou se eu tinha visto ela.

Um arrepio me desce pela coluna. Lottie é esperta e inteligente, e martelei nela os perigos representados por homens estranhos, mas ela ainda não tem 4 anos. Eu estava a menos de quinze metros dela; só afastei os olhos por alguns instantes.

Arrasto-a de volta para o hotel, ignorando seus puxões furiosos no meu braço. Eu deveria ter ficado de olho nela: a Flórida tem um dos maiores números de agressores sexuais de todos os cinquenta estados americanos. Sua população, composta por um número significativo de turistas e aposentados de outros estados, é transitória e tem um fluxo constante. Há pouco sentimento de comunidade e é um lugar fácil para se perder na multidão.

Sou advogada. Pesquisei isso.

Quando chegamos ao saguão do hotel, Lottie finalmente se solta de mim e corre para se juntar ao grupo de menininhas que serão as damas de honra junto com ela. Estou prestes a ir atrás quando a irmã de Marc, Zealy, sai do elevador.

– Alex! Achei que era você! Você cortou o cabelo.

Em um reflexo toco minha nuca. No mês passado tirei uns bons vinte centímetros do meu cabelo comprido, de modo que ele desce até logo abaixo da clavícula. Eu simplesmente não tinha tempo para fazer um penteado decente, antes.

– Ele estava me deixando louca. Gostou?

– Adorei. Combina muito com você.

Zealy e eu somos amigas há anos, apesar de não nos vermos tanto quanto eu gostaria. Culpa minha, claro. As amizades que não foram esmagadas pela minha carga de trabalho ruíram assim que tive Lottie. Na verdade, Zealy é meio-irmã de Marc, do primeiro casamento da mãe dele com um sul-africano negro. Quando Sian a conheceu, perguntou se podia pôr a mão no cabelo de Zealy e disse como era louco ela "falar feito branca".

Zealy passa o braço pelo meu e diz:

– Venha tomar uma bebida comigo no bar. Me ajude a afogar as mágoas.

Não deixo que ela me arraste para o bar, mas concordo com um coquetel perto da piscina, de onde posso ficar de olho nos cabelos platinados de Lottie enquanto ela e as outras meninas correm de um lado para o outro ao nosso redor, como libélulas.

Estou em dúvida se devo informar à polícia, ou pelo menos à gerência do hotel, sobre o encontro de Lottie com o homem na praia. Quanto mais penso, mais estranho aquilo parece.

Mas não tenho nada de concreto para oferecer. Se cada mãe que já teve um "sentimento ruim" fizesse um boletim de ocorrência, a polícia estaria se afogando em papelada.

Aceito um segundo martíni quando Zealy me pressiona e empurro o acontecido para o fundo da mente.

Vinte e quatro horas antes do casamento

5
Alex

Lottie vira minhas expectativas de cabeça para baixo e atua com perfeição no ensaio do casamento, o que me faz temer pelo dia de amanhã. Sua genialidade está na arte da publicidade enganosa.

Marc e Sian repetem os votos três vezes, antes que a noiva ruborizada esteja satisfeita. As pequenas damas de honra se remexem nas cadeiras douradas, nitidamente cheias de tédio, cutucando umas às outras nas costelas e fazendo careta. Apenas Lottie se comporta, com as mãos dobradas recatadamente no colo. Mau sinal.

Por fim, Sian fica feliz e ela e Marc voltam pelo corredor de areia.

Zealy e Catherine encurralam as damas de honra e todas se organizam atrás de Marc e Sian. Lottie é a última.

Assim que o grupo chega ao portão que liga a praia ao pátio particular junto à piscina do hotel, onde a recepção vai acontecer, as cinco menininhas rompem as fileiras e correm para os pais.

Lottie se choca contra minhas pernas, reluzente de orgulho.

– Eu fiz direito, mamãe?

– Você foi perfeita – respondo, desgrenhando seus cachos e tentando não parecer surpresa demais. – Espero que amanhã seja igual. Eu não vou ficar junto, por isso estou confiando em você, Lottie. Quero o melhor comportamento.

– Onde você vai estar?

– Logo atrás de você, ali. – Aponto para a cadeira reservada para mim, duas fileiras atrás das damas de honra, junto com os outros pais. – Vou ver você assim que a gente voltar para a festa no hotel.

– É só me acompanhar, Lottie, e ficar com as outras meninas – diz Zealy, juntando-se a nós. – Mamãe vai estar logo atrás de você, com o resto das pessoas.

– Tanto faz – diz Lottie.

– *Lottie* – reajo.

– Coitada de você quando ela entrar na adolescência – diz Zealy.

Lottie puxa meu braço.

– Podo tomar um sorvete agora?

– *Posso*. Depois do jantar.

Seus olhos se estreitam.

– Você disse que eu podia tomar *todo o sorvete que quisesse* se eu me comportasse.

Ela me encurralou, e sabe disso.

– Certo. Mas é melhor você comer tudinho no jantar, Lottie.

Saímos do pátio e passamos pelo salão Palm Court, onde uma mesa comprida foi arrumada para o jantar do ensaio, depois vamos para o saguão principal. Há uma lojinha perto da entrada, vendendo as bugigangas de sempre para os turistas: cartões-postais, camisetas, copos para bebidas com o nome do hotel. Há um freezer de sorvetes que Lottie viu assim que descemos, pela manhã.

Levanto-a junto ao freezer de modo que ela possa pegar o que quer. Ela escolhe um biscoito recheado de sorvete do tamanho de um pneu, e Zealy e eu nos sentamos num banco do saguão enquanto ela come o doce.

Enquanto ela termina e limpo seu rosto e os dedos pegajosos, o resto do grupo do casamento se reune no Palm Court para jantar.

Pegamos os últimos três lugares livres na mesa apinhada, ao lado de Marc. Imediatamente Lottie pega seu pãozinho e o meu, devorando-os em duas mordidas cobiçosas.

– Onde ela *consegue* enfiar tudo isso? – pergunta Zealy, enquanto Lottie estende a mão por cima da mesa para pegar o pãozinho de Zealy.

– Ela vai comer até passar mal, só para pegar no meu pé – respondo.

Paul Harding, colega de quarto de Marc na faculdade e padrinho dele, se inclina por cima da mesa e dá seu pãozinho a Lottie.

– Gosto de uma garota com apetite – diz ele, piscando para ela. – Eu também sempre fico com fome nos casamentos. Nunca alimentam a gente direito.

Zealy e Paul já se embolaram algumas vezes no correr dos anos, mas, mesmo eu sabendo que Zealy gostaria de formalizar um pouco mais o arranjo, não creio que Paul seja do tipo que se acomoda. Consultor de arte internacional, ele tem cabelos escuros e pelo menos um metro e noventa e cinco de altura, com o nariz grande melhorando uma beleza convencional demais. Eles formariam um casal bonito.

Flic Everett, mãe de outra dama de honra, Olivia, sinaliza para um garçom pedindo mais um coquetel. Ela me pergunta:

– Tem certeza de que não quer que Lottie coma com a Olivia e as outras meninas lá em cima? Tenho certeza de que seria mais divertido para ela.

– Quero ficar de olho nela – digo.

– Minha filha mais velha, Betty, está cuidando delas. Lottie vai ficar bem, garanto...

– Não foi isso que eu quis dizer.

Flic me lança um olhar estranho, depois se vira para o pai de Marc, Eric, sentado do outro lado dela.

Lottie pega mais um pãozinho. Percebo que, na verdade, ela não está comendo, só enfiando tudo nos bolsos do casaco.

– O que você está fazendo? – pergunto.

– São pra minha mamãe azul.

É a segunda vez que Lottie menciona sua "mamãe azul". Antes que eu possa perguntar o que ela quer dizer, há uma agitação do outro lado da mesa.

Um homem bonito, que não reconheço, entra no restaurante, e Sian se levanta para recebê-lo. Sem dúvida ele faz parte do grupo do casamento; deve ser mais um padrinho. Mas não há um lugar livre à mesa, e percebo que provavelmente minha filha ocupou a cadeira dele.

– A Lottie não deveria estar aqui –Sian me diz. – É só para os adultos. Nós só pagamos por doze pessoas.

– Eu posso...

– Ela é só uma criança – diz Marc. – Não vai comer muito.

Não censuro Sian por sua expressão de ceticismo.

David Williams, pai de Sian, toca o braço nu da filha.

– Tudo bem, querida. Eu resolvo depois com o hotel.

– Não tem *lugar* – reage Sian.

Catherine afasta sua cadeira ligeiramente da mesa e dá um tapinha na perna.

– Ela pode se sentar no meu colo, se quiser.

– Por que todo mundo não empurra as cadeiras um pouquinho? – pergunta Penny, a mãe de Sian. – Podemos nos espremer e abrir espaço para o Ian.

Sian parece a ponto de fazer uma objeção, mas lê o humor à mesa e cede. Marc chama um garçom e outra cadeira é trazida, e todo mundo se arrasta para dar espaço.

– Quem é ele? – pergunto a Zealy.

– Ian Dutton. Amigo de Marc. Foi tenista profissional um tempo, mas acho que se aposentou. Ele treinava o Marc, foi assim que se conheceram.

Ele certamente tem a aparência certa para o papel, já que a camisa não consegue ocultar a barriga de tanquinho.

– Desculpe ter perdido o ensaio – diz Ian, sentando-se. – Acabei de chegar, meu voo atrasou. Alguma coisa especial que eu precise saber?

– Na verdade, não. O Paul pode deixar você a par – responde Marc.

– Foi mais para as pequeninas – acrescenta Penny. – E a Lottie fez um trabalho lindo, não foi, Sian?

– Foi – responde Sian, de má vontade.

Dois garçons servem as entradas; Lottie pega mexilhões ao vinho branco. Não é a escolha da maioria das crianças de 3 anos, mas minha filha não é como a maioria das crianças.

– Bom para ela – diz Paul, admirado.

– Não sei como ela consegue comer essas coisas – comenta Sian, estremecendo. Ela brinca com sua salada de rúcula, sem molho, sem amêndoas e sem o parmesão ralado.

Um mexilhão voa subitamente da mão de Lottie, espirrando vinho branco em toda parte, e desliza pela mesa, pousando bem na frente do prato de Sian.

Um acidente, claro.

Lottie ri e cobre a boca, com as duas mãos parecendo estrelas do mar. Ian gargalha.

– Sujeitinhos escorregadios – diz ele. – Aqui. Vou pegar uns pra você, garota.

Lottie, normalmente relutante em se separar da comida, entrega a ele a tigela de mexilhões sem reclamar. Ian separa habilmente meia dúzia e os devolve.

– Pronto. Não precisa usar o garfo para o resto. Use os dedos.

Catherine se inclina adiante.

– Acabei de perceber – diz, num sussurro ofegante. – Agora que o Ian está aqui, nós somos treze. Isso não dá azar?

– Não acredito em sorte ou azar – respondo.

6

Do meu ponto de observação, vejo a menininha correr pela praia, o cabelo louro claro balançando feito uma bandeira desbotada. Está fingindo que é um avião, ou talvez um pássaro: seus braços estão abertos enquanto ela gira e se inclina pela areia.

Não há ninguém com ela. Ninguém a vigia.

Ninguém, exceto eu.

A menininha para de repente, caindo com a bunda gorda na areia. Tira as sandálias e as joga no mar, gargalhando deliciada quando a maré as leva rapidamente embora. É difícil ver a cena e não sorrir. Ainda é suficientemente nova para não se abalar com devo e deveria. É impulsiva, vivendo o momento. Saltita animada pela praia com os pés descalços, a saia balançando molhada em volta dos tornozelos, e imagino brevemente em que idade paramos de saltitar e nos rendemos à disciplina sem graça de andar e correr.

Fico feliz porque ela está se divertindo, porque sei que vai ficar apavorada quando eu a pegar. Não posso evitar isso, mas vou garantir que tudo termine o mais rápido que eu puder.

A criança chega mais perto da água, sem perceber minha presença quando saio das pedras atrás dela, e controlo o instinto de puxá-la para longe da água e dizer para ter cuidado, que a maré é mais forte do que parece. A vida é perigosa. Se ela ainda não sabe, vai saber logo.

E a maior ameaça à segurança dela não vem do mar.

Vem de mim.

Dia do casamento

7
Alex

Como previsto, Lottie come até passar mal no jantar do ensaio do casamento. Preciso me levantar três vezes com ela durante a noite e, por conta disso, nós duas dormimos até depois das nove horas.

Ela parece bem, quando acorda, mas não vou me arriscar. Passamos uma manhã tranquila no quarto, sem almoçar com o pessoal do casamento, mas deixo Lottie pedir sopa de frango pelo serviço de quarto quando ela reclama que está com fome. Ela coopera de modo pouco característico e fica assistindo a desenhos animados no meu iPad enquanto eu trabalho um pouco. No meio da tarde, quando a cabeleireira chega para penteá-la, ela já está corada e recuperada.

Assim que a mulher termina de ajeitar o cabelo de Lottie numa incrível trança rabo-de-peixe, eu a levo ao quarto de Zealy, onde as pequenas damas de honra estão se preparando.

Apesar de a última prova do vestido ter acontecido há apenas três semanas, são necessários uns sérios puxões no zíper para fechar o vestido cheio de frufrus. Mas sinto um nó na garganta quando ela finalmente dá uma pirueta. Lottie pode não ser o que o mundo considera uma beldade, mas nunca pareceu mais linda para mim.

Aviso a Zealy que mantenha um saco plástico à mão, para o caso de Lottie ficar enjoada de novo, e vou para a praia, ocupar meu lugar com os demais convidados.

Dez minutos depois, Zealy me manda uma foto da minha filha, de braços cruzados, fazendo uma cara emburrada para a câmera. Rio alto. A foto é tão a essência de Lottie que imediatamente a configuro como proteção de tela.

Sian segue o costume americano de fazer as damas de honra entrarem na frente dela, pelo corredor de areia. Sinto um orgulho enorme de Lottie indo na frente, espalhando punhados de pétalas de rosa cor-de-rosa com um abandono louco, jubiloso, que provoca sorrisos num bom número de convidados e uma fungada por parte de Marc.

Olho minha filha ocupar seu lugar no final da primeira fila de cadeiras douradas, junto com as outras damas de honra, virada para o oceano cheia de determinação. Eu gostaria de estar suficientemente perto para dizer como ela está linda.

A cerimônia é breve e pitoresca. Marc fica visivelmente comovido quando Sian caminha pelo corredor coberto de pétalas em seu vestido Vera Wang cor de marfim, a beleza fria esquentada pelo brilho genuíno nos olhos. O sol afunda fotogênico no mar enquanto eles concluem os votos, e um grupo de turistas, parados a uma distância educada junto à beira d'água, para olhar, aplaude de modo sentimental.

A soltura de dois pombos brancos enquanto Sian e Marc voltam juntos pelo corredor não é do meu gosto, mas nos traz mais para perto da primeira taça de champanhe, que sem dúvida é.

Entro no fluxo de convidados acompanhando os noivos de volta ao hotel, para a recepção. Todos recebemos pulseiras cor-de-rosa antes de termos a permissão de passar por um pequeno portão até o pátio privado junto à piscina, onde os garçons estão circulando.

Pego uma taça com um deles e localizo Zealy e Paul.

– A Lottie não foi ótima? – diz Zealy. – Mas pensei que ela ia arrancar o olho de alguém com o cesto de flores.

– Por falar nisso... – Olho em volta.

– Ela está perto da barraca de sorvete, com as outras damas de honra – diz Paul, apontando para um bando de saias de tafetá cor-de-rosa visível por entre a multidão. – Eu a vi há uns minutos, comendo um brownie com calda de chocolate.

– Nesse caso, tomara que a Sian não tenha planos futuros para os vestidos.

– Meu Deus, eles não são horrendos? – exclama Zealy, repuxando o seu. – *Cor-de-rosa*, pelo amor de Deus. Estou parecendo uma salsicha crua.

O tenista bonito vem se juntar a nós, com os músculos melhorados de algum modo pela roupa formal. Na noite de ontem não tive chance de falar com Ian Dutton, já que ele estava sentado na outra ponta da mesa, mas isso é algo que pretendo corrigir agora.

Pego uma segunda taça de champanhe com um garçom de passagem. Não tenho tempo para relacionamentos, mas sexo é outra coisa.

Na maioria dos casamentos fracassados, o sexo é a primeira coisa a ir embora. Com Luca e eu, foi a última.

Não importava o quanto a situação ficasse ruim entre nós, o quanto as discussões ferozes e arrastadas fossem malignas, de algum modo sempre acabávamos juntos na cama, com a fúria e o ódio atuando como afrodisíaco de um modo que espelhava nosso primeiro encontro. Na época, eu me consolava com a ideia de que nosso casamento não podia estar realmente a perigo, porque nenhum casal poderia ser tão bom na cama, se estivesse.

O que não percebi, até o dia em que o expulsei por mais uma violação de sua promessa de fidelidade com os dedos cruzados, era que nós nos comunicávamos pelo sexo porque não havia nada além disso.

Nos oito meses entre a nossa separação e a morte súbita de Luca, fiquei celibatária, incapaz de sequer me visualizar com outro homem. Mas a morte tem um modo estranho de recalibrar a nossa perspectiva. Faz a gente agarrar a vida, e o sexo é a expressão definitiva desse instinto. Eu não podia viver com Luca, mas jamais imaginei que teria de habitar um mundo sem ele.

Não faço estardalhaço de minhas atividades noturnas, mas me recuso a pedir desculpas por ser uma mulher sozinha, de 29 anos, com tesão.

Ian é inteligente e charmoso, e eu o acho atraente. A julgar pelo nível de flerte entre nós à medida que a noite avança, os sentimentos são recíprocos. Suas frases não são particularmente originais e os elogios são um pouco tacanhos, mas não estou nisso para algo a longo prazo.

Estamos à deriva na borda dos convidados do casamento quando o pai de Sian bate com o garfo numa taça de champanhe sinalizando o início dos discursos. Por cima do ombro de Ian, vejo um lampejo ocasional do vestido cor-de-rosa de Lottie enquanto ela volta à mesa do bufê para se servir pela segunda vez, e pela terceira.

Zealy e Paul estão sentados a uma mesa perto do portão que dá na praia, os pés dela no colo dele, uma garrafa de champanhe vazia em meio aos pratos sujos diante dos dois.

– Pode ficar de olho em Lottie um pouquinho? – peço.

– Sem problema – responde ela, lançando um olhar para Ian. – Divirtam-se.

A areia fina está estranhamente fria sob meus pés descalços, e a praia fica surpreendentemente escura assim que saímos da penumbra de luz do hotel. O sussurro das ondas é erótico e, quando Ian me puxa para uma das fileiras irregulares de espreguiçadeiras duplas, tipo "lua de mel", não hesito.

– Você sabe alguma coisa sobre estrelas? – pergunta Ian, olhando para o céu noturno.

– A Ursa Menor – digo apontando. – Está vendo aquele W? É Cassiopeia. E Andrômeda, ali, olha. A estrela brilhante.

– Como você sabe tudo isso?

Dou de ombros.

– Eu me interesso.

– Qual é o seu signo, então?

– Não me interesso por Astrologia – digo. – Isso é Astronomia. É diferente.

A lua subiu mais alto no céu enquanto estávamos na praia, banhando-nos em sua luz fria, fantasmagórica. Percebo que se passou um tempo maior do que eu tinha pensado.

– Eu deveria voltar para o hotel – digo. – Preciso botar minha filha na cama.

– Não vou te ver de novo, né?

– Não.

Seria um insulto fingir o contrário. Virei especialista em compartimentalizar minha vida, separando a mãe da advogada viciada em trabalho. É um mecanismo de segurança. Não sei se é saudável, mas não conheço outro modo de ser.

Mas o comentário de Ian arde um pouco. Não sou a empedernida devoradora de homens que ele parece achar. Não posso me dar ao luxo de me envolver. Mesmo que tivesse tempo para isso, preciso pensar em Lottie. Qualquer homem que eu namorasse seria um padrasto em potencial. A responsabilidade de escolher o homem certo para minha filha é avassaladora, e não estou pronta para encará-la.

Mostro minha pulseira cor-de-rosa ao garçom perto do portão e me junto de novo ao número cada vez menor de convidados.

Os discursos terminaram; devo ter ficado longe mais tempo do que pensei. Zealy e Paul estão dançando de rosto colado perto da piscina, com alguns outros casais, e percorro o pátio com o olhar, procurando minha filha.

Quando não a encontro, vou até Zealy e dou um tapinha em seu ombro.

– Ei – digo, ainda não amedrontada. – Você viu a Lottie?

8
Alex

– Ela estava aqui – responde Zealy, afastando-se de Paul e olhando em volta. – Nós a vimos há alguns minutos.
– Você viu para onde ela foi?
– Desculpe, não vi. Mas não pode ter sido muito longe.

Paul passa o braço pelos ombros de Zealy.

– Ela estava voltando para a barraca de sorvete com outras crianças – diz ele. – Foi há uns três ou quatro minutos.

Agradeço e vou até as mesas do bufê. Como Zealy disse, Lottie não poderia ter ido longe em poucos minutos. Eu a teria visto, quando entrei, se ela estivesse no lado do pátio mais próximo ao oceano.

Devo ter me desencontrado com ela na barraca de sorvete. O garçom que cuida da barraca dá de ombros quando pergunto por Lottie, e um rápido olhar nas mesas do bufê me diz que ela não está se servindo de profiteroles nem amaciando chips de tortilha.

Viro de volta para o pátio, imaginando para onde ela pode ter ido, e vislumbro saias cor-de-rosa desaparecendo na esquina. Há uma pequena área nos fundos do pátio, para brincadeiras de crianças, *air hockey*, uma mesa de sinuca, uma máquina de fliperama e *whack-a-mole*. Lottie passara uma hora ali ontem, antes que eu ficasse sem nenhuma moeda de vinte centavos americanos e tivesse de arrastá-la para longe. Sem dúvida, ela pediu ou pegou emprestado mais algum dinheiro com Marc ou outro convidado, o que é ligeiramente embaraçoso. Sem dúvida, preciso estabelecer limites mais rígidos.

Mas quando viro a esquina, não há sinal de Lottie. Uma dama de honra pré-adolescente está arrumando bolas na mesa de sinuca; a saia que eu vi deve ter sido a dela.

– Você viu a Lottie? – pergunto.

Ela me olha com ar inexpressivo.

– A menininha das flores. A loura.

– Ah, a gorda?

A inteligente, sua hemorroida dentuça.

– É – respondo.

– Não. Faz séculos.

Um leve fiapo de ansiedade azeda meu estômago. Provavelmente só estamos nos desencontrando no meio das pessoas, só isso. Mas o lugar está muito menos movimentado do que antes; um bom número de convidados já foi embora da recepção e os garçons estão começando a tirar os pratos.

Examino o pátio procurando um vislumbre de cabelos louros. Lottie deve estar em algum lugar, por aí. Não pode ter ido para a praia; tem um garçom de serviço no portão, verificando as pulseiras de segurança, e de qualquer modo eu a teria visto quando vim de lá.

Dou a volta na piscina, me recusando a admitir a profundeza do alívio quando verifico que as águas cor de turquesa estão intactas, e entro no hotel. Há três recepcionistas atrás do balcão e um porteiro na entrada; um deles teria notado se uma menina de 3 anos saísse sozinha do hotel.

Mas quando pergunto se alguém a viu, todos balançam a cabeça. Uma recepcionista se oferece para procurá-la comigo, mas recuso. Aumentar a busca seria admitir que alguma coisa está errada. E tudo está bem.

Só não estou conseguindo achar minha filha, só isso.

comentários

diga o que você acha   *407 comentários*

BorboLeta57, Flórida, EUA

Não consigo imaginar o que aquela pobre mulher está passando. Deus abençoe aquela menininha linda. Espero e rezo para que ela volte para casa em segurança.

Animadinha, Devon, Reino Unido

Por que alguém deixaria a filha sozinha só porque está numa comemoração? Por quê??

SorrisoFeliz, Edimburgo, Reino Unido

Se fosse minha filha eu estaria procurando com as mãos nuas até arrancar a carne dos ossos...

SouJusta, Bretanha, França

Coitada dessa mulher, deve estar louca de preocupação. Estava num casamento, a filha dela deveria estar em segurança.

esperto21, Londres, UK

Ser boa mãe não é deixar a filha de três anos sem supervisão à noite.

Acordado @esperto21

Ela não estava sem supervisão, estava num casamento com amigos. Cadê sua compaixão?

Nada_Pra_Ver_Aqui, Grande Manchester, Reino Unido

Por que essa chata acha necessário contar quanto vale o apartamento dela? A filha dela está desaparecida, pelo amor de Deus.

chocólatra, Flórida, EUA

Espero que essa menininha seja encontrada em segurança e bem de saúde. Como uma criança pode sumir no meio de um casamento???

Rosa_da_Sarça @chocólatra

Parece que não existe mais nenhum lugar seguro.

9
Alex

O pânico não bate imediatamente. Faço outro circuito pelo pátio, verificando cada centímetro. Quando tenho certeza de que Lottie não está ali, volto para dentro do hotel e procuro em todas as áreas públicas que partem do saguão, inclusive a sala de jantar – que é sempre a primeira parada de Lottie – e os banheiros. Subo e verifico que ela não voltou para o nosso quarto, apesar de ela não ter um cartão, de modo que não poderia entrar. Não está em lugar nenhum.

De repente, fico muito sóbria.

– Pense – digo a mim mesma em voz alta. – Não entre em pânico.

Lottie não está no pátio. Não está sentada do lado de fora do nosso quarto, nem em nenhuma área pública do hotel. Ela nunca iria à praia sem mim e, mesmo que fosse, o funcionário do hotel que cuida do portão tem instruções específicas para não permitir que as crianças saiam sozinhas. Com isso, resta apenas uma opção lógica: Lottie deve ter ido brincar no quarto de alguma outra dama de honra.

Na verdade restam duas opções, mas me recuso a colocar a segunda na mesa.

Volto ao balcão de recepção e pergunto à garota solícita quais são os números dos quartos das outras quatro damas de honra.

– Não posso dar – responde ela – mas posso ligar para eles, se a senhora quiser.

Lottie não está em nenhum dos outros quartos.

Faz vinte minutos que eu voltei da praia; vinte e três ou vinte e quatro minutos desde que Zealy e Paul viram Lottie. Imagino aquela certeza minúscula – *ela estava voltando para a barraca de sorvete com outras crianças* – como um ponto azul reluzente no centro de um círculo. A cada segundo que passa, o raio das possibilidades aumenta.

Até onde uma criança de 3 anos pode ir em cinco minutos? Em dez? Em vinte?

E se ela não estiver sozinha?

Não consigo mais ignorar a segunda opção. Volto correndo ao pátio, consumida pelo medo. Ela está se escondendo, digo a mim mesma. Deve estar se escondendo.

Sei que ela não está aqui, mas verifico de novo: embaixo das mesas e atrás dos grandes vasos de concreto com buganvílias, sem me importar se estou começando a atrair atenção. Estou tonta, como se tivesse vertigem. Meus olhos doem e a garganta está seca. Já sei que, de algum modo, minha busca mudou.

Esse vai ser o momento ao qual voltarei, de novo e de novo. As decisões que eu tomar agora, se vou à praia, mesmo sabendo que ela não está lá, ou para o estacionamento na frente do hotel, para o caso de ela ter passado pelo porteiro; se convoco outros convidados para ajudar na busca, me arriscando ao caos ou à confusão, ou se continuo procurando sozinha. O que eu fizer em seguida vai ser algo com o qual viverei para sempre.

– Ainda não achou? – pergunta Zealy, e eu faço o terceiro circuito pelas mesas do bufê.

– Ela não pode ter ido longe – repito.

Só que isso não é mais verdade. Em meia hora, Lottie pode caminhar mais de um quilômetro. E isso presumindo que ela esteja se movendo com energia própria. Visualizo uma mão apertando sua boca, um braço forte pegando minha filha, e luto para não vomitar.

Zealy levanta sua ridícula saia cor-de-rosa e vai até o DJ que está cuidando da música. Um instante depois, Elton John fica em silêncio e as pessoas se viram, surpresas.

– Escuta, pessoal – diz Zealy, batendo palmas para chamar atenção. – Parece que nós perdemos uma dama de honra. Não precisam se preocupar, mas se todo mundo puder ajudar a encontrá-la, a gente agradece.

Ela fala com o tom exato de preocupação contida. Enquanto os convidados do casamento começam a procurar em volta, Zealy convoca dois funcionários do hotel e os manda à praia, só para garantir.

Parte de mim tem certeza de que, em alguns minutos, quando Lottie for descoberta escondida atrás de um mostruário de cartões-postais ou dormindo a sono solto no saguão, vou desejar que Zealy não tenha dado o alarme prematuramente. Lottie apenas subiu procurando nosso quarto e se perdeu. Provavelmente está presa no elevador, ou sentada na escada, esperando alguém encontrá-la.

– Ela nunca iria para perto do mar – digo a Zealy. – Não quero perder tempo procurando lá.

– Ela poderia ir, se achasse que você estava lá.

Se ela me visse saindo com Ian.

A praia é o único lugar em que não procurei. Zealy e eu corremos para lá agora, e nem estou mais fingindo calma.

Grito o nome de Lottie até ficar rouca, enquanto nos viramos e corremos em direções opostas. A areia, que parecia linda há apenas algumas horas, agora é um pântano traiçoeiro que só serve para me retardar. É como um daqueles pesadelos ridículos em que a gente tenta fugir, mas percebe que está presa em areia movediça, os membros se movendo em câmera lenta enquanto um perseguidor sem rosto se aproxima cada vez mais.

O som do mar está mais alto no escuro. Aponto a lanterna do meu celular entre as espreguiçadeiras, para o caso de Lottie estar escondida ali, com medo demais para se mexer. Ela deve estar apavorada. Apesar de toda a sua coragem, ainda é uma criança de 3 anos sozinha no escuro.

Não sei até onde eu deveria ir, na praia. O pânico aperta meu coração. E se essa for a direção errada? E se eu estiver me afastando mais ainda de Lottie, em vez de me aproximar?

À minha frente, um catamarã encalhado brota da escuridão. Corro na direção dele. Visualizo Lottie agachada atrás do barco, perdida e amedrontada, os joelhos puxados contra o peito, o cabelo louro embaraçado pelo vento. A visão é tão real que, quando chego perto dos cascos de fibra de vidro, estou totalmente convencida de que Lottie está ali.

O grito de *achei!* morre nos meus lábios. Minha frustração é tão visceral que me apoio no catamarã e vomito na areia.

Enxugo a boca com as costas da mão e circulo o catamarã. Há tantos lugares em que ela poderia estar, tantas direções para onde pode ter ido! À minha direita fica o mar escuro. À esquerda, as luzes fortes da beira-mar de St. Pete Beach. Em frente à rua e atrás de mim existem quilômetros de areia sombreada, salpicada. Giro, com o pânico me engasgando. Ela pode estar em qualquer lugar.

Com qualquer pessoa.

Uma voz chama meu nome. Marc vem correndo pela praia na minha direção.

– Encontrou? – grita ele.

– Onde ela está, Marc?

Ele chega perto de mim e aperta meus ombros.

– Vamos achar. Ela não pode ter ido longe.

– Havia um homem – digo, lembrando subitamente.

– Que homem?

Não acredito que isso escapou da minha mente.

– Ontem à tarde, quando estávamos na praia. Eu o vi conversando com Lottie. Ele estava com a mão no ombro dela. – Franzo a testa, tentando me lembrar dos detalhes. – Quarenta e poucos anos, cabelo ralo. Magro. Bem-vestido, bem-vestido demais para a praia. Havia alguma coisa estranha nele.

– Precisamos ligar para a polícia – diz Marc.

Ligar para a polícia tornará tudo real. Minha filha não está simplesmente perdida ou se escondendo de mim. Está *desaparecida*. Ele acrescenta:

– É melhor prevenir do que remediar. Quando eles chegarem, tenho certeza de que iremos achá-la.

Agora há pessoas espalhadas por toda a praia, chamando o nome de Lottie. A atmosfera no hotel mudou quando Marc e eu voltamos, desesperados por notícias. Refletores foram ligados no pátio, mesas foram empurradas. O gerente está falando com funcionários reunidos num pequeno grupo ao lado do balcão de recepção. São instruídos a verificar dentro de qualquer local onde uma criança poderia se enfiar ou se esconder e possivelmente estar dormindo ou incapaz de sair: armários, pilhas de roupa lavada, eletrodomésticos grandes, construções externas ou porões.

Uma criança está desaparecida. Tudo deve ser posto em espera até que ela seja localizada.

Marc fala com o gerente do hotel. Já faz uma hora. Se ela estivesse no hotel, teria sido encontrada. Estão chamando a polícia. Meu mundo está se dividindo entre *antes* e *depois*.

Eu sei – todos sabemos – que, no caso de uma pessoa desaparecida, as primeiras setenta e duas horas são cruciais. Dessas horas preciosas, a primeira é a mais vital de todas. Já a desperdiçamos. Cada momento que passa leva minha filha para mais longe de mim. As chances de sua volta em segurança diminuirão hora a hora, minuto a minuto, até que me reste esperar por um milagre.

Luca e eu costumávamos brincar com a ideia de Lottie ser sequestrada. Se alguém a levar, dizíamos, vão trazer logo de volta.

Zealy segura a minha mão e não solta. Nós duas nos sentamos no saguão do hotel, esperando a chegada da polícia. Aqui são os Estados Unidos, digo a mim mesma. A polícia sabe o que está fazendo. Eles têm o FBI e a tecnologia mais sofisticada do mundo. Se alguém pegou minha filha, eles vão descobrir.

Há um grito súbito no corredor.

– Achei! – grita Paul.

Saltamos de pé. Todo mundo está correndo para ele.

Ele está segurando uma trouxa de tafetá cor-de-rosa. A cabeça loura de uma menininha repousa no seu ombro.

É impossível dizer se ela está viva.

10
Alex

A criança que Paul encontrou não é Lottie. Por acaso ele confundiu minha filha com outra dama de honra, Olivia Everett, de 5 anos, que caiu no sono na sala de recreação do hotel. A importância desse erro demora um momento para se registrar. E quando isso acontece, sinto que um abismo se abre sob meus pés.

– Foi você ou Paul que viu Lottie perto da barraca de sorvete, logo antes de eu voltar da praia? – pergunto ansiosa a Zealy.

Zealy olha para ele e depois de volta para mim, enquanto ela também percebe a seriedade do erro.

– Foi o Paul.

Paul, que tinha confundido Olivia com Lottie. Ele tinha confundido as duas a noite toda. Elas não se parecem: Olivia tem o cabelo muito mais escuro, um louro sujo, quase cinzento, e é muito mais magra do que Lottie. Mas para um homem sem filhos, com trinta e poucos anos, uma menininha de cabelos claros e vestido cor-de-rosa é muito parecida com outra.

O que significa que não foi minha filha que ele viu *voltando para a barraca de sorvete com outras crianças* há uma hora e dez minutos.

Era Olivia.

A linha de tempo com a qual estávamos trabalhando, o ponto azul no centro do círculo de possibilidades, não está onde, ou quando, pensávamos. Tudo precisa ser recalibrado. Precisamos refazer os passos desde o início.

O medo rasga o fino fiapo de esperança ao qual eu me agarrava. Eu sei, *eu sei,* que Lottie foi sequestrada. A culpa é uma sensação física, um tambor constante, nauseante, de dor nos meus ouvidos: eu abandonei minha filha e agora ela está desaparecida. Fracassei com ela do modo mais básico e fundamental: não pude mantê-la em segurança. E meu fracasso é amplificado pela revelação apavorante de que nem sei quando ela foi levada. Caí na mesma armadilha que Paul, cega pela saia cor-de-rosa.

Quando foi que vi Lottie com *certeza*? Não somente um vislumbre de tafetá cor-de-rosa correndo entre as mesas do bufê ou desaparecendo em esquinas, mas a própria Lottie?

Percebo, com um arrepio, que não a vi, com certeza absoluta, desde a cerimônia do casamento na praia, quando ela estava sentada em sua cadeira dourada a algumas fileiras de mim.

Não há uma hora e quinze minutos.

Há *quatro* horas.

Minha filha pode estar sumida há quatro horas e *eu nem notei*.

Enquanto suprimo o pânico, fixo aquela imagem na mente, sabendo que pode ter sido a última vez em que vi minha filha viva: Lottie olhando ferozmente para o mar, segurando seu cesto de flores vazio no colo, o cabelo platinado solto da trança pelo vento.

Vai ser a primeira pergunta que os policiais farão ao chegar: quando você viu sua filha pela última vez? E quando eu disser a verdade, isso vai afetar cada aspecto da investigação.

Num caso assim, um desaparecimento ou assassinato, a primeira pessoa sob suspeita é sempre a mais próxima e querida da vítima. Mas quando os policiais souberem que perdi minha filha de vista há quatro horas, sua avaliação a meu respeito passará de rotineira a séria. Eles perderão tempo mergulhando na minha história, na minha ficha como mãe, quando deveriam estar lá fora, procurando-a.

Fracassei duplamente com minha filha.

– Pelo amor de Deus, onde está a porcaria da polícia? – exclama Zealy, no momento em que dois policiais uniformizados entram na recepção do hotel.

A natureza conflituosa do sistema jurídico implica que, como advogada que defende algumas das pessoas mais prejudicadas do mundo, estou acostumada a enxergar a polícia como inimiga. Já vi coisas que acontecem depois de uma batida de manhã cedo: crianças separadas dos pais, pessoas decentes tratadas como criminosas, propriedades destruídas. Mas nunca fiquei tão feliz ao ver um uniforme policial.

Um dos policiais, uma mulher, fica para trás, falando ao rádio preso no peito. O outro se apresenta.

– Policial Spencer Graves, senhora. Sua filha está desaparecida, não é?

– Alguém a roubou – respondo.

– A senhora testemunhou o sequestro?

– Não, mas nós procuramos em toda parte. Sei que ela foi levada!

– Quantos anos tem sua filha, senhora?

– Três. Vai fazer quatro em fevereiro.

– Estamos perdendo tempo – exclama Zealy. – Vocês precisam dar um alerta e montar bloqueios de estrada antes que seja tarde demais!

– Senhora, precisamos estabelecer alguns fatos – diz Graves. – É possível que ela tenha se afastado sozinha?

– Nós já teríamos encontrado – respondo. – Metade dos funcionários do hotel está procurando por ela. Temos uma centena de convidados do casamento procurando na praia. Ela só tem 3 anos, não pode ter ido muito longe sozinha.

– Ela poderia estar com outra pessoa da família?

Minha frustração se intensifica. O tempo não é meu amigo. A cada segundo que passa, quem levou minha filha se distancia mais, e a área precisa ser examinada, o diâmetro das possibilidades se expande exponencialmente.

– Não tem mais ninguém da família aqui. Estou dizendo, alguém *roubou* minha filha!

– E o pai, senhora? Seria possível que ela estivesse com ele?

– Ele morreu – respondo rapidamente.

– Foi vítima do desmoronamento da ponte em Gênova, em agosto do ano passado – diz Zealy.

– Lamento saber, senhora.

Uma daquelas mortes aleatórias, sem sentido: sua hora chegou. Luca estava visitando os pais em Gênova, pouco depois de a mãe ser diagnosticada com demência. Por acaso, ele estava passando de carro pela ponte Morandi, a principal ponte que atravessa a cidade, quando alguns dos cabos se romperam. Ele foi uma das quarenta e três pessoas que morreram naquele dia. Seu corpo foi esmagado a ponto de não ser reconhecido, mas o rosto lindo ficou intacto, a não ser por um corte pequeno e fundo acima do olho direito.

Quando o vi deitado no caixão diante do altar na mesma igreja onde nos casamos, perto do povoado natal de sua mãe na Sicília, lembro de ter pensado que ele parecia estar dormindo. A qualquer momento abriria aqueles olhos lindos e acharia graça de toda a confusão que tinha causado.

Não pude afastar o olhar de seus pais abalados, com um enorme vazio aberto pelo sofrimento. Perder um filho. Nem dá para imaginar.

– Por favor – imploro. – Lottie não se afastou sozinha, nem se perdeu. Alguém a *pegou*.

Graves me olha interrogativamente e depois se junta à outra policial. Observo os dois conversando por alguns minutos e minha agitação aumenta. É evidente que eles acham que estou reagindo com exagero. Outra mãe histérica convencida de que sua filha foi sequestrada, quando a criança simplesmente caiu no sono em algum canto. A parte racional do meu cérebro não os culpa: em noventa e nove por cento das vezes eles devem estar certos.

O rádio da policial estala e ela volta para fora.

– Tenho certeza de que não há com o que se preocupar – diz Graves, voltando para perto de mim. – Nesses casos, praticamente todas as crianças aparecem em segurança. Mas sua filha é bem pequena. É meio tarde para ela estar por aí sozinha, por isso vamos pedir apoio à CCC.

Ela tem 3 anos, quero gritar. *É pequena demais para estar sozinha, seja tarde ou não!*

Contenho a ânsia de despedaçar o hotel com as mãos nuas, correr de volta à praia e revirar cada grão de areia. Preciso esperar, *esperar*, que as engrenagens dos procedimentos girem.

Zealy se recusa a se afastar de mim, mas insisto que Paul volte para fora e continue procurando com os outros. Cada par de olhos importa. Não consigo afastar o medo de estarmos fazendo tudo errado. Esta é a hora que ficará na minha mente, os momentos cruciais em que tive a chance de salvar minha filha, mas, em vez disso, deixei que ela escapasse por entre meus dedos.

É quase meia-noite quando dois novos detetives chegam. Eles jogam siglas para cima de mim, e depois, quando Zealy exige clareza, explicam que são da divisão de Crimes Contra Crianças do Bureau de Operações Investigativas do Departamento do Xerife do Condado de Pinellas. De novo, são um par de homem e mulher, mas, desta vez, o oficial de posto mais elevado é uma mulher de quarenta e poucos anos, a tenente Bamby Bates. É um nome ridículo, nome de stripper, mas ela parece astuta e eficiente, com olhos pretos aguçados que não deixam escapar nada, e sinto que finalmente alguém está me levando a sério.

– Vamos emitir um alerta Âmbar – diz ela. – Notificamos o departamento de polícia da Flórida. O alerta deve sair em minutos.

– O que é um alerta Âmbar? – pergunto.

– Significa que os detalhes sobre Lottie serão passados à mídia. Eles vão transmitir pelo rádio, pela TV e por mensagens de texto. Além disso, os dados vão para o sistema eletrônico rodoviário interestadual. Isso aqui não é Portugal – acrescenta ela. – A Lottie não vai desaparecer pelas rachaduras.

Ela sabe o nome da minha filha. Sabe o que aconteceu com Madeleine McCann, e onde. Está dizendo que é experiente e bem informada; sabe o que está fazendo. Seu departamento não vai pisotear pistas vitais nem deixar os rastros esfriarem.

– Você tem uma foto recente de Lottie em seu celular? – pergunta a tenente. – Podemos anexar ao alerta Âmbar.

Abro a foto que Zealy me mandou esta tarde, a que pus como protetor de tela, e envio para Bates. Lottie está usando o vestido cor-de-rosa com o qual foi vista pela última vez, olhando para a câmera com sua ferocidade usual, o cabelo louro desgrenhado já escapando da trança. Não é uma foto lisonjeira, mas é Lottie, a própria essência dela.

– E a mídia? – pergunto. – Será que devo fazer um apelo?

– Ainda não chegamos a esse ponto – diz Bates. – Sei que isso é muito difícil, Alexa, mas você precisa confiar em mim. Vou achar sua filha.

Nada é reconfortante, nada faz com que eu me sinta menos frenética. Mas reconheço que essa mulher é a corda de salvação de Lottie e que ela sabe o que está fazendo.

– Você não vai conseguir dormir – diz Bates, com a voz se suavizando. – E sei que você quer estar lá fora, procurando. Mas precisa deixar que a gente faça o trabalho.

Há uma agitação súbita no pátio. O pai idoso de Marc, Eric, vem correndo em nossa direção o mais rápido que consegue. Está segurando alguma coisa, mas não dá para ver o que é, até que chega quase em cima de nós.

Um sapatinho cor-de-rosa.

11
Quinn

Quinn demora alguns instantes para perceber que não foi enterrada viva. Seu nariz está comprimido contra uma tábua rachada, mas a bochecha esquerda também está. E, pelo que ela sabe, a convenção determina algum tipo de travesseiro quando você é preparado para o descanso eterno.

Vira-se até ficar deitada de costas e olha para a parte de baixo de um telhado de varanda. A perda do olho direito no ano passado atrapalhou sua percepção espacial, mas até ela pode ver que o telhado se inclina da construção num ângulo precário. Pretendia dizer a Marnie para consertá-lo na última vez em que acordou diante da porta da frente da sua ex-namorada.

Ainda não amanheceu; a névoa da madrugada de outubro paira sobre os campos de restolhos cinzentos ao redor da casa de fazenda. Quinn passa a língua pelos dentes que restam. Sua boca parece o fundo de uma caverna de morcegos. Odeia cair no sono sem usar fio dental, ainda que, nesse ponto, isso seja equivalente a repintar os corrimões do *Titanic*.

Seu telefone vibra no bolso de trás, mas ela o ignora. Deve ser da redação, e ela não pretende interromper a ressaca para falar com Washington. Eles podem mandar um dos correspondentes calouros seguirem qualquer amigo que o presidente tenha acabado de jogar aos leões.

A porta de tela se abre.

– Meu Deus – diz Marnie. – De novo?

Quinn se senta com dificuldade, fazendo força com o braço que ainda funciona.

– Você precisa consertar o telhado da varanda.

– Que porra você está fazendo aqui, Quinn?

– Vendendo biscoitinhos de escoteira?

Marnie puxa Quinn de pé.

– Não estou brincando. Isso precisa parar. – Marnie não convida Quin para entrar, mas também não bate com a porta na cara dela. Quinn a acompanha até a cozinha quente, sentindo-se um gato vadio que deixam entrar em casa depois de uma noite no telhado.

– Você não pode continuar enchendo a cara e vindo para cá – diz Marnie, empurrando uma caneca de café na direção dela, por cima da bancada. – Vai acabar caindo numa vala. E vou dizer uma coisa: você está com uma aparência de bosta.

Quinn sorriria se pudesse, mas perdeu a maioria dos músculos do lado direito do rosto.

– É isso aí – diz, sem nenhum traço de autopiedade.

Quinn pediu que a enfermeira trouxesse um espelho apenas três dias depois de a bomba explodir embaixo do seu jipe, na Síria. Na verdade, não conseguiu dizer à mulher o que queria, claro: seu maxilar ainda estava fechado com arames. Precisou escrever com a mão esquerda no bloco que lhe deram. Um ponto positivo para tudo isso: é o seu braço direito que está paralisado, e ela é canhota.

O desejo de ver sua aparência não foi provocado pela vaidade: ela é uma repórter de *televisão*. Os espectadores podem não esperar que suas correspondentes de guerra sejam louras bonitinhas, mas também não querem perder a vontade de jantar.

A alta administração da **INN** disse todas as coisas certas quando ela foi evacuada para casa, prometendo manter sua vaga aberta e pagar o tratamento médico particular e a reabilitação. Porém, assim que se olhou no espelho, Quinn soube que sua carreira estava fodida.

E foi ela que teve sorte. Seu cinegrafista, ajudante e tradutor tinha sido praticamente morto pela bomba à beira da estrada, junto com dois soldados americanos que os acompanhavam. Quinn "só" perdeu um olho, a parte inferior direita do maxilar e noventa por cento de uso do braço direito. Os cirurgiões plásticos a remendaram bastante bem, mas de jeito nenhum a **INN** a deixaria aparecer de novo no horário nobre da TV.

Em vez disso, mandaram o psiquiatra da empresa descartá-la da lista de repórteres, com o diagnóstico de estresse pós-traumático. Ofereceram um cargo que esperavam que ela não aceitasse, como chefe do escritório de Washington. Em teoria, era uma promoção.

Quinn sabe que virou um clichê: a jornalista amarga procurando redenção e um caminho de volta para a liga principal, mas não será ela a primeira a desistir. Até agora o impasse durou quinze meses. A INN a manda cuidar de matérias insignificantes que jamais recebem qualquer destaque. Ela retorna apenas o número suficiente de telefonemas para impedi-los de demiti-la.

Marnie cruza os braços e observa Quinn tomando o café.

– Você está se arriscando a pegar uma coisa e acabar morrendo. Ontem fez um grau negativo.

– O álcool não congela. Se eu cortar meus pulsos, sangro bourbon puro.

– Não é engraçado, Quinn.

Mesmo com a cara de sono e marcas do travesseiro nas bochechas, Marnie ainda é a mulher mais linda que Quinn já viu, com uma tocha de cabelos ruivos e delicada estrutura óssea céltica. As duas se conheceram há nove meses, num posto de gasolina em uma região rural de Maryland. Quinn estava com dificuldade para trocar um pneu com apenas um dos braços quando Marnie parou para ajudar.

A conversa levou ao jantar. O jantar, à cama.

A outra mulher não sentira repulsa pelos ferimentos desfigurantes de Quinn. O que acabou com o relacionamento, depois de apenas seis meses juntas, foi a incapacidade de Quinn em permanecer sóbria por mais de oito horas seguidas.

Quinn pega a jarra de café na cafeteira, envolvendo a caneca com a mão ruim enquanto a enche de novo. Aprendeu do modo mais difícil que acrescentar o sinal não visual, dado pelo sentido do tato, ajuda seu cérebro a avaliar a distância e a localização de modo mais preciso.

– Quanto tempo, dessa vez? – pergunta Marnie.

– Que dia é hoje?

– Domingo.

Quinn tem muitos defeitos, mas dizer a verdade e o resto que se dane faz parte do seu DNA.

– Três dias.

– Que merda, Quinn. Se quer ferrar sua vida, tudo bem. Mas eu não quero assistir na primeira fila.

Quinn estava ferrada muito antes da bomba. Foi nocauteada aos 7 anos, quando seus pais se divorciaram e depois lutaram para *não* ficar com a custódia. Obrigada a passar a infância viajando entre casas em Londres e na Escócia, sem ser bem-vinda em nenhuma das duas, não lamentou muito quando eles morreram de câncer, com seis meses de diferença, enquanto ela estava na faculdade. Quinn se especializou em desenterrar tudo que há de sombrio e feio na natureza humana porque é isso que ela conhece.

Seu telefone vibra de novo.

– Atenda – diz Marnie.

Quinn suprime o desejo de tomar um gole de Eagle Rare do frasquinho dentro da jaqueta e atende ao telefonema da redação.

Doze horas desde o desaparecimento

12
Alex

Continuo tentando explicar à tenente Bates o medo que minha filha tem do mar, mas ninguém quer me ouvir.

– Ela jamais iria para perto do oceano – digo de novo e de novo. O pai de Marc mostra o trecho de praia onde achou o sapato de Lottie flutuando na beira d'água. Está claro que a polícia prefere que isso seja um afogamento, não um sequestro. A Flórida é um local turístico, afinal de contas: sua economia depende da reputação de férias divertidas e familiares. Praia da Luz demorou anos para se recuperar do dano causado à sua imagem pelo caso McCann. Um afogamento seria uma tragédia, certo, mas somente para mim.

Agora há holofotes ao longo de toda a praia, deixando-a clara como o dia. A integridade forense importa menos do que localizar Lottie, mas, afora aquele sapato cor-de-rosa, nada mais é encontrado.

Sei que Bates quer que eu fique fora do caminho, no hotel, mas não consigo ficar parada. Quando o dia nasce, Zealy, Marc e eu retomamos a busca juntos, cobrindo cada centímetro da minúscula ilha-barreira.

Além do hotel principal, o complexo também tem uma dúzia de casas de férias separadas, acomodações para os funcionários e um campo de golfe com nove buracos. Nós pulamos por cima de muros baixos e examinamos o mato rasteiro, procurando em drenos, valas e embaixo da ponte que liga a ilha a St. Pete Beach. O silêncio é fantasmagórico: a maioria dos outros convidados para o casamento foi dormir e o pessoal de busca da polícia se moveu para o continente. Estamos completamente sozinhos

Parece que ninguém está procurando Lottie. Só eu e meus dois amigos mais queridos.

De repente, alguém na ponte chama meu nome. Levanto os olhos e me pego olhando um homem que segura uma máquina fotográfica com teleobjetiva.

– Vá se foder! – grita Zealy.

Ponho a mão no braço dela.

– Não. Talvez a gente precise da imprensa.

A tenente Bates está me esperando quando voltamos ao hotel.

– Queremos que você fale com a mídia – diz ela, com sentido de tempo perfeito.

Já estamos aqui: no ponto em que ela disse, há apenas algumas horas, que não queria chegar. Qualquer migalha de esperança de que isso seja um alarme falso, um quase acidente, se esvai.

Bates interpreta meu silêncio, corretamente, como consentimento. Eu plantaria bananeira cuspindo moedas de uma libra se achasse que isso traria Lottie para casa.

– Nós falamos com as redes locais – diz Bates. – Faremos o apelo às seis horas desta tarde, para pegar os noticiários noturnos. Não se preocupe com o que você vai dizer. Vamos ajudar com isso.

– Ela não está em condições de encarar a mídia – diz Marc.

– Sei que é difícil, mas quanto antes divulgarmos a história, melhor.

– Vocês não precisam da Alex para isso.

– Um apelo da mãe sempre tem força – diz Bates.

Nós dois sabemos o que ela realmente quer dizer. A mídia não quer só uma foto, ou uma detetive obstinada apelando por informação. Isso não vai gerar os cliques, likes, compartilhamentos e tweets que eles desejam. Eles querem lágrimas e dor. Eles *me* querem.

– O que vocês vão fazer enquanto isso? – pergunta Zealy.

– Garanto que estamos empenhados ao máximo nisso – responde Bates. – Temos um monte de gente procurando por ela. Estamos coletando imagens de câmeras nos postos de pedágio e de combustíveis. E tenho uma equipe montando uma linha do tempo da recepção do casamento: onde todo mundo estava durante a noite, e quando. Isso vai nos ajudar a descobrir quem pode ter visto alguma coisa. Frequentemente as pessoas não percebem a importância até mais tarde.

– Todo mundo estava tirando fotos – lembra Zealy. – Ela deve ter saído em algumas, pelo menos ao fundo. Elas vão ter registro de tempo...

– Já pedimos para todo mundo nos entregar o que tem – diz Bates. – Confie em mim, Zealy, estamos trabalhando.

Seu telefone toca e ela murmura um pedido de desculpas, depois se afasta do alcance da audição.

Ponho minhas mãos sobre os olhos, exausta e apavorada de um jeito que nem consigo imaginar. Lottie esteve desaparecida durante toda a noite. Estou tão cansada que mal consigo ficar de pé e, no entanto, me sinto consumida por uma agitação incontrolável. Sinto muito frio e minhas mãos ficam se retorcendo, uma manifestação física da ânsia de procurar.

Percebo que não posso mais adiar um telefonema para os meus pais. Isso vai despedaçar o mundo deles. Os dois adoram Lottie; ela é a única neta e a luz da vida deles. Desde que Luca morreu, eu a levei para a casa deles na maioria dos fins de semana. Morro de medo de pensar no que essa notícia vai causar. Mas preciso contar, antes que eles fiquem sabendo por outra pessoa.

Simplesmente dizer as palavras em voz alta para mamãe e papai torna o pesadelo real.

Quando mamãe começa a soluçar, desmorono completamente e preciso entregar o telefone a Zealy.

Ela pede para papai contar à minha irmã e aos pais de Luca, Elena e Roberto. Nunca fui próxima dos meus sogros; desde o início, eles deixaram claro que queriam que o filho único se casasse com uma bela garota italiana, que ficaria em casa e teria filhos, não uma ambiciosa mulher de carreira. Eles me toleravam enquanto Luca e eu estávamos juntos, mas depois do divórcio me tornei *persona non grata*. Eles não falam comigo, nem quiseram ver Lottie desde o enterro dele. Mas os dois estão velhos e frágeis: Roberto tem sérios problemas cardíacos e Elena está nos primeiros estágios do mal de Alzheimer, um dos motivos pelos quais Luca viajava tanto para vê-los. Eles merecem receber essa notícia de pessoas da família, não acordar e ler nos jornais.

– Seu pai e sua mãe disseram que vão pegar o próximo voo – diz Zealy.

– E Harriet?

– Ele vai ligar para ela agora.

– Eles não deveriam vir – digo. – Mamãe não anda bem. E quando chegarem aqui, já teremos encontrado Lottie, de qualquer modo.

– Claro que sim – diz Zealy com determinação.

Voltamos para baixo e encontramos Marc, mas Bates nos intercepta no saguão.

– Eu gostaria que você visse uma coisa – diz ela, me entregando seu telefone.

– O que é? É a Lottie?

– Por favor.

A tela está pausada numa imagem granulada, em preto e branco, de uma câmera de circuito fechado de um posto de gasolina. É de ontem à noite: o horário indicado na base da tela é 23h42. Bates dá play no vídeo para mim. Um homem gordo, de meia-idade, com bermuda cargo, sandálias de plástico e camiseta sem mangas sai do posto de gasolina e vai em direção a uma picape de quatro portas. Inclina-se pela janela do banco do carona, como se falasse com alguém, depois bate com o punho carnudo no teto do veículo.

Olho para Bates.

– O que é isso?

– Por favor, continue olhando.

O homem dá a volta na picape e se senta no banco do motorista. De repente, uma das portas de trás se abre. Uma criança começa a sair: uma menina com um vestido de saia ampla que aparece em cinza na imagem da câmera de segurança. Os pés estão descalços.

Então a criança é puxada de volta para dentro do veículo, e a pessoa no banco do carona – é impossível dizer se é um homem ou uma mulher – estende a mão para a maçaneta da porta de trás e a fecha por dentro. O carro parte.

A cena inteira não demorou mais do que alguns segundos.

13

Quando chamo, ela vem para mim, os olhos brilhantes de curiosidade. Ela deveria saber, mas evidentemente é uma daquelas crianças que adoram violar as regras.

Conto minha história e depois me viro como se fosse embora, sabendo que a curiosidade será a sua ruína. Acertei. Ela me alcança e segura minha mão, porque confia em mim. Vamos andando à plena vista, ao longo da praia, passando por dezenas de pessoas. Ninguém nem mesmo tenta nos parar.

Não acredito que seja tão simples. Este é o momento de maior risco, o único período em que, apesar de todo o meu planejamento cuidadoso, os eventos estão, em grande parte, fora do meu controle. Se alguém a vir comigo e nos questionar, tenho a desculpa preparada. Mas ninguém sequer percebe. Somos Nós nos tornamos invisíveis por nossa própria aparência comum, a menina e eu.

Ando um pouco mais depressa. O relógio já está correndo. Podem notar a falta da criança a qualquer momento. O tempo é fundamental.

Viro num caminho pedregoso que se afasta da praia. Ela está descalça, mas não reclama. Mas está nos retardando enquanto pula, cuidadosamente, de um pé para o outro, por isso, eu a pego no colo. Ela não protesta.

Chegamos ao meu carro alugado, que deixei no estacionamento de uma igreja porque o lugar não tem câmeras de segurança. O documento que apresentei na locadora de veículos é obviamente falso; você ficaria em choque com a rapidez com que pode obter uma carteira de motorista falsa pela internet. A dark web não é um local distante e sinistro na Terra Média. Fica bem aqui, Mordor nas pontas dos dedos, a um clique de distância.

Usei o mesmo documento para reservar um quarto de hotel barato. Nem precisei lidar com um ser humano; um código de segurança foi mandado para o meu telefone pré-pago.

A criança franze a testa pela primeira vez quando abro a porta do banco de trás do carro.

– Cadê minha cadeirinha de carro? – pergunta ela.

– Você não é grande demais para isso? – pergunto de volta, se bem que, claro, ela não é. Ela responde satisfeita:

– Sou.

Não faz perguntas enquanto vamos até o hotel. Tive o cuidado de escolher um caminho com poucas câmeras de trânsito e sem pedágios. Estamos rodando há mais de quarenta quilômetros quando ela pede para ir ao banheiro, mas digo que estamos quase chegando. Não tenho intenção de fazer nenhuma parada não programada em nenhum lugar que eu não tenha tido a chance de examinar primeiro.

Paro atrás do hotel. Vou abandonar esse carro logo, mas primeiro preciso fazer uma coisa.

Abro o porta-malas e pego uma bolsa de lona azul-marinho, genérica.

Dentro há um rolo de sacos plásticos para lixo, pretos, alguns fechos de arame e uma tesoura grande.

14
Alex

Outro alarme falso. A criança no banco de trás da picape no posto de gasolina não é Lottie. É parecida com ela. A menininha tem a mesma idade, o mesmo tipo de corpo. Tem cabelo louro comprido como minha filha, mas dá para ver, mesmo pela imagem granulosa e cinza da câmera, que não é o mesmo tom nórdico de platinado do cabelo de Lottie.

Poderia ser minha filha. Mas não é.

A tenente Bates me pressiona para ter certeza. A menininha na imagem da câmera de segurança parece estar sofrendo algum tipo de coação. Usa um vestido rígido, formal, que lembra bastante o vestido de dama de honra de Lottie, uma roupa incomum para uma ida à praia. Será que tenho *certeza* absoluta...

Tenho.

A esperança súbita, e depois o desapontamento maligno, me deixam arrasada. Meu medo e minha impotência chegam a um ponto de ruptura; estou me sentindo como um animal enjaulado, demente. Sem dúvida, isso é tortura do tipo mais cruel. Não percebo que estou gritando e batendo os punhos no tampo de mármore do balcão de recepção até que Marc me envolve em seus braços e me contém fisicamente, para que eu não me machuque. Desmorono de encontro a ele, liberando minha agonia em soluços ásperos, crus. É como se meu coração tivesse sido arrancado. Até este momento, eu não havia percebido que a criança que eu jamais quisera ter se tornara a razão da minha vida.

Zealy e Marc imploram que eu suba para descansar um pouco, mas sei que o sono é impossível. Só quando Bates observa que preciso estar coerente para fazer o apelo à imprensa, esta tarde, concordo em ao menos tentar.

Zealy me ajuda a tirar o vestido de noite azul-claro que venho usando desde ontem à tarde. Agora ele está irreconhecível: rasgado e manchado devido a horas procurando entre arbustos e mato baixo.

O vestido vai direto para a lixeira e Zealy escolhe no guarda-roupa uma camiseta branca limpa e uma calça de linho amarrada com cadarço. Tenta me convencer a tomar um banho de chuveiro antes de vesti-las, mas recuso. Não tenho paciência.

Fico deitada no quarto escurecido enquanto Zealy cochila numa poltrona, recusando-se a me deixar sozinha, mas não consigo dormir. Não posso me imaginar dormindo de novo até que minha filha seja encontrada. Preciso manter vigília pela minha filha.

Entro e saio de um crepúsculo exausto, entrecortado, assombrado por imagens horríveis do corpo maculado da minha filha, frio e imóvel numa mesa de mármore, o rosto ensanguentado e ferido. Acordo com o coração martelando, as roupas encharcadas de suor. Mesmo quando me levanto e troco a camiseta, não consigo me livrar das imagens dançando na mente. Não sei se algum dia serei capaz de fechá-los de novo.

Bates e seu colega, o sargento Lorenz, querem falar comigo antes da coletiva de imprensa. Nas últimas horas, a polícia tomou contra do centro empresarial que dá para a piscina. Duas pequenas suítes estão sendo usadas como salas de entrevistas, e na sala de reuniões principal a foto de Lottie que dei a eles foi ampliada e grudada numa parede de vidro.

Fotos menores dos principais atores do drama – eu, Marc, Sian, as damas de honra e os padrinhos, até uma foto antiga de Luca, presumivelmente baixada de alguma rede social – estão grudadas num semicírculo em volta de Lottie. Setas com códigos de cor nos conectam de maneiras que não consigo decifrar.

Agora estão montando uma linha de tempo detalhada. Preenchendo as lacunas, juntando os últimos movimentos conhecidos de Lottie a partir de testemunhas e fotos tiradas dos celulares das pessoas.

Enquanto acompanho Bates pela sala de reuniões até uma das suítes reservadas para entrevistas, ela me conta que eles acham que a última pessoa a falar com Lottie foi a mãe de Sian, Penny; vários convidados viram Lottie conversando com ela enquanto todo mundo ia da praia para o hotel. Mas Penny não tem nada de útil para acrescentar. Nem se lembra do encontro.

Depois disso, a pista esfria.

A polícia não consegue encontrar uma única pessoa que se lembre de ter falado com Lottie depois do final da cerimônia. Não há nenhuma foto dela na recepção, apesar de tantos de nós a termos visto – ou assim *pensarmos* – andando de um lado para o outro entre o bufê e a barraca de sorvete.

Minha cabeça oscila com náusea. Estive agarrada como um afogado à esperança de que ela *estivesse* na recepção, ainda que eu não tivesse visto; de que ela não estivesse desaparecida durante horas antes de eu dar o alarme.

É possível, claro, que ela simplesmente não tenha saído em nenhuma foto, por acaso. Mas dado o volume de imagens que a polícia obteve com os telefones das dezenas e dezenas de convidados, para não mencionar o fotógrafo oficial, são minúsculas as chances de que ela não estivesse ao fundo de pelo menos algumas. Muito mais possível é a verdade aterrorizante de que todas aquelas aparentes visões de uma menina loura com vestido cor-de-rosa não fossem Lottie, afinal de contas.

Todos cometemos o mesmo erro que Paul: uma menininha num vestido cor-de-rosa com saia rodada é parecida com qualquer outra.

Até mesmo, de modo imperdoável, para a própria mãe.

Enquanto estive no quarto, tentando dormir, a polícia sequenciou as fotos. A última que eles têm foi tirada às 18h33, por Flic Everett, que estava tirando uma foto de Olivia.

Bates a mostra a mim, empurrando-a por cima da mesa de fórmica entre nós. Lottie está sentada em sua cadeira dourada no final da primeira fila na praia, a cabeça virada para longe da câmera como se alguma coisa – ou alguém – tivesse atraído sua atenção fora do quadro. Se soubéssemos o que era, ou quem, talvez isso nos dissesse onde ela está agora. Segundo Bates, eles estão fazendo cruzamento entre todas as fotos que conseguiram, tentando descobrir qual é o objeto da atenção de Lottie, mas é um processo lento, trabalhoso, e nesse meio tempo minha filha continua sumida.

18h33.

Quase quatro horas antes de eu informar o desaparecimento dela.

Antes mesmo de eu notar que ela havia sumido.

Agora percebo por que o tom das perguntas de Bates e Lorenz mudou sutilmente, e por que estou numa sala de entrevistas, e não sentada no sofá da recepção.

Entendo a lógica: estatisticamente sou a pessoa com maior probabilidade de ter feito mal à minha filha. Mas enquanto procuram rachaduras na minha história, me interrogando sobre quando Lottie era um bebê ou se acho difícil me virar como mãe solo, eles não estão lá fora, procurando-a.

– Você deixou uma criança de 3 anos voltar para o hotel sozinha? – pergunta Lorenz. É a terceira vez que ele faz a mesma pergunta, ainda que de modos diferentes. – Você achou isso certo?

– Ela não estava sozinha! Todas as damas de honra foram atrás de Sian e Marc pelo corredor, e depois todos os convidados voltaram num grupo grande. Era um *casamento*!

– Mas você não foi encontrá-la assim que chegou à recepção?

– Ela é uma garotinha muito inteligente – digo, e até mesmo aos meus ouvidos estou parecendo na defensiva. – Lottie não precisa que eu fique verificando como ela está a cada cinco minutos.

E então Bates me pergunta o que eu estava fazendo na janela de tempo crucial entre 18h33, quando Flic Everett tirou aquela última foto de Lottie, e 22h28, quando a polícia recebeu o primeiro telefonema informando o desaparecimento.

Conto a verdade: fazendo sexo na praia com um estranho.

Não demorou muito: aproveitamos a privacidade dada pelas espreguiçadeiras cobertas e Ian era um amante atlético. Tive dois orgasmos, numa sucessão intensa, aguda, antes de Ian gozar com um grunhido. Vinte minutos, do começo ao fim.

Passamos mais vinte minutos, no máximo meia hora, olhando as estrelas e conversando. Fiquei longe da festa por menos de uma hora.

Não sinto vergonha do sexo: sou solteira, tenho tanto direito quanto um homem de curtir uma diversão sem compromisso.

Mas também sou mãe, e para todo mundo na sala está claro que eu me priorizei com relação à minha filha. Não fui encontrá-la assim que o casamento terminou porque estava ocupada demais tomando champanhe e flertando com um estranho.

Mesmo que eu tenha nada a ver com o desaparecimento dela, sou culpada.

– O que você sabe sobre Ian Dutton? – pergunta Lorenz.

– É amigo de Marc. Nunca falei com ele antes de ontem à noite.

– A ideia de ir para a praia foi dele?

– Não, foi minha.

Olho a foto de Lottie entre nós, na mesa.

– Ian não poderia ter nada a ver com isso – digo. – Ele estava comigo quando ela desapareceu.

– Você está presumindo que um único indivíduo é o responsável – diz Bates. Suas palavras conjuram imagens que não quero ter na cabeça. Redes de tráfico de sexo, círculos de pedófilos, homens trabalhando em conjunto para levar crianças a porões escuros e colchões manchados.

– Entendo por que vocês precisam fazer essas perguntas – digo, tentando manter a voz firme. – Mas eu não fiz mal a Lottie, nem nenhum dos nossos amigos. Eu contei a vocês sobre um homem que vi falando com ela na praia. Vocês fizeram alguma verificação sobre ele?

Lorenz se recosta na cadeira.

– Estamos examinando cada possibilidade.

– Você diz que Lottie é uma criança inteligente – diz Bates.

– E *é*. Ela não saiu andando por aí, nem se perdeu. Ela jamais iria para perto da água. E não é do tipo de criança que se deixa enganar por histórias de cachorrinhos perdidos. Alguém a *levou*.

– Um estranho?

– Obviamente!

– Veja bem, é isso que me confunde – diz Bates. – Lottie desapareceu no meio de um casamento. No entanto, *ninguém* parece ter notado. Ninguém viu nada, ninguém ouviu nada.

O sangue ruge nos meus ouvidos. De repente, entendo o que ela está dizendo, a percepção golpeando meu estômago com a velocidade e a força de um trem.

Se um estranho tivesse pego Lottie à força em plena luz do dia, isso atrairia uma atenção gigantesca. Minha filha pode ter apenas 3 anos, mas a simples tentativa de sentá-la em sua cadeirinha no carro é como lutar contra um crocodilo. Ela teria gritado, golpeado, criado uma confusão tão grande que ninguém poderia ignorar.

Sequestrá-la da recepção sob o disfarce da escuridão e da música alta poderia ser mais fácil. Mas o acesso seria muito mais difícil. A praia é pública, mas a área da recepção perto da piscina estava restrita aos convidados do casamento, reforçada com a segurança do hotel. E a falta de alguma fotografia ou algum avistamento genuíno da minha filha na recepção dá peso à teoria de que ela jamais voltou ao hotel.

– É possível que ela tenha saído da praia por vontade própria, claro – sugere Bates. – Mas, se não foi assim, me parece mais plausível que estivesse com alguém conhecido, em quem ela confiasse.

Não sei se isso piora as coisas.

– Nós *vamos* encontrá-la – diz Bates.

Mas nós duas sabemos que o tempo está se esvaindo. Ninguém viu Lottie há mais de vinte e quatro horas. Não preciso que me digam que, se ela não for encontrada nas próximas quarenta e oito, talvez nunca seja.

Lottie, 3 anos, sequestrada enquanto a mãe participava de festa de casamento

DAMA DE HONRA SEQUESTRADA

Ontem à noite, a abalada mãe de Charlotte Martini, de 3 anos, continuava agarrada às esperanças de ela ainda estar viva.

Enquanto a busca desesperada continuava na Flórida, a mãe reviveu o momento aterrorizante em que descobriu que sua filha havia desaparecido de uma recepção de casamento no elegante Sandy Beach Hotel, numa ilha particular junto ao litoral de St. Pete Beach, enquanto ela conversava com convidados a pouca distância.

Alexa Martini, 29 anos, advogada de direitos humanos, disse a familiares e amigos acreditar que a filha foi sequestrada momentos depois de realizar sua tarefa como dama de honra no casamento de um amigo da família, Marc Chapman.

A avó da criança, Mary Johnson, 59 anos, que chegou ontem de avião com seu marido, Anthony, de 65, para ficar com a sra. Martini, descreveu o telefonema frenético que recebeu quando a filha descobriu que a menina estava desaparecida, por volta das onze da noite de sábado. "É o telefonema que nenhuma mãe jamais quer dar ou receber. Ela disse: 'Lottie foi sequestrada, Lottie foi sequestrada'. Estava histérica. Ela só afastou os olhos da filha por uma fração de segundo. Era dia claro, estavam num casamento. Lottie é o amor da vida da mãe."

Ontem a polícia da Flórida isolou a praia e a área do pátio junto à piscina onde aconteceu a recepção do casamento, e peritos forenses passaram pente fino na área, procurando pistas. Foi emitido um alerta Âmbar — um apelo nacional para encontrar a criança desaparecida — e todos os portos e aeroportos foram notificados.

Porém, apesar de uma busca intensa durante toda a noite, envolvendo a polícia, mergulhadores e voluntários, não há sinal de Lottie, que usava um vestido cor-de-rosa de dama de honra e sapatilhas quando desapareceu.

Homem magro

A polícia apela para que um "homem magro", visto carregando uma criança perto do hotel na hora do desaparecimento de Lottie, se apresente. A tenente Bamby Bates, do Departamento do Xerife do Condado de Pinellas, disse que a polícia precisava falar "urgentemente" com o homem para descartá-lo da investigação.

Ontem à noite, enquanto helicópteros da polícia examinavam o mar, a praia e a área ao redor, a mãe de Lottie fez uma declaração. "Este é um momento muito difícil para toda a família, e estamos todos arrasados. Só conseguimos pensar na volta de Lottie em segurança, e pedimos que qualquer pessoa que saiba de alguma coisa faça contato com a polícia."

É a segunda tragédia a assolar a família em pouco mais de um ano. Em agosto passado, o marido da sra. Martini, o italiano Luca Martini, de 38 anos, morreu durante o desmoronamento de uma ponte em Gênova, onde sua abastada família tem uma empresa de importação e exportação de café. A irmã do noivo, Zealy Cardinal, de 32 anos, disse: "Alex mal se recuperou da perda de Luca. Ela é uma mulher forte, mas isso abalaria qualquer pessoa. Estamos rezando para que Lottie volte logo para casa."

Focada na carreira

Alexa Martini, considerada uma estrela em ascensão em sua firma de advocacia em Londres, a Muysken Ritter, tinha se mudado recentemente para uma casa de 650 mil libras em Balham, sul de Londres.

Uma amiga da família, que pediu para não ser identificada, disse: "Estão vendo tudo com maldade, as pessoas que criticam Alex por deixar Lottie voltar da praia sozinha. Alex é muito focada na carreira. É uma mulher que se dedica e trabalha duro, de modo que é razoável que ela relaxe um pouco, de vez em quando. Mas isso é ridículo. Ela estava por perto e havia dezenas de pessoas ao redor. Todos estavam de olho uns nos outros. Ninguém estava bêbado."

Vinte e quatro horas desde o desaparecimento

15
Alex

A polícia ainda não decidiu se acredita que sou culpada. Mas certamente está mantendo a possibilidade em aberto.

– Se aconteceu alguma coisa com Lottie – diz Bates –, se aconteceu um acidente, Alex, e você entrou em pânico, esta seria a hora de contar à gente.

– Quando?

– Quando?

– *Quando* foi esse acidente? – pergunto, incrédula. – Vinte testemunhas vão confirmar que fui direto do casamento para a recepção perto da piscina. Segundo as provas que vocês obtiveram, nesse ponto Lottie estava viva e bem de saúde. Mais uma dúzia de pessoas pode confirmar que não fiquei sozinha nem por um segundo durante a recepção. *Quando* eu poderia ter feito mal a ela?

– Alex, ninguém está acusando você de nada – diz Bates. – Como eu disse, simplesmente precisamos considerar todas as possibilidades.

– Há um período significativo de tempo em que você não está em nenhuma das fotos – diz Lorenz. – Na verdade, por mais de uma hora.

– E eu disse o que estava fazendo, e com quem!

– Sra. Martini...

Empurro minha cadeira para trás.

– Acho que eu não deveria continuar essa conversa sem um advogado.

Não sou idiota a ponto de achar que os inocentes não precisam de advogados; que quem não tem nada a esconder não tem nada a temer.

Bates e Lorenz me acompanham de volta até a sala de reuniões principal, onde Zealy está esperando por mim. Um grupo de estudantes universitários joga vôlei na areia branca lá fora. Um catamarã corta o oceano turquesa ao longe. A vida já está voltando ao normal. *Parem todos os relógios*, penso. Como as pessoas podem velejar e jogar bola quando minha filha está desaparecida?

Imagino que mergulho no oceano, nadando o mais rápido possível até estar tão longe e exausta que posso deixar que a água simplesmente me puxe para baixo e ponha um fim em tudo isso.

Uma jovem policial negra se aproxima de Bates, focalizada demais na urgência do que tem a dizer para prestar atenção em mim.

– Tenente, temos uma testemunha que acha que viu alguma coisa – diz ela. – Um homem carregando uma criança mais ou menos na hora em que a menina desapareceu. Disse que acha que ele parecia estranho.

– Como assim?

– Só estou dizendo o que ela contou.

– Quem é a testemunha?

Um pouco tarde, a policial me percebe e hesita. Bates sinaliza para ela continuar.

– Uma pessoa que estava no casamento. A madrinha, Catherine Lord.

– Por que ela só contou isso agora? – pergunta Bates.

– Ela disse que não tinha percebido o que viu, até agora.

– Puta que pariu. Onde ela está?

– Na sala de entrevistas 2.

Bates se vira para mim, mas eu a faço parar.

– Ela me disse que não tinha visto Lottie a noite inteira – digo. – Quero ouvir isso.

– Se for importante, você vai ser a primeira a saber.

– Deixe a detetive fazer o trabalho dela – diz Zealy. – Você precisa comer alguma coisa. Pelo menos venha tomar um café. Você não vai ajudar Lottie em nada se não cuidar de si mesma.

Bates e Lorenz já estão indo para a sala de entrevistas. Deixo Zealy me levar até duas poltronas verde-bile estampadas com flamingos cor-de-rosa no saguão do hotel. Ela pede dois sanduíches, mas depois das duas primeiras mordidas não consigo comer mais e afasto o prato. Há um nó duro na minha garganta, dificultando engolir. Mesmo com o benefício de duas xícaras de café na corrente sanguínea, me sinto tonta e estranhamente separada do ambiente ao redor.

Sou assombrada pela verdade da observação da tenente: Lottie conhecia o sequestrador. Alguém em quem ela *confiava* a levou. Alguém daqui, deste casamento.

Alguém que, agora mesmo, está fingindo ser meu amigo.

16
Alex

Bates volta em menos de uma hora para nos deixar a par.

– A descrição que Catherine Lord fez é de um homem branco, quarenta e poucos anos, magro, altura mediana com cabelo escuro ralo – diz ela. – Parece alguém que você conhece?

Parece exatamente o homem que eu vi falando com Lottie na praia, e digo isso. Lorenz não consegue me olhar nos olhos, e de repente eles estão me tratando de novo com luvas de pelica. Mas qualquer justificação que eu possa estar sentindo é varrida para longe por um tsunami de culpa. Eu deveria ter informado o incidente quando aconteceu. Deveria ter mantido Lottie perto de mim, sabendo que ela poderia estar em risco.

Deveria. Poderia.

Se ao menos.

Mais alto do que o tambor da culpa é a pancada de terror no meu coração. Antes o monstro dos meus pesadelos era abençoadamente vago: uma sombra escura, enevoada. Agora ele tem um rosto. Por mais agonizante que seja não saber o que aconteceu com Lottie, a ideia de ela estar nas mãos desse homem é pior. Um homem que pode estar fazendo coisas indescritíveis, impensáveis com ela enquanto ficamos aqui parados.

– O que mais a Catherine disse? – pergunto.

– Alex, não temos certeza se isso é...

– Diga!

A tenente me encara.

– A Srta. Lord viu um homem carregando uma criança entre a lateral do hotel e os apartamentos dos funcionários, uns vinte minutos depois do fim da cerimônia do casamento. Ela tinha ido ao banheiro se retocar e viu os dois pela janela.

– Por que ela não disse nada antes? – pergunta Zealy.

– A criança estava enrolada numa toalha de praia – responde Bates. Ela não fez a ligação com Lottie porque não viu um vestido cor-de-rosa. E a criança que ela viu estava com os pés descalços. Catherine se lembra disso porque os pés da criança estavam sujos, como se ela tivesse andado descalça na calçada. Lottie usava sapatilhas quando desapareceu.

– Ela odeia sapatos – digo. – Ela sempre tira os sapatos.

Bates olha para Lorenz, que assente como se fizesse uma anotação mental.

Por mais que eu queira saber o que aconteceu com minha menininha, não consigo suportar que seja isso.

– Devia haver um monte de pais carregando os filhos após a praia ontem – digo, em desespero. – Por que ela acha que era Lottie?

– Ela disse que ele não parecia turista – responde Bates. – Ela acha que a criança estava dormindo, não tem certeza se era um menino ou uma menina. Mas disse que ele não parecia à vontade carregando a criança, como se não estivesse acostumado com isso. Ele estava com ela deitada no colo, em vez de encostada no ombro, você sabe, como a gente faz com crianças maiores. Catherine disse que os dois simplesmente pareciam esquisitos.

– Meu Deus – diz Zealy. – E ela acha que não poderia ter sido útil saber disso antes?

Não tenho energia sobrando para a raiva.

– Vocês acham mesmo que era a Lottie?

– É cedo demais para dizer. De qualquer modo, precisamos que ele se apresente.

– Temos um perito desenhista com a Srta. Lord agora – acrescenta Lorenz.

– Um perito desenhista? E as câmeras de segurança?

– Não existe nenhuma na lateral do hotel. A loja de bebidas do outro lado tem umas duas câmeras, mas esse cara, quem quer que seja, foi esperto em se desviar delas. – Lorenz dá de ombros. – Nada no estacionamento, também. Mas estamos eliminando os veículos que estavam lá, associando cada um aos hóspedes do hotel. Ninguém viu o sujeito atravessar a ponte carregando uma criança, de modo que ele devia ter um carro em algum lugar. Vamos encontrá-lo.

A cada vez que alguém diz isso, parece menos verdadeiro.

– Sei como é difícil, Alex – diz Bates. – Mas temos uma equipe ótima trabalhando. Recebemos um monte de telefonemas do alerta Âmbar. É só questão de tempo...

Atrás de mim, alguém chama meu nome.

Ainda que eu deva ser a forte aqui, no momento em que vejo mamãe parada no saguão do hotel corro para ela e me jogo nos seus braços feito uma criança.

Papai nos envolve e ficamos juntos, tirando forças do sofrimento compartilhado.

Sempre fomos assim, um trio tão unido que pode ser difícil enxergar as costuras.

Quando papai finalmente nos solta, Marc e Sian estão parados, sem jeito, ali perto, obviamente tentando não interromper.

Mamãe abraça um de cada vez.

– Lamento demais isso ter acontecido com vocês – diz ela.

Sian parece surpresa e agradecida. Nem me ocorreu dedicar um pensamento a uma noiva cujo casamento foi roubado do modo mais terrível. O sofrimento nos deixa egoístas. Mas Sian e Marc jamais poderão comemorar o aniversário de casamento sem lembrar isso. Somente mamãe pensaria em reconhecer a perda deles no meio da nossa.

Marc me diz:

– Queríamos estar com você para a coletiva. Alguns outros também estão descendo para isso. Apoio moral.

– Devíamos arranjar um advogado para você – diz papai. – Não importa o que a polícia disser agora, vão começar a olhar para você, se é que já não estão olhando. E você precisa de alguém para cuidar da mídia, também. Depois de esse apelo ser divulgado, a história vai ganhar vida própria. Precisamos de alguém para manter a imprensa longe, de modo que você possa se concentrar no que precisa fazer.

– Eu cuido disso – oferece Marc. – Tenho alguns contatos na mídia aqui e na Inglaterra.

– Ótimo – digo.

Mamãe está observando Lorenz e Bates enquanto eles conversam com os colegas junto à porta da sala de reuniões. Por baixo do verniz de competência maternal que conheci durante toda a vida, ela parece amedrontada e subitamente velha. Ainda não fez 60 anos, mas já teve dois entreveros com o câncer, e sua neta querida desapareceu. Sua pele está amarelada, parecendo feita de cera, e há bolsas cinzas embaixo dos olhos. Vou gostar quando minha irmã chegar para cuidar da pessoa de quem preciso para cuidar de mim.

– A que horas chega o voo de Harriet? – pergunto a papai.

– As Shetlands ficam longe, querida. Lottie vai estar em casa muito antes que Harriet possa chegar aqui.

Demoro um momento para perceber que minha irmã não vem. Nosso relacionamento sempre foi complexo. Somos irmãs, afinal de contas. Amigas e rivais na mesma medida. Sempre invejei a capacidade de Harriet para se aproveitar das batalhas que, como primogênita, eu travava com nossos pais por causa dos toques de recolher, dos garotos e da escola; ela se ressentia porque nunca podia fazer nada antes. Quando eu era criança, nunca me ocorreu que ela poderia se sentir excluída do triunvirato retroalimentado que meus pais e eu tínhamos estabelecido antes de ela nascer, dois anos depois. Só recentemente me perguntei se a ida dela para as Shetlands não seria uma retirada tática, precipitada por um instinto de autopreservação.

Também tenho consciência da crueldade do destino: a irmã que priorizava o trabalho acima da família recebeu uma filha que não pediu, ao passo que Harriet, que sempre quis um bebê, jamais terá. Mas nós nos amamos demais. Nunca questionei isso.

E ela adora o chão que Lottie pisa; jamais duvidei disso, também. Harriet foi a primeira a me visitar no hospital, quando Lottie nasceu. E, diferentemente de mim, tinha uma facilidade natural com a bebê. Lottie sofria com cólicas e, dias depois de levá-la para casa, Luca e eu estávamos de joelhos, de tanta exaustão. Nada que fizéssemos a acalmava: esfregávamos as costas dela, colocávamos uma bolsa de água quente em sua barriguinha, dávamos remédio para cólicas. Cheguei a mudar minha dieta e cortei qualquer comida temperada, para o caso de alguma coisa no leite estar fazendo mal a ela. Mas não importava o que tentássemos, ela gritava sem parar, horas seguidas. Às vezes eu não sabia se quem chorava era Lottie ou eu.

Quando ela estava com cerca de uma semana de vida, liguei para Harriet, que estava hospedada com mamãe e papai, e implorei que viesse e levasse Lottie para passear durante uma hora, só para podermos dormir um pouco.

No segundo em que minha irmã a pegou no colo, Lottie parou de chorar. Nós a chamávamos de encantadora de bebês. Lottie só precisava escutar a voz de Harriet para ficar mais calma. Para pais devastados, aquilo era como magia. Harriet nos ajudou a passar as seis primeiras semanas, e tenho certeza de que não fui a única a pensar que Lottie tinha nascido da irmã errada.

Depois da morte de Luca, Harriet veio de novo nos resgatar. Apesar de todas as nossas diferenças, não creio que eu teria conseguido sem ela. Nem Lottie, nem eu estávamos preparadas para a minha maternidade em tempo integral, e Harriet salvou nós duas.

Por isso, não acredito que ela tenha me deixado na mão, agora.

Enquanto mamãe e papai sobem para se trocar depois da viagem longa, o pessoal do casamento se reúne no saguão do hotel, numa paródia inconsciente das fotografias formais de ontem: Marc e Sian no centro, com os pais de Sian atrás dela, e o pai de Marc, Eric, junto ao ombro do filho. Flanqueando-os estão Catherine e Zealy de um lado e Paul e Ian do outro. É a primeira vez que vejo Ian desde nosso encontro na praia. E, quando me vê, ele fica vermelho e desvia o olhar.

Só faltam as pequenas damas de honra no quadro vivo, uma verdade que acerta meu plexo solar como um soco.

A tenente toca meu braço, dizendo:

– Antes de falar com a mídia, há uma coisa que você precisa saber.

Ela me entrega um pequeno saco plástico transparente, usado para provas. Demoro alguns instantes para entender o que estou segurando.

O cabelo da minha filha.

17
Quinn

A mãe não parece estar bem. Faz a declaração preparada como se lesse uma lista de compras e parece quase entediada por estar aqui.

Os policiais devem ter dito para ela não demonstrar nenhuma emoção, claro. Devem ter explicado que, em casos assim, os criminosos costumam assistir à cobertura da mídia e se excitar com a dor da família.

Mas o público espera que uma mãe desesperada reaja de um determinado modo. É uma troca: me dê suas lágrimas, seu sofrimento, seu trauma, que retribuímos com nossa simpatia e compreensão. Pelo menos até que outra coisa atraia nossa atenção.

Quinn pensa: mostre *alguma* coisa. Jogue um osso para nós.

Claro, as pessoas reagem ao trauma de maneiras diferentes. Quinn tinha visto uma mulher enterrar cinco crianças mortas pela mesma bomba na Síria sem derramar uma lágrima, e outra soluçar inconsolavelmente por causa de um vestido rasgado. Mas enquanto observa o bando de jornalistas, nota que a coisa não está atraindo tanta simpatia quanto deveria. A história ainda é principalmente local; a maioria dos repórteres presentes é de americanos sentimentais. A fria reserva inglesa de Alexa não trabalha a seu favor.

Quinn sinaliza para seu cinegrafista, Phil, fazer algumas imagens em grande angular incluindo os avós da menina desaparecida, que estão sentados em silêncio na lateral da sala. Os *dois* estão lacrimosos, ela observa: a avó agarrada ao braço do marido. De modo que essa coisa emproada não é uma característica da família.

Ela odeia histórias de interesse humano como esta; são voyeurísticas e intrusivas, transformando a tragédia pessoal numa mercadoria vendável. Quinn se tornou jornalista para cobrir eventos que mudam o curso do mundo, e o desaparecimento de uma criança, por mais que seja trágico para a família, não importa no esquema mais amplo das coisas.

Mas pode sentir alguma coisa sombria que instiga seu interesse. Alguma coisa sinistra e feia; algo que fez o mundo dessa família desmoronar.

Prende uma garrafa plástica de água Evian na dobra do braço direito ruim e a destampa com a mão esquerda. O conteúdo é vodca pura; não é sua bebida preferida, mas ela não pode participar de uma entrevista coletiva bebendo bourbon em sua garrafinha de bolso.

Esse pode não ser o tipo de história que a atrai, mas é o trampolim perfeito para voltar ao horário nobre. Quinn tem consciência de que só a pegou porque o resto da equipe da INN em Washington estava espalhada pelo país seguindo candidatos democratas à presidência, tornando-a a última opção para a editora de pautas às sete horas de uma manhã de domingo. Mas isso será grande. A INN é uma rede de notícias baseada no Reino Unido, e a Flórida é um destino popular para famílias inglesas.

Se Lottie Martini não for encontrada logo, em segurança e com saúde, isso terá grande repercussão na Inglaterra. Material de primeira página. Uma menininha inglesa, de uma bela família de classe média, desparecendo no meio de um casamento, nos *Estados Unidos*, a um pulinho de distância da Disney World. Os tabloides vão adorar.

Quinn observa Alexa Martini enquanto a vodca desce esquentando sua goela. Essa é mesmo uma bela família de classe média? O pai da menina desaparecida morreu no desmoronamento da ponte em Gênova no ano passado, de modo que isso deve provocar alguma simpatia. Todo mundo adora uma viúva jovem e bonita. Mas é uma pena a criança não ser mais fotogênica. Ninguém vai querer colocar *aquele* rosto numa camiseta com *Você viu essa criança?* como legenda.

Seu telefone emite um alerta de notícia, e ela se inclina para falar com Phil, cujo olho está grudado no visor da câmera.

– Pode ficar com isso até eles terminarem? Preciso ligar para a redação.

– Quer que eu faça alguma pergunta à mãe?

– Ela não vai responder a nenhuma. De qualquer modo, não vou demorar.

Quinn aperta o botão de discagem rápida antes mesmo de sair da sala da coletiva.

– Sandy, você viu o que acabou de sair nas agências sobre Raqqa?

– Não se preocupe, Quinn. Terry está cuidando disso.

– Foda-se o Terry. Eu é que deveria estar lá.

– Ninguém vai para lá enquanto os russos estiverem bombardeando o lugar – diz a editora de pautas. – Principalmente você.

– Qual é, Sandy! Terry não tem os contatos que eu tenho por lá. Ele nem vai conseguir entrar na cidade. Você sabe que eu sou a pessoa certa para isso.

– Já encontraram a criança desaparecida?

Quinn suspira impaciente.

– Eu posso passar essa história para o Daryl ou a Anya. Eles não precisam ficar em cima do Biden e do Warren a cada minuto do dia. Ou você pode mandar alguém de Londres. – Ela odeia ter de implorar, mas literalmente deu o braço direito por essa matéria. – Por favor, Sandy. Eu posso ir direto daqui para Raqqa, estou com todos os meus bagulhos pessoais. Passo pelo Bureau de Beirute e pego...

– Esquece, Quinn. Christie arrancaria os meus bagos.

Christie Bradley: a primeira mulher editora-chefe na história da INN e possivelmente a única pessoa, além de Marnie, que Quinn respeita. Ela tem sido a inspiração de Quinn desde que entrara para a INN como assistente administrativa, quatorze anos atrás, fazendo parte de um bando de elite de repórteres intrépidas como Christiane Amanpour e Christina Lamb, que abriram o caminho para mulheres com o Quinn.

– Quer que eu assine um termo de responsabilidade? – diz Quinn a Sandy. – Ninguém vai processar você se eu for morta. Qual é, a Christie vai topar...

– Você está no viva voz – diz alguém. – E eu não vou topar, Quinn, então pare de pressionar.

Christie ficara sentada a noite inteira junto à cama de Quinn na UTI após sua retirada da Síria, esperando que ela recuperasse a consciência, e a primeira coisa que disse quando Quinn voltou a si foi:

– Sua matéria foi a principal nos boletins.

Quinn achava que *Christie* entenderia.

– Você sabe que eu estou certa – diz Quinn. – Ninguém conhece aquela história como eu.

– E quando eu achar que você está pronta, ela será toda sua.

Quinn toma outro gole da garrafa. A vodca não está batendo bem. Talvez pular o almoço tenha sido má ideia.

– Você não está sendo posta de lado, Quinn. Essa criança desaparecida é uma pauta de destaque. Quero que ela seja bem feita, sem atalhos. Assim que isso se resolver, a gente fala sobre Raqqa.

Quinn está irritadíssima enquanto enfia o telefone de volta no bolso dos jeans. Pauta de destaque ou não, Daryl ou Anya poderiam perfeitamente cuidar dela. É um desperdício de poder de fogo mantê-la aqui quando poderia estar na Síria.

Quando ela volta ao centro empresarial, a coletiva já terminou e todo mundo, menos as equipes de TV, já foi embora. A sala escurece abruptamente quando as luzes fortes são desligadas. Quinn abre caminho por entre os produtores enrolando cabos e guardando equipamentos e pede ao seu cinegrafista:

– Será que você poderia fazer umas imagens da praia? Eles não vão deixar a gente chegar perto demais, mas talvez você consiga alguns planos abertos. E o portão da praia para o hotel. Me dê alguma coisa com clima. Talvez um plano em movimento no beco da lateral do hotel, também, se conseguir.

Ela sai para o terraço atrás da sala de reuniões e acende um cigarro. A área na frente da piscina, onde a recepção aconteceu, está isolada por fitas da polícia, mas mesmo assim ela consegue perceber as localizações fundamentais da história, e como elas se relacionam geograficamente umas com as outras.

Quinn traga profundamente a nicotina enquanto vai do hotel até a praia. Lottie Martini desapareceu mais ou menos em plena luz do dia, sob os narizes de uma centena de convidados do casamento. Sem dúvida, a criança teria berrado e esbravejado se alguma pessoa desconhecida a tivesse agarrado na praia, não é? Mesmo no caos de uma multidão, seria de se pensar que alguém notaria.

Claro, é concebível que ele – ou ela – tivesse atraído a criança para longe com alguma história plausível, mas as chances eram de que a menina tivesse ido com alguma pessoa conhecida.

Quinn destampa de novo a garrafa de Evian. Essa coisa toda é uma porra de uma perda de tempo. Vai acabar sendo a mãe, ou um namorado. Sempre é. Ela poderia estar indo agora mesmo para o Oriente Médio. Em vez disso, está presa vigiando um drama doméstico vagabundo.

Enquanto Quinn inclina a cabeça para trás, esvaziando a garrafa, Alexa Martini sai para a varanda, um andar acima. Fica parada por um longo momento com as mãos no parapeito, olhando o mar como uma figura de proa de navio. Quinn não consegue ver o rosto dela, mas a postura é totalmente ereta. É como se fosse esculpida em gelo.

Alguém se junta a ela no balcão. Um homem, e ele é jovem demais para ser o pai dela. Quinn dá um passo à frente para ver melhor. É o noivo. Marc não sei das quantas. Sujeito bonito.

Ele passa o braço pela cintura de Alexa e ela se inclina para trás, encostando-se nele. *Agora* ela não é feita de gelo. Os dois parecem recém-casados – só que essa não é a mulher com quem ele se casou.

Interessante.

Quinn tampa a garrafa vazia e a joga na lixeira mais próxima. Seus sentidos de aranha estão coçando de novo.

Toda boa história começa com um fio solto.

Cinco dias desde o desaparecimento

18
Alex

Na manhã do quinto dia após o desaparecimento de Lottie eu desço até a praia, onde vi minha filha pela última vez. A fita de isolamento da polícia foi finalmente retirada, o arco do casamento foi desmontado e as cadeiras douradas foram empilhadas e guardadas. É como se os últimos traços da minha filha estivessem sendo deliberadamente apagados.

Apesar de toda a atividade policial, dos helicópteros, mergulhadores e pessoas procurando em terra, apesar do alerta Âmbar e do apelo na imprensa, parece que sou a única pessoa que continua procurando Lottie. O resto do mundo já quer prosseguir com a vida.

Ando pela beira da praia, examinando a areia à frente, como se procurasse pistas. Não sei bem o que espero encontrar: a sapatilha que falta, uma fita de cabelo, alguma mensagem rabiscada na areia, que só eu posso decifrar?

Não há um minuto no dia em que eu não volte ao momento em que vi minha menina pela última vez, guardando a imagem como uma porcelana fina nos olhos da mente. Lottie está sentada na cadeira, a cabeça virada para longe de mim. Seu cabelo escapa da trança, um nimbo sublime, prateado, em volta da cabeça. Os braços gorduchos estão cruzados diante do peito.

A cada volta da lembrança há uma clareza mais nítida, um novo detalhe invocado do subconsciente: uma sombra que se alonga, caindo na areia atrás da minha filha, um pássaro preto voando sobre a água rasa, procurando peixe. Lottie balança as pernas e eu penso – não, tenho certeza – que ela já chutou para longe as sapatilhas cor-de-rosa. Está sentada na borda da cadeira dourada, alta demais para ela, para poder enfiar os dedos dos pés descalços na areia. Mais um minuto e ela vai escorregar do assento.

Só que eu *sei* que não podia ver os pés dela de onde estava sentada, quatro fileiras atrás. O ângulo de visão da minha cadeira me permitia um vislumbre parcial da minha filha, dos ombros para cima, nada mais. Revirar as lembranças pode ser tão inútil quanto minha busca na areia.

Agora Bates parece convencida de que estamos lidando com um sequestro realizado por um estranho, mas eu *sei* que minha filha jamais iria com alguém em quem ela não confiasse. Se o "homem magro" que Catherine viu está ligado ao desaparecimento de Lottie, ele não estava trabalhando sozinho. Alguém que Lottie conhecia a convenceu a sair da praia e ir até ele. Alguém com quem ela se sentia em segurança.

Quem observou isso pela primeira vez foi a tenente Bates, mas agora ela se afastou de sua própria teoria.

Por causa do cabelo.

Bates disse que eles não podiam ter certeza de que era de Lottie, quando me entregou. Não tinham tido tempo de fazer teste de DNA. Mas as mechas emboladas no saco plástico tinham o mesmo tom louro-branco da minha filha, o mesmo comprimento e a mesma textura. As extremidades eram rombudas, onde tinham sido cortadas junto à cabeça.

Mal consegui chegar a tempo no banheiro. Vomitei no vaso sanitário até não restar nada além de bile, consumida pelo pensamento no terror que minha filha devia ter sentido. Devia estar sentindo.

Se a intenção da tenente era me tornar emotiva e simpática para o apelo na TV, o tiro saiu pela culatra. É a diferença entre as reações dos ingleses e dos americanos às crises, acho. Vi imagens minhas durante a coletiva, que aconteceu apenas dez minutos depois. Para mim, é evidente que eu estava em choque, praticamente incapaz de funcionar. Li o texto preparado por Bates como um autômato. Mas, para qualquer pessoa que assistisse, deve ter parecido que eu não me importava.

Isso não é uma disputa de popularidade: minha filha está desaparecida e não deveria importar se *gostam* de mim. Mas se as pessoas suspeitarem de mim, se acharem que eu tive alguma coisa a ver com o desaparecimento da minha filha, não irão procurá-la.

É como se Lottie tivesse sumido no ar. Apesar de dezenas de avistamentos informados em toda a Flórida, ninguém descobriu uma pista definitiva.

Equipes de peritos passaram pente fino em cada centímetro do quarto de motel onde o cabelo dela foi encontrado, mas estão procurando uma agulha num palheiro. Existem centenas de digitais de hóspedes anteriores que eles precisam descartar, mesmo supondo que o sequestrador fosse descuidado a ponto de deixar as dele. E, de qualquer modo, a não ser que ele já tenha sido preso antes, elas não estarão no banco de dados da polícia.

Cinco dias desde que minha bebê foi roubada de mim, e a polícia não está mais próxima de encontrá-la do que quando começou a procurar.

Chego ao fim da praia, onde ela dá lugar a um grande canal de drenagem, e me viro de volta. O hotel amarelo-prímula, com ameias, se ergue como um bolo de camadas contra mais um céu azul da Flórida. Hoje o dia está um pouco mais fresco, menos úmido, e uma brisa suave levanta os cabelos na minha nuca. Um dia perfeito para brincar com balde e pazinha na praia.

A foto de Lottie saiu na primeira página de jornais na Flórida e no Reino Unido, e as estações de TV locais vêm transmitindo seu desaparecimento como matéria principal durante dias. Mas a mídia já está começando a perder o interesse. Não tivemos praticamente nenhum seguimento por parte das redes nacionais, o que significa que, se Lottie foi levada para fora da Flórida, ninguém está procurando por ela. Sei que Bates e Lorenz acham que ela está morta. Até meus pais vêm me preparando para o pior.

Mas Lottie está viva. Minha filha está *viva*. Ela é tenaz, decidida, feroz. Não poderia ser extinta sem criar uma perturbação, um rasgo no tecido do mundo, que eu sentiria. Não estamos procurando nos lugares certos, só isso.

Em algum lugar, enterrada nos becos remotos e nos corredores escuros das minhas memórias, está a chave para tudo isso.

Só preciso encontrá-la.

Seis dias desde o desaparecimento

19
Alex

Estou de novo na praia, seguindo o que agora se tornou uma rota familiar, quando minha irmã liga para mim. Sei que me tornei uma curiosidade local, como uma viúva de um pescador vitoriano assombrando o cais; sinto os olhares me acompanhando enquanto caminho na praia. Existem fotos minhas nos jornais locais: *a vigília solitária da mãe sofredora*. Mas não posso me afastar. Aqui me sinto perto de Lottie.

Olho o sol flamejante afundando no mar prateado. Pôr do sol: a hora dourada, amada pelos fotógrafos pela luz quente, lisonjeira.

A hora em que minha filha desapareceu.

– Que horas são aí onde você está? – pergunto a Harriet.

– Não sei. Tarde. Ou cedo, acho. Não consegui dormir. Como você está?

– Nem um pouco bem.

– Eu gostaria de estar aí. Só não quero atrapalhar. Achei que poderia ser mais útil aqui, tentando manter a imprensa interessada.

– Tudo bem – digo, e quase sou sincera.

– Posso fazer alguma coisa? Que tal dinheiro? Você...

– Estou bem. O hotel diz que eu posso ficar enquanto precisar. Mamãe e papai também.

Lottie e eu deveríamos estar indo embora hoje. Nosso voo para casa está programado para esta tarde. Um dos sócios da Muysken Ritter me ligou um dia depois da coletiva dizendo que os recursos da firma estão à minha disposição, só preciso pedir. Não devo me preocupar com o trabalho.

Eles redistribuíram meus processos para meus colegas e me deram licença remunerada. Sinto que estou deixando meus clientes na mão.

– Falei para mamãe e papai ficarem o tempo que for necessário – diz Harriet. – Vou cobrir as despesas deles todo mês, até isso acabar. Mungo pode pagar por isso. Nós *queremos* fazer isso.

Não consigo imaginar mais uma semana sem saber onde Lottie está, quanto mais outro mês.

Quando me despeço da minha irmã e guardo o telefone, vejo Marc vindo pela praia na minha direção. Num reflexo, meu cérebro processa isso como faço com tudo agora, através do prisma do desaparecimento de Lottie: *ele não está correndo, portanto, ela não foi encontrada.* Meus pais fizeram o máximo para cuidar de mim, mas apoiá-los em seu sofrimento exaure as poucas reservas que eu tenho. É Marc que está me segurando.

Ele não me deixou desde que Lottie sumiu.

Marc é um homem pequeno, baixo e magro, como um jóquei. Suas feições são irregulares, pouco notáveis. Mas está constantemente em movimento, cheio de uma energia malcontida. Ele criou um site na internet e uma conta no GoFundMe para Lottie, e se tornou nosso elemento de ligação de fato com a mídia. Marc não pode ficar aqui para sempre, mas não tenho ideia de como vou me virar sem ele.

Sei o que Sian pensa. Ela sempre sentiu que havia algo mais no nosso relacionamento do que qualquer um de nós admite. Talvez esteja certa.

Agora ele está estendendo seu telefone para mim, virado de lado para que eu veja o vídeo pausado na tela. Pela sua expressão, não sei se é coisa boa ou ruim.

– Você não vai acreditar nisso – diz ele.

Por um momento, imagino por que ele está me mostrando imagens do presidente dos Estados Unidos se desviando de perguntas sobre a China nos degraus de sua propriedade em Mar-a-Lago, na Flórida. Espero impaciente a próxima matéria, sobre Lottie.

E subitamente o presidente interrompe sua própria entrevista coletiva.

– Esse sequestro, dessa tal de Lottie Martini, vocês ouviram falar? – diz ele. – Aqui na Flórida, nesse grande estado. Vocês ouviram falar? É uma coisa terrível, uma coisa terrível. Uma menina, uma menininha, quero dizer, inglesa. Ela é inglesa. Eu adoro a Inglaterra. Temos um relacionamento ótimo, lá eles me amam. Minha mãe nasceu na Escócia. E, como vocês sabem, Stornoway é Escócia de verdade. Não dá para ser mais Escócia do que isso. É linda demais. Minha mãe adorava a Escócia. Minha mãe também adorava a rainha.

– Meu Deus – ofego.

– Isso vai mudar tudo – declara Marc.

– Isso é bom, não é? Depois disso, todo mundo vai começar a procurar por ela.

– É, mas também significa que a polícia vai ser inundada por telefonemas, desde o Alasca até Honolulu – diz Marc, enquanto nos viramos e começamos a andar rapidamente para o hotel. – Eles terão de verificar cada um deles. Vai ser como procurar uma agulha num palheiro. Eles não têm gente para isso. Precisamos ajudar a fazer triagem dos telefonemas, de modo que eles possam focalizar a atenção nos que tenham probabilidade de ser legítimos.

– Nós? Como vamos fazer isso?

– É fácil descartar os que só desperdiçam tempo, fazendo algumas perguntas simples. Bates diz que pelo menos metade das informações que chegam são avistamentos de crianças que nem estão perto da idade certa. Algumas são adolescentes. Mas os telefonemas entopem as linhas. Isso é uma coisa com a qual a gente pode ajudar.

Ele para junto ao portão que liga a praia ao hotel. Um santuário improvisado surgiu ali nos últimos dias: flores murchando no calor da Flórida, ursinhos de pelúcia baratos feitos na China, balões de gás com estampas de *Frozen*. As pessoas que deixam essas coisas são bem-intencionadas, mas não suporto. É como se Lottie já estivesse morta.

– Agora isso vai explodir – diz Marc, se virando para mim. – A imprensa do mundo vai estar na nossa porta. Alex, eles vão descobrir sobre a Kirkwood Place.

GRAÇAS A DEUS NÃO FOI COMIGO

COMENTÁRIO de Lisa Jenkins

Nos últimos dias ouvimos repetidamente: "Eu jamais teria deixado minha filha sozinha daquele jeito." Balançamos a cabeça, com o rosto sério, e garantimos uns aos outros que uma tragédia assim jamais aconteceria conosco, porque jamais correríamos um risco tão terrível.

Mas enquanto apertamos as mãos dos nossos filhos e filhas só com um pouquinho mais de força nesta semana, uma voz inquieta dentro de nós denuncia como somos hipócritas.

É muito mais confortável achar que a culpa é de alguém e apontar o dedo para Alexa Martini.

A verdade é: graças a Deus, isso não aconteceu com a gente. A mãe de Lottie fez o que todos nós faríamos, de um modo ou de outro.

Agora, Alexa Martini está vivendo um pesadelo indescritível, culpando-se por ter deixado a filha andar cem metros de uma praia à recepção de um casamento junto com outras quatro damas de honra, em vez de ela própria ter segurado sua mãozinha.

Às vezes acontecem coisas pavorosas, totalmente aleatórias. A mãe que vimos nesta semana implorando à pessoa que levou sua filha poderia ser você ou eu. E é isso que nos aterroriza. No nosso medo, procuramos alguém a quem culpar. Quando uma criança tem idade suficiente para usar um banheiro público sozinha? Pegar o ônibus para a escola? Com que idade você pode deixá-la ficar em casa sem uma babá, quando você precisa sair à noite? Dez anos? Doze?

Todos já deixamos uma criança no carro enquanto dávamos um pulinho no correio, ou deixamos que ela fosse comprar umas balas na loja da esquina, dizendo a nós mesmos que não podemos mantê-las enroladas em algodão para sempre.

Sabemos que o risco de alguma coisa acontecer com elas é estatisticamente pequeno. No entanto, não conseguimos evitar um suspiro de alívio quando elas voltam em segurança.

É tentador culpar a mãe de Lottie, porque queremos acreditar que somos capazes de impedir que coisas horríveis aconteçam com nossos filhos. Temos uma necessidade desesperada de sentir que podemos controlar nossa vida.

Lottie não foi sequestrada em um conjunto residencial barra pesada, enquanto a mãe solteira viciada em drogas dava atenção ao namorado. Isso aconteceu num resort de luxo, com uma mulher profissional, bem-educada. E é por isso que ficamos tão ocupados nos protegendo, dizendo: "Eu nunca teria feito isso." Alexa Martini não foi negligente, nem imprudente. Ela tomou o tipo de decisão que todo pai ou mãe toma, todos os dias. Não deveria ser condenada por isso.

Não vamos transformar essa tragédia num referendo sobre a atuação de outra mulher como mãe. Em vez disso, devemos todos esperar e rezar pela volta de Lottie em segurança.

Sete dias desde o desaparecimento

20
Alex

Marc montou o quartel-general da nossa campanha num escritório vazio na rua principal de St. Pete Beach, cheia de letreiros em neon, a uns dez minutos de carro do hotel. Após o apelo do presidente ontem, uma pessoa anônima disponibilizou o espaço para nós enquanto precisássemos.

Saio do carro e olho para as vitrines cobertas de panfletos apelando pelo retorno em segurança da minha filha. Embaixo da foto dela há um número 0800 e as palavras: *Você viu Lottie?*

É a mesma foto que dei à polícia para o alerta Âmbar. Não consigo imaginar que ela ainda esteja usando o vestido cor-de-rosa de dama de honra. O cabelo também deve estar diferente. O fato de o sequestrador ter tido esse trabalho para mudar a aparência dela é bom sinal, segundo Bates. Se ele a tivesse matado, não se incomodaria.

Tento não pensar nos cachos da minha filha, lacrados e etiquetados num saco de evidência.

Dentro do escritório foram postas mesas dobráveis, equipadas com telefones e laptops. Marc organizou as centenas de voluntários numa escala de serviço para cuidar da nova linha direta "Encontre Lottie".

Outros receberam a tarefa de colar panfletos. Marc deu a cada um deles um mapa da área de St. Pete Beach, com a seção indicada em marcador amarelo. Mercearias, farmácias, manicures, salões de cabeleireiros. Pode haver testemunhas em qualquer lugar.

– Queremos que o rosto dela esteja na mente de todo mundo – diz ele.

Não acredito no quanto ele realizou em apenas vinte e quatro horas. Cada poste por onde passei tinha um panfleto colado. Nosso maior problema tem sido administrar o número de pessoas querendo ajudar.

O interesse da mídia se transformou na tempestade que Marc previu. O hotel transferiu meus pais e eu para a suíte da cobertura, que só é acessível por um elevador privativo, mas sempre que saímos do prédio precisamos enfrentar um número cada vez maior de jornalistas gritando perguntas e empurrando câmeras na nossa cara. O gerente tem sido muito gentil, e os funcionários estão se esforçando ao máximo, mas é apenas questão de tempo até a situação ficar insustentável. Dezenas de hóspedes cancelaram as reservas por causa da atenção da mídia, e não os culpo. Isso não pode continuar por muito mais tempo.

Marc se separa do grupo de pessoas ao redor dele quando me vê.

– O que você acha? – pergunta, indicando as fileiras de telefones nas laterais da sala. – A maioria dos voluntários é de moradores, mas temos alguns turistas ingleses também.

– Incrível.

– Várias igrejas da cidade vão dedicar cultos especiais à Lottie amanhã. Seria bom você ir à missa de domingo na catedral católica do centro, e talvez dizer algumas palavras depois...

– Não sei, Marc. Igreja não é a minha praia.

– Aqui a igreja importa, Alex. Precisamos trazer as pessoas para o seu lado.

De repente, sou assaltada pela lembrança da última vez em que estive numa igreja. Na época também fazia calor. O vestido preto que eu tinha comprado em Londres era quente demais para a Sicília, mesmo em outubro, e eu estava com tanto calor que achei que desmaiaria. Os pais de Luca tinham cercado o caixão com tantas flores que eu nem conseguia chegar perto dele, e o cheiro forte se misturava com o fedor azedo de suor dos corpos comprimidos na minúscula capela da família. Os bancos de madeira escura estavam apinhados de pessoas chorando, vestidas de preto, escuras como corvos. Nuvens sufocantes de incenso redemoinhavam na nave enquanto o padre levantava o turíbulo, com o incensário de metal tilintando contra a corrente. Precisei conter uma vontade súbita, violenta, de arrancar o cadáver elegante e cosmopolita do meu marido de dentro do caixão aberto e levá-lo para longe daquela superstição e palhaçada medieval. Ele, como eu, não acreditava em nada daquilo.

Luca era um mau marido, mas era um excelente pai. Nossa filha jamais teria desaparecido se estivesse sob os seus cuidados. Se ele estiver em alguma dimensão paralela, ou em outra vida, espero que esteja vigiando Lottie.

– Nada de igreja – digo a Marc. – Faço uma declaração à imprensa se você achar que vale a pena, mas não posso ir à igreja.

Uma voluntária de cinquenta e poucos anos nos interrompe, segurando minha mão entre as duas dela. O rosto da minha filha me encara da camiseta de algodão esticada sobre os seios grandes.

– Alexa, eu só queria dizer como lamento – diz ela, como se me conhecesse. – Estamos rezando para que o Senhor traga Lottie para casa em segurança.

– Obrigada – digo.

Todo mundo está me olhando, enquanto finge se ocupar com os telefones e as pilhas de panfletos. Sou um Marco Zero desse carnaval, *a mãe*, aqui, em pessoa. Tenho certeza de que muitos voluntários são sinceros no desejo de ajudar a encontrar minha filha, mas também há um elemento de intromissão, mórbido – um frisson empolgado por fazer parte de uma história importante nos noticiários. Eles irão para casa e vão contar aos amigos que me conheceram hoje.

– Preciso ir – digo abruptamente a Marc.

Ele se oferece para ir comigo, mas de repente me sinto desesperada para ficar sozinha.

No entanto, assim que saio, entro no carro sem ter ideia de para onde vou em seguida. Saí do hotel porque me sentia encurralada ali, também. Existem pessoas demais que precisam da minha atenção; nossa comitiva está crescendo cada vez mais, e eu me sinto sobrecarregada.

A maioria dos convidados do casamento voltou para casa, mas agora existem outros amigos e parentes que vieram ajudar na busca: a irmã da minha mãe, tia Julie; uma amiga de infância que eu não via há quinze anos. Sei que eles só querem ajudar, mas a presença de tantas pessoas se esforçando para conter a própria perturbação e o sofrimento é exaustiva. Harriet estava certa em não vir.

Meu telefone toca. Personalizei o toque da tenente Bates; os telefonemas dela são os únicos com os quais me importo. Procuro o aparelho na bolsa, depois esvazio o conteúdo no banco do carona, sem me incomodar com as moedas e absorventes internos que se derramam em todas as direções.

– Não a encontramos – diz Bates, me arrancando do sofrimento.

A esperança louca morre. O desapontamento enche meus pulmões e dificulta respirar. Lottie não está morta, digo a mim mesma. Eles também não encontraram um corpo. Preciso me agarrar nisso.

– Alex, preciso que você venha à delegacia.

Alguma coisa em sua voz me alerta.

– Por quê?

– Explico quando você chegar aqui...

– Não. Diga agora.

– Está bem. Alex, surgiu uma coisa, e nós gostaríamos de fazer mais algumas perguntas a você.

– Sobre o quê? – pergunto, mas já sei.

– Kirkwood Place.

21
Quinn

Quinn não está feliz com o presidente. A intervenção dele no caso Martini tirou qualquer chance que ela pudesse ter de convencer a editora da INN a deixá-la fora dessa história. Agora o interesse público disparou. Até Quinn precisa admitir que faz sentido ter uma correspondente sênior cobrindo o caso.

A editora de pauta mandou para a Flórida um rapaz do novo lote de estagiários formados para atuar como seu assistente. A função dele é fazer todo trabalho chato, tipo ir às coletivas de imprensa ou verificar a grafia correta do nome dos entrevistados, de modo que Quinn esteja livre para trabalhar na história como quiser.

Mas o garoto fica grudado nela feito uma porcaria de um velcro. Ela não consegue dar uma cagada sem que ele a acompanhe ao banheiro. E ontem ele quase tomou um gole do líquido da sua garrafa de Evian. Ela não se importa em discutir decisões de pauta com a direção de jornalismo, mas sua reputação como jornalista é primordial. O que significa que hoje *é realmente* água o que está na porcaria da garrafa.

Timothy – "por favor, não me chame de Tim" – é inofensivo, imagina ela. Apesar do cabelo ruivo. E pelo menos ele descobriu onde fica o Starbucks mais próximo, o que manterá seu cinegrafista, Phil, feliz.

O garoto volta ao quarto do motel trazendo uma bandeja de papelão com cafés com leite e guloseimas e pousa na mesa grande onde Phil montou seu equipamento de edição. A INN foi sovina, como sempre, alojando-os no Starlight Inn, de uma estrela, à beira-mar de St. Pete Beach, ainda que a publicidade negativa tenha levado o Sandy Beach Hotel a dispor de um monte de quartos livres.

Quinn empurra sua cadeira para longe da mesa de edição. A sobriedade forçada não está melhorando seu humor nem um pouco.

– Essa matéria é uma bosta, Phil – diz rispidamente. – Não podemos continuar mostrando imagens do hotel e a mesma porra de foto da Lottie.

– Não temos nada de novo – responde Phil, tirando a tampa do seu café para deixar o vapor sair. – Hoje só temos Alexa chegando ao quartel-general da campanha. Podemos colocar o pessoal falando na coletiva de ontem, mas, fora isso, só temos as imagens do hotel.

Phil não observa que eles não podem completar a matéria com narração para a câmera, como a maior parte dos correspondentes faria. Numa reportagem em Raqqa, ela poderia aparecer com seu elegante tapa-olho, mas não numa situação sensível como esta. Dado o tamanho que a história vem assumindo, Quinn ficou surpresa que a INN não a tivesse tirado do caso, mandando de Londres algum repórter que agradasse mais à câmera. Os editores dos boletins já estão irritados porque não podem usá-la para conversas ao vivo.

– Precisamos de imagens da criança na porcaria do casamento – diz Quinn. – Meu Deus! Estamos na porra do século XXI. Cada babaca com um celular se acha o próprio Steven Spielberg. Como é que nós *ainda* não temos imagens dela?

Phil sabe que não deve responder. Ela faz a mesma reclamação todo dia, desde que chegaram aqui.

Timothy não sabe.

– Não seria de mau gosto usar essas imagens, de qualquer modo? – pergunta ele. – Quero dizer, podem ser as últimas imagens dela viva. Parece meio tipo... tabloide sensacionalista.

– Não, não queremos colocar essas imagens na mente de ninguém – reage Quinn, sarcástica. – E se eles lembrarem de alguma coisa?

– Não seja sacana – diz Phil.

Quinn se deixa cair de volta na cadeira.

– Meu Deus! Ótimo. Ótimo! Me dê quinze segundos de Alexa Martini chegando no escritório da campanha. Depois passe para a coletiva de ontem, com o cabelo no saco de provas. Tim, em que momento da coletiva isso aconteceu?

Ele folheia seu caderno.

– Cinco minutos e vinte e um segundos.

Ela se sente igual a um duende transformando palha em ouro. De algum modo, consegue montar uma matéria de dois minutos para o boletim da hora do almoço, costurando áudios da tenente e de Marc Chapman, que parece ser o porta-voz de fato de Alexa, junto com os vídeos requentados dos dias anteriores. É quase impossível ilustrar essa matéria com imagens. A investigação da polícia está ocorrendo inteira atrás de portas fechadas. Até que a criança seja encontrada, viva ou morta, tudo que Quinn tem são declarações oficiais nas coletivas e poucas coisas para tapar buracos.

Fica olhando Phil editar o áudio de Marc. A parte mais frustrante de tudo isso é que ela tem uma tremenda história na manga e não pode usá-la. As revelações de Sian Chapman são dinamite, mas Quinn simplesmente ainda não tem o suficiente para divulgá-las.

Quinn não gostou de Alexa Martini desde o início. Não tem problema com mulheres ambiciosas e bem-sucedidas. Respeita qualquer pessoa que tenha batalhado o próprio lugar no mundo. Não tem tempo é para mulheres que querem tudo e esperam tolerância.

Perdeu a conta das vezes em que precisou cobrir trabalho para mães que tiravam folga para ajeitar o aparelho de dentes dos filhos ou ir a dias de esporte na escola. E por que é a mulher solteira que sempre precisa trabalhar na noite de Natal? Se uma mulher quer ter o bebê *e* o emprego, tudo bem. Mas deveria competir num campo de jogo nivelado. Criar a próxima geração de contribuintes não confere status especial, como uma das suas ex-colegas insistiu uma vez. De qualquer modo, Quinn não estará aí por tempo suficiente para receber a aposentadoria.

Marnie diz que Quinn enxerga todas as mães como inimigas: fábricas de bebês que abandonaram a luta feminista. Talvez haja um fundo de verdade nisso. Mas também não é justo com as crianças. As mulheres não deveriam ter filhos se simplesmente vão largá-los num internato assim que fizerem 8 anos. O quarto de bebê e a sala de reuniões não se misturam. Algumas mulheres não deveriam ter filhos, é simples.

Isso não tem a ver com você, disse Marnie ontem. *E só porque Alexa Martini não deixa o coração à mostra, não significa que não sinta profundamente as coisas. A filha da mulher está desaparecida!*

Só que é exatamente isso: Quinn não se convenceu de que Lottie Martini esteja desaparecida.

Há onze anos ela cobriu o desaparecimento de uma menina de 9 anos em West Yorkshire. Vinte e quatro dias depois a mãe, Laren Matthews, foi presa por conspirar com um amigo da família para sequestrar a própria filha. Durante mais de três semanas, Matthews tinha bancado a vítima lacrimosa, implorando pela libertação de sua "linda princesa" que, por acaso, tinha sido drogada e mantida escondida na base de um sofá-cama no apartamento do amigo o tempo todo.

Portanto, não, Quinn não se sente mal por ser cínica e cheia de suspeitas. Era paga para isso.

Pega a bolsa pendurada no encosto da cadeira.

– Chega dessa bosta – diz. – Precisamos começar a pegar no pé de algumas pessoas. Tim, quero que você vá até o departamento do xerife e faça uns amigos novos. Não me importa o que você precise fazer. Durma com o chefe, se for preciso. Mas quero saber absolutamente tudo que está acontecendo lá, até o que tem nos sanduíches da Bates.

– Na verdade, é Timothy...

Quinn já está passando pela porta.

– Descubra se eles estão procurando alguém, além do tal "homem magro". Aposto que estão ligados nele porque não têm nenhum outro suspeito. Será que ao menos conseguiram associá-lo ao motel onde acharam o cabelo da menina? E não quero o papo furado de sempre, sobre pistas promissoras, blá-blá-blá. Eles estão procurando algum corpo? Alexa Martini está envolvida ou não?

– O que você quer que eu faça? – pergunta Phil.

– Você sabe quantas crianças estão desaparecidas atualmente na Flórida? – diz Quinn abruptamente.

Ele não parece surpreso com a resposta sem lógica. Trabalha com Quinn há tempo suficiente para saber como a cabeça dela funciona. Percebe Timothy pesquisando a pergunta no Google e gentilmente pega o telefone da mão do rapaz.

– Trezentas e quarenta e cinco – diz Quinn. – Trezentas e quarenta e cinco crianças desaparecidas, somente na Flórida. Não estamos falando de fugas ou sequestros na própria família...

– Aonde você quer chegar, Quinn?

– Se você fosse a mãe de uma dessas crianças da Flórida, como estaria se sentindo agora?

Por isso Quinn é tão boa no que faz. Nunca tem medo de dar um soco no hematoma.

– Não entendi – diz Timothy.

– O seu presidente tira um tempo para apelar pela volta de uma menina inglesa branca que está visitando os Estados Unidos numa viagem de luxo, mas a *sua* filha, a sua filha negra ou hispânica, não recebe nenhuma menção. Os Estados Unidos podem se dar ao luxo de deixar algumas centenas de crianças pobres desaparecerem por aí. Quem vai notar? Mas não mexa com nossa indústria do turismo. Não perca nenhuma criança *branca*.

– Mas isso não tem nada a ver com raça – reage Timothy.

– Aqui são os Estados Unidos – diz Quinn. – Aqui *tudo* tem a ver com raça.

22
Alex

Kirkwood Place. Eu sabia que isso acabaria me alcançando, cedo ou tarde. Se simplesmente pudéssemos olhar de volta para um tempo em que éramos rancorosos e cheios de julgamento, mas somente pelas costas uns dos outros! Se pudéssemos parar de censurar uns aos outros em público, aceitar que para algumas mulheres é possível amar o marido mais do que um filho, reconhecer que existem algumas de nós cuja vida não é plenificada, mas arruinada, por um bebê!

Se houvesse um espaço para mulheres como eu, será que isso faria diferença?

Antes do nosso divórcio, era Luca quem levava Lottie para a creche. Eu precisava chegar ao trabalho às 7h30, e a escolinha montessoriana na qual Luca insistira ficava vinte minutos na direção contrária. Luca estabelecia seu próprio horário e frequentemente trabalhava em casa, de modo que, para ele, fazia sentido levá-la. E ele *gostava* de levá-la. Se ele queria ficar parado no trânsito cantando *Baby Shark* todo dia de manhã, que fizesse bom proveito.

Eu era especialmente inadequada para ser mãe de alguém, quanto mais de uma criança como Lottie. Ela brotou do meu útero raivosa e indignada, como se tivesse absorvido minha ambiguidade em relação à maternidade pelos nutrientes do cordão umbilical. Para Luca, foi amor à primeira vista. Para mim, sempre foi mais complicado. Havia a ânsia de protegê-la, claro; o puxão biológico para alimentar, um jorro hormonal que repuxava meus mamilos com anzóis de prata sempre que ela chorava. Mas junto a isso havia um sentimento constante de que a cada mamada eu diminuía, me dissolvia, como uma barra de sabão.

Nunca me importei porque era Luca que Lottie procurava quando precisava limpar o nariz, ou para quem levantava os braços estendidos para ser carregada quando se cansava. Ela estava crescendo num lar onde uma mulher tinha um trabalho complexo, difícil, importante, e um homem preparava ravioli feito em casa e a levava para as aulas de natação. Eu não poderia pensar num melhor exemplo para ela.

Duas ou três vezes por ano Luca precisava visitar a fazenda de café da família no Brasil, já que a demência da mãe e a saúde precária do pai impossibilitavam que eles viajassem. Normalmente, quando ele estava longe, Rachel, uma experiente cuidadora de crianças, me ajudava com Lottie.

Mas quando Lottie estava com uns 16 meses, Luca precisou fazer uma viagem não programada ao Rio, por causa de problemas de produção na fazenda. Rachel tinha ido a um cruzeiro pelos fiordes da Noruega com a irmã e mamãe ainda estava se recuperando de uma cirurgia depois de enfrentar o câncer pela segunda vez.

E foi assim que literalmente largaram a criança no meu colo.

Na época, eu cuidava de um volume grande de processos complexos. Mas sem ter mais ninguém para cuidar de Lottie, não tive opção a não ser me virar do melhor modo possível.

Fiz malabarismo com meus horários para poder deixá-la na creche às 7h00 em ponto e arranjei para sair do escritório cedo durante três dias, até Rachel voltar, de modo a chegar a tempo para pegá-la às 18h00.

Na noite em que Luca viajou, eu não consegui dormir. Nosso casamento estava com problemas sérios e eu sabia que não poderíamos continuar daquele jeito. Luca não estava sozinho no Rio. Ele tivera casos antes, mas nenhum durara mais do que algumas semanas. Juliana era diferente. Ele nem se dera ao trabalho de esconder a indiscrição, para começo de conversa.

Nunca fui uma pessoa ciumenta, aprecio a distinção entre sexo e amor, mas o desrespeito doeu. Estava ficando dolorosamente óbvio que eu não poderia continuar fingindo que não via as infidelidades de Luca; precisava tomar uma decisão, e logo. Lottie adorava o pai e eu odiava a ideia de sujeitá-la ao vaivém do divórcio e de duas casas. Mas que tipo de modelo feminista eu seria se tolerasse um homem que tratava a esposa desse jeito? O argumento de mamãe, de que ele "só estava sendo italiano", tinha se desgastado muito tempo antes.

Minha reação ao estresse, como sempre, foi me lançar no trabalho. Na manhã seguinte, eu estava à minha mesa na Muysken Ritter, de cabeça baixa, tentando entender uma resposta risível da Coroa às nossas objeções à deportação, quando minha secretária bateu à porta por volta da hora do almoço. A porta estava fechada; Jade sabia que isso significava que eu só poderia ser incomodada se o prédio estivesse pegando fogo.

– Desculpe – disse Jade. – Mas há dois policiais querendo falar com você.

Olhando para trás, foi como um ensaio macabro do que viria mais tarde. Um ano depois, quase no mesmo dia, dois outros policiais chegaram ao meu escritório para dar a notícia de que Luca tinha morrido no desmoronamento da ponte em Gênova.

Estranhamente, em nenhuma dessas ocasiões o súbito surgimento da polícia fez com que eu entrasse em pânico. Eu ainda não tinha aprendido a ter medo da ambulância que passava por mim a caminho de casa, nem da batida inesperada à porta.

Não me lembro do que pensei quando levantei os olhos e os vi parados atrás de Jade, sérios. Provavelmente presumi que aquilo teria algo a ver com algum cliente.

Jamais me ocorreu que tinham vindo me prender.

Oito dias desde
o desaparecimento

23
Alex

A sala é pequena, cinza e sem graça. Duas cadeiras de plástico duras foram postas dos dois lados de uma grande mesa quadrada, onde há uma máquina estranhamente antiquada com mostradores, um papel de gráfico e uma agulha longa. O técnico do polígrafo está de pé diante da mesa, os braços dos lados do corpo. Sua postura é a própria neutralidade, nem alerta, nem relaxado.

– Ashton Hyatt – cumprimenta o técnico, estendendo a mão. – Lamento conhecê-la nessas circunstâncias.

– Vou deixar vocês sozinhos – diz a tenente Bates.

Hyatt fecha a porta depois de ela sair e me indica uma das duas cadeiras. É um homem magro, de quarenta e poucos anos, bege em todos os sentidos: o tipo de pessoa de quem você teria dificuldade para lembrar cinco minutos depois de conhecê-lo, se não fosse pelo impressionante tufo de fios brancos no centro dos cabelos castanhos encaracolados e curtos.

Ele me diz para plantar os pés no chão, com as mãos sobre os joelhos. Faço isso, com o estômago borbulhando de nervosismo. Ele passa cabos em volta do meu peito e me enrijeço, sem graça, quando ele prende almofadas pegajosas nos pontos de pulsações. A sala é abafada e sem ar, apesar do barulhento aparelho de ar condicionado no alto de uma janela.

É simples rotina, disse Bates ontem, quando me chamou à delegacia e pediu que eu fizesse um teste com o detector de mentiras. Como se estivesse simplesmente pondo pingos nos "i" e cruzando os "t", quando nós duas sabíamos que sua descoberta do que acontecera na Kirkwood Place mudava tudo.

Tive contato com advogados americanos em vários processos de clientes no correr dos anos e sei que os polígrafos são muito mais comuns nos Estados Unidos, particularmente em situações como esta. Mas nunca é *rotina* quando acontece com a gente.

– Não vou pedir que você relaxe – diz Hyatt. – Se você *não* achasse isso estressante, ficaríamos preocupados. Seus batimentos cardíacos devem acelerar um pouco. É normal.

Ele se senta diante de mim e puxa um bloco de papel, fazendo algumas anotações antes de ligar a máquina. Imediatamente a agulha começa a riscar quatro linhas azuis no papel de gráfico.

– Algumas dessas perguntas vão parecer óbvias – diz Hyatt. – E provavelmente vou repetir algumas. Não estou querendo fazer você tropeçar, está bem?

Engulo em seco. Não deveria ter nada a temer, mas as palmas das minhas mãos estão suando e meu coração parece a ponto de explodir para fora do peito.

– Certo, então. Vamos lá. Seu nome é Alexa Martini? – pergunta Hyatt.

Confirmo com a cabeça.

– Preciso de uma resposta verbal.

– Desculpe. Sim.

Ele olha as marcas riscadas no papel de gráfico e faz uma anotação.

– Sua data de nascimento é 01 de janeiro de 1990?

– Sim.

As perguntas comuns continuam. *Você nasceu nos Estados Unidos?*
Londres, na Inglaterra, é o local onde você reside?
Você tem 29 anos?
Você trabalha como advogada?

– Não – respondo.

As agulhas saltam instantaneamente na página, um maciço de picos azuis. Hyatt olha para eles e escreve alguma coisa no seu bloco.

– A firma jurídica Muysken Ritter, em Londres, é o seu local de trabalho?

– É.

– Vou repetir a pergunta. Você trabalha como advogada?

– Sou advogada – respondo.

A expressão dele clareia.

– Ah. Sim. Claro. Dois países divididos por uma língua em comum.[1]

---

[1] *Lawyer/ attorney/* advogado.

O tom começa a mudar quando ele me pergunta sobre Lottie, e eu cravo as unhas nas palmas das mãos. Não consigo afastar os olhos da agulha se movendo sobre o papel de gráfico.

Lottie é sua única filha?
Você já se arrependeu de ter tido uma filha?
Você já puniu Lottie fisicamente?
Você já causou algum mal a ela?

As agulhas pulam de novo no papel de gráfico. Hyatt estuda a página e toma notas.

– Não – repito.

Quando terminamos, estou encharcada de suor. Hyatt retira os sensores pegajosos e os cabos e eu enterro o rosto nas mãos, lutando para controlar a respiração. Ele reduziu os tons cinzas infinitamente complexos da maternidade a um preto e branco binário, me deixando desorientada e confusa.

Bates disse para eu simplesmente falar a verdade, mas não sei mais o que é isso.

Será que toda mãe, em algum ponto, nem que seja apenas por um momento fugaz, culpado, não deseja estar livre de filhos e de responsabilidades? Isso quer dizer que nós nos arrependemos de tê-los? Eu amo minha filha mais do que é possível mensurar, mas houve ocasiões em que achei o fardo de criar uma criança uma coisa esmagadora.

E como definir "causar mal"? A cor do cabelo de Lottie foi determinada pela genética, mas o modo como ela é – a bagagem emocional que ela carrega para a vida adulta – depende de mim. Eu nem tenho Luca para dividir o caminho.

A responsabilidade é avassaladora.

Quando saio, meus pais estão me esperando na recepção da delegacia. No banheiro, jogo uma água no rosto, mas pela expressão deles posso ver que minha angústia é óbvia.

– Isso é *assédio* – diz minha mãe em voz alta. – Aquela tal de tenente Bates só está procurando um alvo fácil porque não tem mais ideias!

– Mary – murmura meu pai.

– Por favor, mãe. Só quero sair daqui.

Tomamos precauções para evitar a imprensa, mas, no segundo em que saímos, um bando feroz de pelo menos uma dúzia de jornalistas salta na nossa direção, gritando perguntas e enfiando as câmeras e os microfones na minha cara. Nem um único policial vem nos ajudar a lidar com essa atenção. Percebo que fui lançada aos lobos.

Papai abre caminho à força até o nosso carro alugado, empurrando uma câmera de TV enquanto eu entro no veículo. Os paparazzi nos cercam, pressionando as câmeras contra as janelas, ainda gritando perguntas. Enquanto nos afastamos, eles correm até seus carros, para nos seguir.

Desde que Lottie sumiu, eu me tornei quase entorpecida para o escrutínio implacável da mídia, para a presença constante de câmeras sempre que ponho um pé para fora. Antes de o gerente do hotel nos transferir para a suíte de cobertura, uma sacana ousada chegou a se disfarçar de arrumadeira e me emboscou quando saí do chuveiro. Mas antes a atenção nunca tinha sido hostil e agressiva desse jeito. *O que você pode dizer sobre a Kirkwood Place?*

– Ignore essa gente – diz mamãe. – São urubus. Não se importam com Lottie. Só querem uma boa história.

Foi ingenuidade esperar que ninguém descobriria. Só estou surpresa por isso não ter vindo à tona antes. Depois de uma longa investigação, a polícia de Londres retirou todas as acusações contra mim, mas isso não significa que o fato tenha sido totalmente apagado. Hoje em dia, é quase impossível expurgar toda a história de uma pessoa na internet.

E até eu posso ver que, nestas circunstâncias, minha ficha é particularmente pertinente.

24
Alex

Naquela manhã, Lottie estava estranhamente amável. Era como se, na ausência do pai, ela sentisse pena de mim.

Tomou o iogurte com flocos de cereais sem protesto e, pela primeira vez, não se enrijeceu feito uma tábua quando tentei enfiar seus braços nas mangas da camiseta. Até me deu um sorriso tolerante quando calcei seus tênis azuis cintilantes nos pés errados e precisei tirá-los e recomeçar. Talvez a novidade de passarmos mais tempo uma com a outra tivesse feito a magia com ela, como havia feito comigo.

Mesmo assim, já eram 7h20 quando a prendi em sua cadeirinha no carro. E eu tinha uma reunião às 8h00 do outro lado de Londres, à qual jamais chegaria.

Mandei mensagens frenéticas para Jade a cada vez em que chegávamos a um sinal vermelho e consegui adiar a reunião até as 8h30, mas então precisei circular o quarteirão duas vezes antes de finalmente encontrar um local para estacionar, a quatro ruas da estação do metrô, e fiquei dentro de um túnel por vinte minutos perto da Ponte de Londres, incapaz de telefonar ou mandar um e-mail para qualquer pessoa.

Meus níveis de estresse estavam no espaço quando cheguei ao trabalho. Tranquei-me na sala e disse a Jade que não deveria ser incomodada a não ser em caso de vida ou morte. Ela trabalhava comigo havia tempo suficiente para saber que eu não estava de brincadeira.

Mas eu não queria dizer isso literalmente.

Exposição voluntária de uma criança a risco de dano significativo. Foi o que o policial disse quando me prenderam. Como se eu tivesse decidido deliberadamente fazer mal à minha filha.

Nunca fingi ser uma mãe perfeita, mas até aquele dia sempre me orgulhara de ser ao menos competente. Verificava com frequência os cintos da cadeirinha de Lottie no carro, ajustando-os se ficassem um pouquinho frouxos, como a gente deve fazer. Colocava-a para dormir de costas quando ela era bebê e instalei protetores de plástico em todas as tomadas, ainda que isso implicasse em quebrar minhas unhas para tirá-los sempre que precisava conectar alguma coisa. Enrolava as cordinhas das persianas fora do alcance e instalei portões na escada, garanti que ela fosse vacinada na época certa, jamais cobria sua comida com plástico que contivesse BPA, cortava suas salsichas em pedaços pequenos (nas raras ocasiões em que a deixava comer isso), de modo que ela não engasgasse, e a cobria com protetor solar fator 50 até em dias nublados. Sempre que dirigia na estrada, travava as portas do carro para o caso de uma delas dar defeito e sugar Lottie para fora, como num filme em que a porta de um avião se abre no meio do voo.

Quando Luca, despreocupado e eternamente otimista, perguntava: "Qual é a pior coisa que poderia acontecer?", eu sempre tinha uma resposta.

Nunca me ocorreu que *eu* fosse o maior perigo para Lottie. Não tenho desculpa para o que aconteceu. Estava cansada, sobrecarregada de trabalho e estressada, mas o mesmo acontece com dezenas de milhares de mães. E duvido que eu fosse a única mulher preocupada porque o marido estava tendo um caso.

O que salvou a vida de Lottie foi o clima confiavelmente horrível da Inglaterra. Naquele dia, a temperatura era de apenas 18º C, fresco para agosto. Mas, mesmo assim, Lottie estava suando e desidratada quando um passante a viu, esquecida no banco de trás do meu carro.

O nome da rua em que eu tinha parado era Kirkwood Place.

Doze dias desde o desaparecimento

25
Alex

Você não precisa fazer isso – diz mamãe. – Não é tarde demais para mudar de ideia.
– Eu vou ficar bem – respondo.
Mamãe comprime os lábios, contendo as palavras com um esforço visível enquanto prende uma mecha desgarrada de cabelos atrás da minha orelha.
– Você está linda, querida. Boa sorte.
Não estou nem um pouco linda: meu rosto está sombrio e abatido, e essa blusa de linho verde oliva drena a cor da minha pele. Mas esse é o objetivo. *Deixe sua dor aparecer*, disse Marc. *Você precisa ter a aparência certa para o papel.*
As pessoas não estão interessadas em como me sinto de verdade. Meu sofrimento é tão intenso que se estabeleceu no coração como gelo eterno, e percebo que isso me faz parecer insensível. Mas não posso evitar. É tão insuportável ser eu, até mesmo por um momento, que ergui uma muralha e me isolei do lado de fora dos meus sentimentos, porque é o único modo de sobreviver. Na metade do tempo, parece que estou fora do próprio corpo, me olhando de longe. No entanto, mesmo assim, a dor ainda tira meu fôlego.
Tenho sérias reservas quanto a essa entrevista, mas, como disse Marc ontem, agora não tenho muita escolha.
– Precisamos mudar a narrativa – disse ele. – É o único modo. E tem de ser pela televisão. É muito mais difícil falsear sua imagem na TV do que dando uma entrevista para um jornal. Desse modo, ninguém poderá alterar

o que você disser. Você precisa se conectar com as pessoas, fazer com que venham para o seu lado outra vez.

Papai e Zealy concordam com ele. Mamãe é a única que se opõe. Ela diz que eu não preciso me explicar. Toda mãe entende como é cometer um erro, deixar a peteca cair: *graças a Deus não fui eu*. Ela diz que apenas por acaso essa coisa terrível aconteceu comigo, e não com elas. Qualquer uma de nós poderia ter caído no sono durante uma amamentação noturna e esmagado o bebê, ou deixado uma janela do segundo andar fatalmente destrancada, ou esquecido que a filha estava dormindo no banco de trás do carro.

Não me importo que as pessoas achem que sou uma mãe ruim. Só preciso que acreditem que não tive nada a ver com o sequestro de Lottie. Preciso fazer com que todo mundo volte a procurá-la.

A reação à história da Kirkwood Place domina o ciclo dos noticiários há quatro dias. Cada aspecto da minha condição de mãe está sendo visto através dessa lente: o dia em que me esqueci de mandar o lanche de Lottie na creche. A vez em que a deixei no carrinho do supermercado enquanto olhava rapidamente um corredor ao lado e, quando voltei, a encontrei no colo de uma mulher preocupada. As pessoas estão se arrastando para fora das tocas com suas histórias, famintas por um pouco de fama.

Uma mulher que estava no avião quando Lottie e eu viemos, há duas semanas, disse que bati na minha filha quando ela derramou sua bebida. Existe até mesmo um vídeo em que sacudo o ombro de Lottie enquanto ela permanece deitada no corredor.

O vídeo passa em todos os canais. De novo e de novo, eu me vejo puxando minha filha para que fique de pé. As imagens não mostram uma mulher sobrecarregada e exausta travando uma disputa de vontades com a filha teimosa e tentando ser uma boa mãe. Nelas, vejo o que todo mundo vê: uma mulher raivosa e violenta que parece ansiosa para se livrar da filha – uma filha que, agora, está desaparecida.

Será que eu *quis* deixá-la no carro naquele dia na Kirkwood Place? Honestamente não sei mais. Talvez eu tenha abandonado Lottie no carro porque *queria* que ela fosse tirada de mim.

Talvez todas essas pessoas que acham que eu sou perversa estejam certas.

Parece que ninguém está mais procurando minha filha, inclusive a polícia.

O caso continua oficialmente aberto, claro, mas não se fala mais no homem magro. Ninguém mais pergunta por que, diabos, cortei o cabelo da minha filha. Agora sou a principal suspeita. O departamento de turismo da Flórida deve estar empolgado.

Essa entrevista na TV é a última coisa que quero fazer, mas Marc está certo: preciso mudar a narrativa.

– Ligue isso – diz papai, de repente, apontando para a tela de televisão no meu quarto do hotel.

Zealy pega o controle remoto. Um homem suado e gordo, de terno branco, está de pé no topo de uma escadaria na frente de um prédio de aparência oficial, diante de uma quantidade de microfones. Um texto corre na base da tela: *Prefeito acusa mãe no caso Lottie Martini*.

– Prefeito Eagleton, a sra. Martini vai ser presa? – grita um repórter fora do quadro.

– Isso é uma questão para a polícia – responde o prefeito.

– Mas *o senhor* acredita que ela é culpada?

– Esta é uma cidade linda – diz o prefeito, abrindo os braços. – É um lugar realmente seguro. Um lugar realmente seguro. Milhares de famílias visitam nossa cidade todo ano e desfrutam nossas praias lindas, e estou dizendo a vocês: este é um lugar seguro.

Outra voz grita:

– Então o senhor acha que a sra. Martini matou a própria filha?

– Escutem. Só estou dizendo que uma menininha desapareceu no meio de um casamento, e nenhuma das pessoas que estavam lá viu ou ouviu nada, o que me parece tremendamente estranho. – Ele balança a cabeça. – Tremendamente estranho. A minha filhinha abriria o maior berreiro se alguém que ela não conhecesse tentasse levá-la para algum lugar aonde ela não quisesse ir. – Ele cutuca o ar com um dedo gorducho. – E temos uma senhora que deixou sua bebê num carro, uma mulher *trabalhadora* fazendo suas reuniões *importantes* em Londres e sei lá o que mais, enquanto a filhinha *assava ao sol*. Vocês todos viram a filmagem em que ela agride aquela criança inocente no avião. Vamos descobrir a verdade e vamos encontrar aquela pobre menininha. Agora, se me derem licença...

Zealy desliga a TV com uma exclamação de nojo.

– Meu Deus. O que é isso?

– *Isso* é uma cidade pequena nos Estados Unidos – responde Marc. – Motivo pelo qual você precisa dar essa entrevista, Alex.

Ele me acompanha para baixo, até o segundo andar, onde a equipe de televisão da INN montou um estúdio numa suíte do hotel.

Pareceu mais inteligente fazer com uma rede inglesa. Como disse Marc, eles têm menos envolvimento político no jogo do que as estações americanas, que não fingem imparcialidade.

Quinn Wilde é a repórter que fará a entrevista. Conheço-a de reputação, devido ao meu trabalho com a advocacia de direitos humanos: ela cobriu numerosos conflitos em lugares como a Síria, cujos refugiados minha firma representou. Já a vi em coletivas de imprensa nas últimas duas semanas – é difícil não ver, com aquele tapa-olho de pirata –, mas fico meio surpresa por ela estar cobrindo essa história. Eu achava que ela era correspondente de guerra. Quando ouço seu nome, visualizo-a diante de prédios bombardeados e cheios de buracos de balas. Talvez ela tenha perdido a coragem depois de passar por aquela explosão, há um ou dois anos.

Qualquer que seja o motivo, Marc acha bom ela estar fazendo a entrevista; disse que isso dará credibilidade e seriedade. Espero que ele esteja certo.

Um rapaz magro, com topete ruivo, me leva pela suíte da INN até duas poltronas no meio de uma teia de cabos e luzes. Três câmeras foram postas em tripés, cada uma apontando para uma poltrona, e uma terceira com visão em grande angular de todo o cenário.

Um cinegrafista está verificando cada visor e fazendo ajustes na altura dos tripés. Numa mesa atrás das poltronas estão dois monitores pequenos, no momento mostrando um arco-íris de barras verticais. Duas etiquetas os identificam como "prévia" e "ao vivo".

O rapaz magro aponta para a poltrona mais próxima, dizendo:

– Estamos meio apertados com o tempo, então, se a senhora puder se sentar aqui, o Phil vai prender os microfones e verificar os níveis. Ah... Marc, não é? Você pode esperar na ilha de edição, no quarto ao lado, se quiser. Há um monitor, então você pode assistir à entrevista ao vivo, comigo, quando entrarmos no ar.

Um raio de pânico me acerta.

– Ao vivo?

– Isso deveria ser gravado – responde Marc. – Nunca houve uma discussão sobre uma entrevista ao vivo.

– O editor deu a vocês um espaço no *PrimeTime* – diz o magricelo. – Vamos entrar no ar em cinco minutos. Não há tempo para uma gravação prévia. Não se preocupe, sra. Martini, a senhora vai ficar bem. Nem vai perceber a diferença, quando as câmeras começarem a rodar. Quinn vai ajudar você a passar por isso. E a senhora vai alcançar muito mais espectadores no *PrimeTime*. Todo mundo vai estar assistindo, e é isso que nós queremos, não é?

Marc franze a testa.

– Não foi isso que nós combinamos...

– Tudo bem – digo.

O cinegrafista me entrega um pequeno microfone preso a um cabo fino.

– Será que a senhora pode passar isso pela frente da sua blusa? – pede ele. – Basta prender na lapela. É, está perfeito. – Ele leva a mão atrás de mim e prende alguma coisa à cintura dos meus jeans cáqui. Perdi tanto peso nas últimas duas semanas que a calça está frouxa, de modo que ele precisa apoiar o aparelho nas almofadas.

De repente, a sala se enche com uma urgência que me lembra da sala de cirurgia onde tirei meu apêndice aos 16 anos: a mesma eficiência rápida de pessoas que sabem o que estão fazendo e fizeram isso milhares de vezes antes. O cinegrafista pergunta o que comi no café da manhã, para que ele possa ajustar o nível de áudio, enquanto o garoto magricelo coordena com alguém pelo telefone.

Quinn é a última a entrar. Sussurra alguma coisa no ouvido do cinegrafista e depois se acomoda na poltrona diante de mim, prendendo seu microfone com a mão esquerda. Seu braço direito está rígido e imóvel.

– Dois minutos para entrarmos no ar – anuncia o rapaz.

O cinegrafista ajusta a câmera apontada para Quinn, num ângulo que captura um perfil em três quartos do seu lado bom, no monitor atrás dela. É difícil enxergar para além do tapa-olho desafiador, mas ela devia ser bonita antes do acidente. O olho que resta é de um intenso azul-violeta Elizabeth Taylor, e o cabelo ondulado, indo até a altura do maxilar, desce num bico de viúva dramático antes de cair numa cunha densa por cima do rosto danificado.

– Um minuto!

Quinn me espeta como uma borboleta com seu olhar singular. Não perdeu a coragem, percebo de repente. Ela está se preparando para uma luta.

O rapaz levanta a mão direita.

– Entrando em cinco... quatro...

26
Alex

Quinn nem olha para mim enquanto o rapaz fecha silenciosamente a mão, sinalizando que estamos no ar. Em vez disso, examina o maço de papéis em seu colo enquanto, por cima do ombro, o monitor ao vivo mostra Andrew Tait, o apresentador do *PrimeTime* em Londres, iniciar o boletim noturno da INN.

– Uma linda menina de 3 anos, a bebê Lottie, foi sequestrada em um glamouroso casamento, em um resort – diz o apresentador. – A cem metros de distância, sua mãe bebe e se diverte na recepção, deixando a pequena Lottie sozinha na praia. Esta noite, o mistério continua.

Fico tensa. Essa é a entrevista que deveria me reabilitar e retornar o foco da atenção ao lugar certo, em Lottie. Tait acabou de falar como se minha filha devesse morar num abrigo.

Ele apresenta uma matéria pré-gravada por Quinn, e seu rosto é substituído pelas imagens de uma praia com areia branca.

– Este é o último lugar em que Lottie Martini foi vista com vida, o resort Sandy Beach, em St. Pete Beach, Flórida – diz a voz gravada de Quinn, enquanto a câmera dá um zoom no portão entre a área de recepção do hotel e a praia, escancarado para criar clima. – Lottie foi dama de honra no casamento de um amigo da família. A mãe de Lottie, Alexa, diz que sua filhinha estava ansiosa para ser dama de honra.

Quinn recapitula com eficiência os fatos do caso. Não há nada antagonista no relato, e me pergunto se estou imaginando sua hostilidade. Disfarçadamente enxugo as palmas das mãos na calça.

– Segundo a polícia, a cerimônia de casamento terminou logo antes do pôr do sol, que naquele dia aconteceu às 18h58 – continua a voz de Quinn. – Várias testemunhas viram Lottie falando com outros convidados na praia, inclusive a mãe da noiva, Penny, mas depois disso a trilha esfria. Alexa Martini admitiu que deixou a filha de 3 anos voltar sozinha para o hotel. E nesse clima tropical o dia escurece rapidamente, assim que o sol se põe.

A câmera bamboleia seguindo o caminho fatídico da praia até o portão do hotel. A imagem foi feita a menos de um metro do chão: o ponto de vista de uma criança. É de uma eficácia nauseante.

Quinn deixa a caminhada acontecer em tempo real, sem comentários. Eu não tinha ideia de que cem metros poderiam ser tão longe. A sala começa a se fechar em volta de mim e pontos pretos dançam diante dos meus olhos. O que eu estava *pensando*, deixando minha bebê voltar sozinha para o hotel?

De repente, ouço minha voz, um trecho da coletiva de imprensa no dia seguinte ao desaparecimento dela. "Lottie é uma criança inteligente", digo. "Ela não estava sozinha. Havia um monte de gente em volta."

Até aos meus ouvidos estou parecendo descuidada e indiferente. Eu estava em choque quando disse aquilo, mas agora ninguém vai pensar assim. Só verão uma mulher que parece desafiadora e na defensiva; uma mãe negligente, má.

Olho para Quinn, sentindo um enjoo. Ela é uma jornalista respeitada, séria. Está simplesmente relatando os fatos. Então é assim que realmente pareço para o mundo lá fora?

Essa é quem eu *sou*?

– Um garçom que estava no hotel naquela noite contou à INN que Alexa Martini tinha bebido vários coquetéis com amigos antes mesmo do início da cerimônia – continua a voz de Quinn, narrando. – Então, ela foi vista tomando várias taças de champanhe na própria recepção. Mais ou menos às 19h00, a madrinha, Catherine Lord, viu um homem magro se afastando do resort carregando uma criança pequena enrolada num cobertor. Alexa Martini insiste que esse era o sequestrador. Mas, à luz das revelações vindas de Londres, a polícia daqui está questionando esse relato.

No monitor de prévia, ao lado do que mostra a transmissão ao vivo, vejo meu rosto, branco e acuado, saindo da delegacia de polícia depois do teste com o polígrafo.

Mamãe estava certa: eu jamais deveria ter concordado com essa entrevista. Simplesmente estando aqui eu abro a porta para o debate, invadindo minha própria privacidade e pondo minha capacidade como mãe no centro da história, quando tudo que deveria importar é encontrar minha filha.

– Apesar de intensas investigações policiais, não houve um único avistamento confirmado desde que esta foto foi tirada – a câmera corta para a foto do casamento, em que Lottie está sentada no final da fila de cadeiras douradas –, às 18h33. Mas Alexa só deu o alarme quase quatro horas depois. – Ela faz uma pausa, deixando isso se assentar. – A polícia só recebeu o primeiro telefonema, dado pelos funcionários do hotel, não pela mãe da menina, às 22h28.

Fico chocada ao ver o rosto de mamãe aparecer de repente na tela.

– Lottie não é o tipo de menina que iria para longe sozinha – diz mamãe. – Ela sabe do perigo representado por pessoas estranhas, nós sempre enfatizamos isso. Ela jamais iria com alguém que não conhecesse.

Fecho os olhos. Eu não sabia que mamãe tinha falado com a imprensa. Sei o que ela queria dizer, mas não é assim que parece. A insinuação é clara: *tinha de ser alguém que ela conhecia*. E não consigo questionar isso, porque não *sei* como minha filha sumiu diante de dezenas de pessoas sem que ninguém visse ou ouvisse alguma coisa. Estou começando a duvidar da minha própria versão dos acontecimentos. Sinto que estou ficando louca.

– Quase duas semanas depois, Lottie ainda está desaparecida – diz a voz de Quinn. – Ninguém sabe se ela está viva ou morta. Sua história capturou a atenção do mundo, os ouvidos do presidente dos Estados Unidos, até uma bênção do Papa. – O tom da voz muda subitamente. – O nível de interesse pelo caso não deixa de ser controvertido, principalmente porque alguns líderes comunitários sugeriram que uma criança de uma família pobre, não branca, não teria recebido tanta atenção.

A câmera corta para uma parede cheia de fotografias de crianças negras sorridentes, e depois para um homem sentado diante de uma mesa coberta de pastas de papelão grossas com papéis transbordando.

Olho para Quinn, que folheia estudadamente suas anotações enquanto a matéria pré-gravada passa. Aonde ela quer chegar com isso?

O texto na tela identifica o homem como Terrence Muse, da Fundação Crianças Negras e Desaparecidas.

– Existem muitas famílias negras que procuram desesperadamente uma criança amada que desapareceu. Elas estão simplesmente pedindo alguns segundos de cobertura da mídia, que podem mudar a narrativa para elas – diz ele. – Mas os tomadores de decisão não se parecem conosco. Essas buscas em grande escala são sempre para crianças *brancas*.

A narração de Quinn é retomada enquanto uma mulher negra aparece na tela. Está segurando um grande retrato de um menino sorridente, de olhos brilhantes.

– O filho de Shemika Jackson, Jovon, desapareceu em dezembro de 2016 – diz Quinn. – Tinha apenas 9 anos.

Reconheço o sofrimento inqualificável nos olhos da mulher.

– Fico com raiva quando vejo vocês todos fazendo reportagens sobre a filha de outra pessoa – diz Shemika. – Precisei lutar para pôr o Jovon no noticiário local, e essa menina branca está no noticiário nacional com o FBI da noite para o dia. Estou cansada, frustrada e furiosa.

A câmera acompanha Shemika até o quarto do filho, claramente intocado desde o desaparecimento do menino. Ela se senta na beira da cama e baixa a cabeça, em sofrimento. Pela primeira vez desde que Lottie desapareceu, sou arrancada do meu sofrimento. Essa mulher suportou o mesmo inferno que eu durante quase três anos, e nem tem o conforto frágil de saber que o mundo está procurando seu filho.

Passei minha vida profissional dando voz a pessoas que não seriam ouvidas, no entanto, jamais dediquei um pensamento a mães como Shemika Jackson, que não tem meus contatos e meus recursos, que não pode se dar ao luxo de uma licença por tempo indefinido no trabalho. Sinto vergonha.

Perdi a trilha do que Quinn está dizendo e dou um pulo quando ouço meu nome de novo.

– Alexa Martini escapou da tragédia uma vez, antes, quando deixou sua filhinha, ainda bebê, em um carro trancado – diz Quinn na narração. – Ela insiste que está sendo injustamente acusada, vítima de uma investigação malfeita. Os rumores correm soltos, os fatos são escassos. Aquelas horas no início da noite de 19 de outubro permanecem um mistério, a não ser para a pessoa ou as pessoas que fizeram mal a Lottie Martini.

O monitor ao vivo muda abruptamente para mim, presa como um coelho paralisado à luz dos faróis, em minha poltrona fofa de hotel. Não tenho ideia se vou ser eviscerada ou finalmente receber a chance de consertar a história.

Quinn se inclina à frente, o olho azul iluminado com malícia. Ela quer sangue. Está envolta em imparcialidade jornalística, mas essa coisa toda foi uma armação desde o início. A entrevista com Shemika Jackson foi incluída deliberadamente para fazer com que eu parecesse menos simpática ainda, se fosse possível. Uma mulher branca e privilegiada em sua suíte de luxo cinco estrelas, que, na melhor das hipóteses, é culpada de negligência imprudente, e, na pior, de alguma coisa muito mais sinistra.

– A INN recebeu alguns detalhes que vazaram do seu recente teste com polígrafo, Alexa – diz ela. – Gostaria de saber o que eles dizem?

27
Quinn

A maré virou. A opinião pública pode mudar de uma hora para a outra, e Quinn tem uma capacidade espantosa de sentir o ponto de virada e ficar um ponto à frente da curva.

Como todas as outras coisas hoje em dia, a opinião pública é uma disputa de popularidade, e Alexa Martini é contida e reservada demais para ganhar qualquer prêmio. Ela podia estar desmoronando por dentro, claro, mas as pessoas cagam e andam para isso. A geração criada assistindo a *I'm a Celebrity* e *Love Island* está acostumada a uma dieta de drama em alta octanagem e emoção por osmose. O público quer que o sofrimento de Alexa seja óbvio, na cara, para sentir um barato com a dor dela. Era apenas questão de tempo até se virarem contra ela por não dar a eles o que queriam.

Quinn imagina o que a mulher está pensando enquanto assiste às imagens da última jornada conhecida de sua filha.

Phil realizou um serviço magistral com a câmera: refazer o passos da menininha segundo o ponto de vista de uma criança foi inspirado, e ele fez a tomada logo depois do pôr do sol, a hora em que Lottie desapareceu, com as sombras já se alongando na areia pintalgada. O rosto de Alexa está cinzento, a pele subitamente esticada sobre os malares e o maxilar, como se tivesse sido embalada a vácuo.

Isso não é pessoal. Quinn está simplesmente indo atrás da história. Apresentou a abordagem de Shemika Jackson porque a ideia dessa benfeitora advogada de direitos humanos ficando cara a cara com seu próprio privilégio branco apelou ao seu senso de ironia.

Existe uma hierarquia até mesmo para os pais de uma criança sequestrada. No topo da pirâmide: pais articulados, com bons contatos, brancos de classe média como Kate e Gerry McCann e Alexa Martini. E, na base, pessoas como Shemika Jackson.

Merda, quem ela estava querendo enganar? Claro que é pessoal. Há algo sobre Alexa Martini que realmente a irrita.

Quando a matéria pré-gravada termina, Quinn se inclina adiante. Esse é o momento pelo qual ela vive, o barato que quase a faz esquecer o quanto quer uma bebida: quando sua presa está encurralada e ela parte para a matança.

– A INN recebeu alguns detalhes que vazaram do seu recente teste com polígrafo, Alexa – diz ela. – Gostaria de saber o que eles dizem?

Alexa fica pálida.

– Como vocês conseguiram?

– Nós verificamos e são genuínos – continua Quinn, ignorando a pergunta. – Você sabia, Alexa, que *fracassou* no teste com o detector de mentiras?

Ela deixa o silêncio sangrar. Alexa segura com força os braços da poltrona, com os nós dos dedos brancos, olhando o estúdio improvisado ao redor como se estivesse tentada a fugir.

– Seu teste de polígrafo mostra uma "provável mentira" para uma ou mais respostas – pressiona Quinn. – Pode explicar isso para nós?

– Não sei...

– Você *mentiu*?

Ela espera os protestos de inocência, as acusações de *fake news* e mídia tendenciosa.

– Talvez – responde Alex.

Quinn não costuma se surpreender com frequência, mas agora está surpresa.

– Acho que você precisa explicar isso – diz.

Alexa se deixa afrouxar na poltrona, uma marionete cujos cordões foram cortados.

– As perguntas do técnico eram confusas demais – responde. – Ele perguntou se eu fiz algum mal a Lottie, e eu não fiz, pelo menos de propósito, mas deixei isso acontecer, não foi? Então isso me torna uma mentirosa?

– Diga você, Alexa.

– Em que perguntas eu falhei?

– Nossa fonte não entrou em detalhes.

Há um clarão de desafio nos olhos da outra mulher.

– Então, pelo que você sabe, eu posso simplesmente ter dito uma mentirinha sobre a minha idade.

– O que você estava fazendo quando sua filha desapareceu, Alexa?

A mulher olha para as próprias mãos.

Quinn já sabe *exatamente* o que Alexa Martini estava fazendo quando sua filha foi sequestrada. O Departamento do Xerife do Condado de Pinellas vaza feito uma peneira.

– Estava fazendo sexo? – prossegue ela, prolongando o momento. – Então, quem estava cuidando de Lottie?

– Eu estava num *casamento*! Achei que ela estava em segurança!

– Então você não fez nenhum arranjo para alguém vigiá-la?

– Sei que não sou uma mãe perfeita – implora Alexa. – Mas eu amo minha filha. Faço o melhor que posso. Sustento nós duas, cuido dela e garanto...

– Você a deixou no seu carro.

– Eu cometi um erro!

– E depois a abandonou para fazer sexo com um estranho. Dá para ver por que algumas pessoas podem questionar sua capacidade como mãe.

– Essas pessoas questionariam isso se eu fosse homem? – pergunta Alexa. – Eu *não* a abandonei. Estava num casamento, com amigos. Eu já disse: achei que ela estava em segurança! Você não faria o mesmo? Qualquer pessoa não faria?

– Esse não é o...

– Se eu fosse o pai dela, e não a mãe, minha vida sexual estaria em questão? – pergunta Alexa. De repente, ela está mais ereta. – Por que *eu* sou avaliada por um padrão mais alto? Se o pai dela tivesse ficado bêbado e feito sexo casual, as pessoas aceitariam que era um erro, não um fracasso moral, não é? Diriam que perder a filha foi o próprio castigo para ele. Mas como eu sou a mãe, como sou mulher, esperam que eu seja *perfeita*. Sou avaliada com um padrão diferente. Isso é justo?

Quinn percebe que a entrevista está escapando ao seu controle, e não entende direito por quê.

– Não se trata da sua vida sexual – diz ela, numa tentativa de voltar ao rumo. – Você deixou uma criança de 3 anos andando sozinha no escuro, e está claro que prioriza o seu trabalho em detrimento a sua filha. Que tipo de mãe você *é*?

Muito tarde, ela percebe que foi longe demais.

Alexa Martini pode ser o exemplo máximo de uma mãe incapaz, mas, a não ser que esteja envolvida ativamente no desaparecimento da menina, ainda é uma mãe sofrida que perdeu a filha.

Quinn seria capaz de dar um chute em si mesma. Deixou seu preconceito pessoal tomar conta e acabou de dar a Alexa o que ela necessitava: a simpatia do público.

– Você acha que, de algum modo, eu *mereci* isso? – pergunta Alexa.

– Isso não é pessoal, sra. Martini.

– Claro que é! Você acha que eu não deveria me importar com meu trabalho porque tenho uma filha?

– Não se for à custa da sua filha.

– Eu tenho uma carreira – diz Alexa. – Na mente de muitas pessoas, isso basta para fazer de mim uma mãe ruim. Já é suficientemente difícil quando as mães que ficam em casa me acusam de me colocar em primeiro plano porque eu adoro meu trabalho. Acredite em mim, nas últimas duas semanas, muitas delas fizeram a gentileza de expor suas opiniões a meu respeito nas redes sociais. Mas sabe o que é pior, Quinn Wilde? – O sarcasmo dela é denso e amargo. – O pior é quando outras mulheres, mulheres que têm uma carreira, como eu, também fazem isso.

A flecha acerta o alvo. Quinn não sabe por que partiu para cima de Alexa desse jeito e não quer cavar muito fundo. É por *isso* que prefere cobrir guerras. Levar um tiro é muito menos complicado.

Não fica surpresa quando seu celular vibra com um telefonema da editora da INN menos de cinco minutos depois de saírem do ar.

– Que porra foi essa? – pergunta Christie Bradley.

– Olha, eu sei, mas...

– Você acabou de criar uma porra de uma tempestade de merda – diz Christie. – A *hashtag* QuinnWildePeçaDesculpasAgora já é um dos *trending topics* do Twitter. O conselho administrativo da INN está no meu pé! Desde quando a gente parte para cima da vítima, Quinn? Para não mencionar um ataque às mulheres que tentam equilibrar os filhos com a carreira. Meu Deus.

– Ela abriu essa porta...

– Então você é uma bosta de uma jornalista, por deixar que ela ditasse a pauta.

O julgamento da editora queima ainda mais porque Quinn sabe que ela está certa.

– Bom, você teve o que queria – diz Christie, com o tom pesado de desapontamento. – Você está fora da história. Não quero que chegue perto de Alexa Martini. Mandei a editoria internacional marcar um voo para você, para a Síria, o quanto antes.

Em toda a sua carreira jornalística, Quinn jamais abandonou uma história.

28

A criança reage irritada contra minhas regras, mesmo eu explicando que são para seu próprio bem. Cortei aquele cabelo louro característico, mas ainda não me arrisco a sair com ela, a não ser quando preciso conseguir comida. Ela é mais difícil do que eu esperava, e perco a paciência rapidamente.

– Cadê minha mamãe? – ela pergunta com frequência cada vez maior.

– Eu sou a sua mamãe – respondo.

Ela tem um ataque de fúria, chutando e mordendo. Logo minhas pernas ficam cobertas de hematomas e acabo tendo de fazer coisas que preferiria não fazer. Depois disso, ela fica mais calma.

Nada está acontecendo como pensei. Eu esperava que a princípio ela ficasse chateada, mas, sem dúvida, a essa altura ela já percebe que estou fazendo isso por ela, não é? Dói quando ela não vê o quanto eu a amo. Sua preciosa "mamãe" não era uma mãe de verdade. O que ela estava fazendo, deixando uma criança dessa idade andar sozinha na praia? Duvido que aquela mulher ao menos sinta falta, agora que a menina se foi.

Já eu provei minha dedicação. Arrisquei tudo por ela. Mas ela não facilita a gente gostar. É carrancuda e grosseira, e tem um chilique sempre que não consegue o que quer.

Tento fazer concessões. Ela e eu estamos sofrendo por causa do confinamento, dentro das mesmas quatro paredes dia após dia. Eu não esperava ficar tanto tempo aqui. Tinha planejado permanecer uns poucos dias, esperando a poeira baixar, e então começaríamos nossa vida nova.

Mas a poeira não baixa. O nome dela está nos lábios de todo mundo. A fotografia dela está por toda parte.

Sigo obsessivamente cada novidade da história, esperando ela dormir antes de entrar na internet e navegar pelos sites de notícias e nas redes sociais. Eles fazem a mãe desfilar na televisão – como se isso fosse adiantar alguma coisa – e ela não se sai bem. Não demora muito para a imprensa se voltar contra ela. A polícia precisa culpar alguém pela própria falta de progresso, e ela é um bode expiatório conveniente. Ninguém questiona o fracasso da polícia em descobrir uma única pista quando todo mundo está ocupado culpando a mulher que deveria ter mantido a menina em segurança.

Mas me preocupo achando que vamos chamar atenção se ficarmos nesse hotel de beira de estrada. É o tipo de lugar onde as pessoas passam uma noite, talvez duas. Ninguém fica mais do que o necessário.

Sair é um risco, porém, ficar é mais arriscado ainda.

Minhas opções são limitadas. Não posso me arriscar a ir para um lugar decente, por isso pago em dinheiro por um quartinho numa pensão em uma parte transitória da cidade. O cheiro é úmido e mofado, e a criança reclama porque os lençóis parecem pegajosos. Ela é briguenta e vive reclamando, e está constantemente, constantemente *com fome. Não há como cozinhar aqui, de modo que ela precisa se virar com salgadinhos e sanduíches, e não faz isso de boa vontade. Esse não é o início que eu tinha visualizado para a nossa vida.*

Estou começando a perceber que cometi um erro. Esperava que a coisa não chegasse a esse ponto.

29
Alex

Continue viva. Você só precisa fazer isso, Lottie. Nada mais importa. Só fique viva.

Não importa onde você esteja agora, só se concentre nisso. Ah, meu Deus, você deve estar com medo demais. Estou indo pegar você, Lottie, prometo, vou achar você. Nunca vou parar de procurar, não importa o quanto demore. Você só precisa ser corajosa e aguentar firme por mim. Sei que você pode fazer isso. Você é a pessoa mais forte, corajosa e teimosa que já conheci.

... ah, meu neném, meu neném...

Chega de chorar. Eu não choro se você não chorar também.

Já contei sobre o dia em que você nasceu? Você se atrasou quase duas semanas e, mesmo assim, eles precisaram induzir o parto, como se você não quisesse nascer. Tão raivosa, tão *ultrajada* com a indignidade daquilo tudo! Papai se apaixonou no instante em que viu você, com a cara vermelha e furiosa, mas eu só conseguia enxergar uma estranha que eu não conhecia e que esperavam que eu amasse, e isso me aterrorizava. Na época, seu cabelo era escuro. Só ficou louro quando você tinha uns 2 ou 3 meses. A gente costumava brincar dizendo que tínhamos trazido a neném errada do hospital, mas a verdade é que você é igual a mim. Nenhuma de nós duas achou fácil se dar bem com o mundo, não é? Você era uma bebezinha difícil. Não facilitou ser gostada. Mas, como dizia o papai, por que deveria? Você não pediu para nascer.

Você tinha dois dentinhos quando nasceu. Já te contei isso?

Dentes natais, foi como o pediatra chamou. Típico de você. Você tornou minha vida um inferno na amamentação.

Desculpe por não ter protegido você. Prometo, quando você voltar eu serei bem melhor nisso. Em tudo. Vou até largar o emprego, se você quiser. Papai sempre foi muito melhor em tudo, não é? Sinto muito que você tenha tido de ficar comigo.

Por favor, menininha, não fique com medo. Você só precisa encontrar um jeito de seguir em frente, de ficar viva. Só isso. *Fique viva*. Nada mais importa, ouviu?

Eles não podem machucar quem você é. Vou encontrar você. Aguente firme, neném.

Estou indo.

Cinquenta e dois dias desde o desaparecimento

THE MORNING EXPRESS Segunda-feira, 9 de dezembro de 2019.

Transcrição /p.4

Painel:

Carole Bucks

Nasreen Qaisrani

Jess Symonds

JESS: Desculpe, simplesmente não aceito isso. Até a irmã de Alexa Martini…

CAROLE: Ah, lá vamos nós.

JESS: Não, Carole, não, desculpe, não admito. Você já disse o que queria, deixe outra pessoa falar. Até a tia de Lottie diz que é hora de relaxar a busca e de Alexa voltar pra casa.

CAROLE: Se fosse minha filha, eu não pararia de procurar, não importa o quanto demorasse.

PETE: Precisamos ser realistas. Acho muito triste, mas, à luz fria da razão, parece que isso se estendeu por tempo demais, mais e mais dinheiro está sendo gasto na busca, nos Estados Unidos e aqui, e não parece que estejamos perto de uma solução, por mais trágico que seja.

CAROLE: Será que eu posso, será que eu posso…

NASREEN: Antes de você continuar, e esta é uma conversa incrivelmente difícil, eu sou mãe de uma criança de 2 anos, mas há questões raciais que entram nessa…

PETE: Eu estava pensando em quanto tempo demoraria para…

[falas sobrepostas]

NASREEN: Eu acho, e preciso dizer que meu coração está com a família de Lottie, e é realmente triste, e eu sinto por eles, preciso começar dizendo isso — mas, ao mesmo tempo, já faz sete semanas que ela desapareceu.

PETE: Cinquenta e dois dias.

NASREEN: E existem questões raciais. E como uma pessoa não branca, como a única pessoa não branca aqui…

CAROLE: Acho isso incrivelmente racista. Você está sugerindo que, sendo branca, eu não posso falar com...

[falas sobrepostas]

NASREEN: Só estou dizendo que há o caso de Shemila Jackson, e ela é muito enfática em relação ao fato de que, como é negra, não está recebendo atenção. Alexa Martini tem sorte, de certo modo...

CAROLE: Sorte?

NASREEN: De um modo perverso, sim. Porque pelo menos a filha desaparecida dela... ela sabe que todo dia alguém está procurando por ela. Todos os pais das outras crianças, e as próprias crianças, foram esquecidos.

JESS: Nasreen está certa, mas acho que também há outra coisa acontecendo aqui. Acho que definitivamente há uma questão racial. Se Lottie fosse negra ou não branca, esta não seria uma das investigações mais caras e divulgadas desde o caso de Maddie McCann, mas acho que há outra coisa acontecendo, que a história de Martini rende bilheteria.

PETE: Ela vende jornais.

JESS: Lexi Sexy, e coisa e tal.

NASREEN: Ah, vamos entrar nessa?

CAROLE: Se a mídia faz parte disso, sinto um enorme...

PETE: Claro que a mídia faz parte disso.

NASREEN: É, mas a gente não pode escapar da questão racial — espera, vou me calar em um minuto — se fosse uma mãe paquistanesa, de Bradford, que tivesse deixado o filho sozinho, não haveria tanta atenção assim. O presidente dos Estados Unidos, pelo amor de Deus.

CAROLE: Então o trabalho policial deveria ser feito de acordo com a raça, é isso que você está dizendo?

NASREEN: Bom, nesse caso, sim. O que estou dizendo, e vou repetir outra vez, é que se fosse uma mãe solteira moradora de Bradford, nós não estaríamos aqui.

JESS: Não quero culpar ninguém, mas algumas matérias que nós publicamos, deixando de lado o fato de que ela admitiu que estava fazendo sexo na praia quando a filha sumiu…

CAROLE: Pelo amor de Deus. Não estamos em 1950. Ela tem direito a uma vida sexual.

PETE: Hashtag TimeAlexa.

CAROLE: Nós não estaríamos tendo essa conversa se ela fosse um homem.

NASREEN: A verdade é que ninguém quer admitir, mas é simples biologia — sinto muito, Carole, é verdade — as crianças precisam das mães. Um dos lados tem que ceder, e são as crianças que sofrem.

CAROLE: Quando isso parou de se tratar de encontrar uma criança desaparecida e se transformou em um referendo sobre se Alexa Martini é boa mãe?

NASREEN: Foi ela que abriu a porta com aquela entrevista.

JESS: Isso não tem a ver com escolher um lado, mas essa não foi a primeira vez em que ela deixou a filha sozinha. E basta olhar as fotos de Lottie. Não estou dando uma de gordofóbica, mas olhando as fotos dela…

[vozes sobrepostas]

JESS: Não é culpa da criança, os pais é que são responsáveis por cozinhar e alimentá-las, você não fica daquele tamanho… não estamos falando de um McDonalds gorduroso de vez em quando. Isso é abuso infantil.

PETE: Uuuuh, agora você conseguiu.

CAROLE: Ela tem 3 anos! Você está sendo gordofóbica com uma bebê!

PETE: O que foi que eu disse a você?

NASREEN: Acho que estamos nos afastando do…

PETE: Então você acha que a Lexi Sexy é inocente, não é, Carole?

CAROLE: Acho, sim.

JESS: Não estou dizendo que ela não seja, mas seu fosse do FBI procuraria o noivo, Marc. Ele é interessado demais, aparece na TV a cada cinco minutos. Mas a questão é: todos

	os recursos postos para encontrar essa única menina, aqui na Inglaterra e nos Estados Unidos, quando uma criança desaparece no Reino Unido a cada três minutos. E todas as outras crianças que nunca mais voltam para casa?
CAROLE:	Isso não deveria ter a ver com dinheiro. Se existir ao menos a chance mais ínfima de encontrar Lottie, precisamos continuar procurando.
PETE:	O problema, e não quero parecer frio demais, o problema é que houve casos solucionados, e isso simplesmente dá falsas esperanças. Houve aquele caso na África do Sul, em que um bebê foi tirado dos braços da mãe...
NASREEN:	Zephani.
PETE:	Ela apareceu dezessete anos depois, mas não por causa de buscas policiais caras. A gente não pode ficar jogando dinheiro fora...
JESS:	Teve aquela na Áustria, não foi, que ficou oito anos num porão. Natascha Kampusch. Ela escapou, não foi?
NASREEN:	E Jaycee Dugard. Ficou sumida por dezoito anos, antes de aparecer viva.
PETE:	Obrigado, todas vocês acabaram de provar meu argumento. Esses casos saem no noticiário porque isso praticamente nunca acontece. Mesmo sabendo que as chances são quase nulas, as pessoas dizem: ah, Jaycee Dugard ou sei lá quem... acharam ela. A gente não pode perder a esperança.
CAROLE:	Está dizendo que a gente deveria desistir?
PETE:	Ninguém quer ser a pessoa que puxa o fio da tomada, mas precisamos ser realistas. O problema, e eu entendo a ironia aqui, é que só ficamos mantendo a história viva sempre que fazemos um programa assim e falamos sobre ela, e a longo prazo isso não faz nenhum favor à família. Eles precisam ser capazes de seguir em frente.
CAROLE:	Como a mãe de Lottie pode seguir em frente quando a filha dela ainda está desaparecida?
PETE:	Ninguém quer dizer, mas as chances de ela ainda estar viva são...

[vozes sobrepostas]

PETE: Só estou sendo realista.

JESS: Todos sabemos que, se uma criança não é encontrada nas primeiras 72 horas, a coisa basicamente terminou.

CAROLE: Posso falar? O Fundo Lottie já levantou quase 1 milhão de libras na internet. E Jack Murtaugh, o candidato conservador de Balham Central…

PETE: Alerta de propaganda.

CAROLE: Será que podemos deixar a política partidária de lado por cinco minutos?

PETE: Não seja ingênua.

CAROLE: Ele prometeu que, se for eleito na quinta-feira, vai levar a questão de Lottie Martini para o Ministério do Exterior.

NASREEN: É aí que a coisa volta a ser racial de novo. Não, desculpe, mas é verdade. Você tem uma advogada branca, de classe média, que está recebendo todo o apoio dos parlamentares e políticos. Puxa, se ela fosse pobre, não poderia se bancar na Flórida durante meses seguidos.

JESS: É uma situação horrível, horrível, trágica, mas o fato é que tudo que ela está fazendo agora, permanecendo lá, é atrair a atenção para longe de pessoas como Shemika Jackson, que realmente precisam disso.

CAROLE: Isso não tem a ver com raça, nem dinheiro…

PETE: É claro que tem.

CAROLE: Nós é que somos privilegiados. Vamos para casa e para os nossos filhos esta noite. O que está esperando por Alexa Martini em casa?

30
Alex

Estaciono na vaga reservada para mim diante do nosso escritório de campanha e me preparo para enfrentar o bando de manifestantes acampados na calçada do lado de fora: #TimeAlexa de um lado e #JustiçaParaLottie do outro.

Eles estão aqui há seis semanas, desde que a entrevista na INN foi ao ar. Os números variam, dependendo de ser um dia lento no noticiário, mas os principais apoiadores de cada grupo aparecem todas as manhãs, balançando cartazes e gritando slogans sempre que alguém entra ou sai do prédio. Faz muito tempo que parei de imaginar se eles têm empregos e casas.

Ignorando as vaias, penduro a bolsa no ombro e mantenho a cabeça baixa até estar lá dentro, em segurança. Pelo menos os abusos são apenas verbais. Logo depois da entrevista, recebi ameaças de morte, e, em uma ocasião, alguém jogou ovos.

Quando Quinn Wilde me encurralou na televisão ao vivo, eu me defendi do melhor modo que pude, só querendo mudar a narrativa e direcionar os holofotes na busca por Lottie, mas tudo que fiz foi abrir todo um novo fronte na guerra na mídia. Claro que me importo com as dificuldades das mulheres no trabalho e com a hipocrisia relacionadas aos papéis dos pais e das mães, mas o barulho que criei quase abafou a missão de encontrar minha filha. Estou começando a me perguntar se não estou fazendo mais mal do que bem permanecendo na Flórida.

Jon Vermeulen, o novo gerente da campanha Encontrem Lottie, está escrevendo para mim lá dentro. Quando Marc voltou para a Inglaterra, há três semanas, contratou Jon para assumir o posto. Ex-produtor da CNN, é um sul-africano rude e astuto, de cinquenta e poucos anos, que tem uma semelhança mais do que superficial com um tanque de guerra.

– Hoje seu fã-clube veio com força total – diz ele, me entregando uma caneca de café colombiano torra escura.

– Ontem o Canal 5 dedicou o segmento inteiro do *Morning Express* à Lexi Sexy – digo.

– Ainda estão com essa idiotice? – pergunta Jon. – Escrotos.

O tabloide *Daily Post* de Londres foi o primeiro a usar o apelido humilhante, um dia depois de a entrevista com Wilde ter ido ao ar. O jornal fez um estardalhaço sobre minha "transa na praia" com um "tenista garanhão", e ainda que os outros jornais não tenham sido tão lascivos, todos aproveitaram o rótulo ridículo.

Ninguém se importa se eu nunca fui chamada de Lexi na vida ou que o uso da palavra "sexy" no contexto do sequestro de uma filha seja doentio. Agradeço porque pelo menos a mídia não conseguiu alcançar Ian Dutton. Ele saiu da Flórida na manhã depois da primeira coletiva, junto com a maioria dos convidados do casamento, e, depois disso, parece ter se enterrado. Apesar das insinuações no *Post*, ele é a única pessoa que eu sei que não poderia ter levado Lottie: ele estava comigo quando ela desapareceu.

Jon me entrega uma pilha de correspondências abertas.

– Separei as doações e dispensei os malucos. Essas são as que acho que você gostaria de ver.

– Obrigada.

– Aweh – responde Jon com a expressão de reconhecimento em africânder, que pode significar qualquer coisa.

Em mais de uma ocasião nas últimas semanas tive motivo para agradecer pela proteção de Jon. Há dez anos, sua mulher e o filho de 5 anos foram assassinados durante uma invasão de domicílio que acabou mal na Cidade do Cabo, quando Jon estava longe cobrindo a guerra do Iraque para a CNN. Ele jamais se perdoou, e ajudar pessoas como eu é seu modo de conseguir dormir à noite. Agora que todas as outras pessoas voltaram para casa e para as próprias vidas, ele é o mais próximo de um amigo que tenho aqui.

Foi necessário um pouco de persuasão para que mamãe e papai fossem embora. Mas o otimismo deslocado de mamãe era demasiado para mim. Ela insistia em que Lottie jamais teria ido com um homem estranho, por isso devia ser uma mulher que a levara; uma mãe sofrida, talvez, alguém que tinha perdido o próprio bebê e por isso pegou o meu. Mas as mães sofredoras da imaginação dela roubam recém-nascidos, e não crianças pequenas. Mamãe repetia a ideia de que Lottie estava sendo mimada e coberta de amor, repetidamente, até que não suportei mais e implorei que papai a levasse para casa.

Jon cruza os braços musculosos enquanto folheio a correspondência, irradiando desaprovação.

– Tem mais alguma coisa? – pergunto.

– Simon Green ligou.

Simon também foi contratado por Marc. É um ex-agente do MI6 cuja firma de investigação particular, a Berkeley International, é especializada em encontrar crianças desaparecidas. Ele tem em sua folha de pagamento vários investigadores que já estiveram em forças especiais e especialistas em vigilância, além de conexões com os serviços de inteligência dos dois lados do Atlântico.

Jon é cético em relação a trazer gente de fora trabalhando por dinheiro, cauteloso quanto a trambiqueiros que possam explorar meu desespero, e a firma de Simon não é barata.

Mas, nas três semanas desde que foi contratado, ele já identificou várias pistas potenciais que a polícia deixou passar, inclusive uma segunda testemunha que acredita ter visto o "homem magro" e forneceu um retrato falado eletrônico que entregamos à tenente Bates. Recebemos milhares de dicas pela nova linha direta Lottie, que Simon montou, inclusive várias de pedófilos condenados dizendo que sabem onde ela está. Ainda que esse pensamento me deixe nauseada, essas dicas são as primeiras pistas concretas que temos. Simon diz que não é *se* vamos encontrar Lottie, e sim *quando*.

– O que ele queria? – pergunto.

Jon resmunga:

– Dinheiro, imagino.

Ligo para Simon, mas cai direto na caixa postal. Deixo um recado, esmagando o minúsculo brilho de empolgação que brota apesar de todo o meu esforço para permanecer calma. Jon está certo. Provavelmente é só alguma questão administrativa. Dois meses de becos sem saída e pistas falsas me ensinaram que a esperança é inimiga.

Para me distrair, leio algumas postagens que Jon filtrou para mim. Cartas de apoio vindas de todo o mundo: um desenho de criança com a legenda "pra mamãe da Lottys", orações, poemas, um cartão assinado por todos os alunos de uma escola primária.

– Sra. Martini?

Levanto os olhos. Um negro com quarenta e poucos anos, vestido de modo conservador, está parado junto à porta principal, com o caminho bloqueado pelo corpanzil protetor de Jon. Está acompanhado por uma mulher de aparência latina, alguns anos mais nova. Não são da polícia, mas também não são civis.

– Tudo bem – digo a Jon.

– Meu nome é Darius James – diz o homem, enquanto Jon fica de lado. – Esta é minha colega Gina Torres. Somos do Centro Nacional para Crianças Desaparecidas e Exploradas em Lake Park, Flórida. Recebemos uma mensagem da embaixada britânica em Washington...

Já estou de pé.

– Vocês a encontraram?

– O embaixador pediu para levarmos a senhora à embaixada – diz James.

– Ela está lá?

– Sinto muito, sra. Martini. Não é tão simples.

31
Alex

Uma onda de náusea me acerta e eu grito para o motorista da embaixada parar. Ele capta a urgência na minha voz e desvia o carro imediatamente para o acostamento da estrada para Washington, ignorando o som furioso das buzinas dos veículos ao nosso redor enquanto corta três pistas de trânsito movimentado na hora do rush.

Pulo do carro e corro até a beira, as mãos nos joelhos enquanto me dobro e vomito no capim enegrecido e poluído.

Gina Torres toca no meu ombro.

– Pode ser notícia boa – diz ela. – Ainda não sabemos.

Afasto-me bruscamente.

– Não sabemos mesmo.

– Alexa, sei como isso é difícil...

– Não me venha com essa – reajo feroz. – Vocês aparecem e dizem que eu preciso entrar num avião para Washington *agora mesmo*, mas não podem dizer o motivo! Você não faz ideia do que me espera quando eu chegar à embaixada. Um vídeo da minha filha num porão? Fotos do corpo dela apodrecido no meio do mato? Como você pode dizer que *não sabe*? O que eu deveria fazer com isso?

– Entendo como você se sente – diz Torres.

– Você não pode...

– Meu filho desapareceu há quatro anos.

Enxugo a boca com as costas da mão. Minha garganta está ardendo com o ácido do estômago. Ainda me sinto nauseada, mas não resta nada em mim a não ser bile.

– Ele estava competindo num encontro de natação em Jacksonville – diz Torres, com a voz firme. – Ele é um nadador muito bom, faz parte do time de natação da escola desde a terceira série. Quatorze garotos entraram no ônibus da escola, mas só treze voltaram para casa. O técnico não fez uma contagem de cabeças antes de saírem, por isso ninguém percebeu que ele estava desaparecido. Naquele fim de semana, ele estava com o pai, e meu ex presumiu que tinha havido alguma confusão e que peguei Nicolás depois do encontro. Ninguém deu nenhum alarme até o dia seguinte.

Quatro anos. Nem consigo imaginar.

Em quatro anos, Lottie estará com quase oito. Idade suficiente para ler e escrever, entrar para o grupo de escoteiras, andar de bicicleta. Não consigo pensar em *quatro anos*. O único modo que tenho para seguir em frente é me concentrando em suportar a próxima hora sem ela. E a hora seguinte. Não consigo pensar em amanhã, nem na semana que vem. Não sei como Torres ainda está de pé.

– Com quantos anos ele estava? – pergunto.

– Doze. Agora está com dezesseis.

Não digo que *sinto muito*, nem como isso *é medonho*. Dou-lhe a única coisa que posso dar: o tempo presente.

– Como ele é?

Ela sorri.

– Ele tem energia demais. Quero dizer, ele nunca fica parado, nem um segundo. Quando era pequeno, nós costumávamos fazê-lo ficar de pé no canto quando estava sendo bagunceiro, e, cara, ele ficava pê da vida. E ele pode ser muito exigente consigo mesmo. Tem dificuldade com matemática, e quando faz o dever de casa quebra os lápis. A sala de jantar acaba coberta de lápis quebrados. Ele diz: de que adianta, mãe? Por que preciso aprender frações? Quem come cinco oitavos de uma laranja?

Somos sócias de um clube para o qual ninguém quer entrar. Tudo parece diferente no lugar onde estamos: há uma sombra que cobre o mundo. Perder um filho – no sentido mais literal, insuportável – muda a gente de um modo que você jamais imaginaria possível.

Estamos vivendo o pior medo de uma mãe ou um pai. O pesadelo deles é nossa história.

O motorista aperta a buzina e se inclina para fora da janela.

– Ei! Vocês estão vindo?

Um caminhão passa rapidamente, sacudindo nosso veículo enquanto entramos de volta. Atravessamos o rio Potomac e entramos na avenida Massachusetts, que abriga meia dúzia de embaixadas estrangeiras. O carro para diante de um bonito prédio de tijolos vermelhos atrás de uma cerca alta.

Darius James sai do carro e fala com o segurança no portão. Depois de alguns minutos, somos todos levados para dentro.

Estou tremendo tanto que Torres precisa assinar meu nome para mim no livro de visitantes. Lottie não está aqui; se houvesse uma criança viva esperando por mim, os rostos ao redor não estariam desse jeito.

Uma secretária nos leva a uma pequena sala de espera no terceiro andar e oferece café, que eu recuso. Sinto que vou vomitar de novo. Gina Torres segura minha mão enquanto nos sentamos juntas no sofá amarelo, e desta vez eu não a retiro.

A porta se abre outra vez. O homem que entra parece ainda mais novo do que eu.

– David Pitt – diz ele, apertando minha mão. – Sou da Agência Nacional Anticrimes no Reino Unido. Lamento fazê-la passar por isso.

– Vocês a encontraram?

– A polícia italiana recebeu um telefonema – diz Pitt, misericordiosamente dispensando qualquer preâmbulo. – De um celular sérvio. Um homem que se identificou apenas como Radomir diz que tem informações sobre Lottie, mas insiste que só falará com você. Preciso alertar: pode ser uma fraude. Mas nós conversamos com a polícia italiana e a da Sérvia e, por motivos que não vou abordar agora, as duas forças concluíram que isso pode ser autêntico.

A sala oscila. Eles devem ter bastante confiança, caso contrário não teriam me trazido até Washington. Isso poderia ser... ah, meu Deus, isso poderia ser a novidade que todos estamos esperando.

Até a polícia admitiu que o único modo de Lottie ser encontrada agora é por meio de uma informação dada por alguém envolvido no sequestro ou próximo de quem esteja. Ela é nova demais para ter fugido sozinha, diferentemente de algumas vítimas de sequestro que chegaram às manchetes. Natascha Kampusch, a garota austríaca sequestrada aos 10 anos, precisou de oito, antes de ter chance de fugir. Em oito anos, se Lottie ainda estiver viva, ela nem se lembrará de mim.

– Vocês rastrearam o telefonema? – pergunto. – Sabem onde esse tal de Radomir está?

— Era um telefone pré-pago — responde Pitt. — Mas agora ele já telefonou duas vezes. A polícia italiana deu a ele o número de um celular que vamos entregar à senhora. Radomir disse que vai telefonar às 19h00, horário daqui, portanto — ele olha seu próprio telefone — daqui a três horas.

Não tenha esperança. É só mais um telefonema fajuto. Mesmo se acabar sendo genuíno, não há garantia de que leve a Lottie.

Seco meus lábios.

— O que vocês querem que eu faça?

— Vamos estar ao seu lado — responde Pitt, e de repente ele não parece mais um colegial. — Estamos trabalhando com as polícias italiana e sérvia, por isso trouxemos você para cá, para a embaixada. Vamos estar ao seu lado, Alex. Esse tal de Radomir pode ser um informante ou pode fazer um pedido de resgate. Ou pode não ser nada. Nesse estágio, você só precisa estabelecer contato. A partir daí, nós assumimos.

Pitt me conta o que vai acontecer em seguida, mas há um zumbido nos meus ouvidos e estou achando difícil me concentrar. Se eu errar nessa coisa, Radomir pode desaparecer, e com ele qualquer chance de encontrar minha filha.

Não consigo parar de tremer. Gina tenta me convencer a comer os sanduíches trazidos pelo pessoal da embaixada, mas meu estômago se revira só de pensar em comida. Mal consigo engolir água. Isso é provavelmente um alarme falso. Outro *troll* procurando atenção, curtindo um barato com o meu sofrimento.

No entanto...

Trinta minutos antes da hora marcada para Radomir telefonar, juntam-se a nós dois policiais italianos especialistas em sequestros, que conferenciam com Pitt, Torres e James. Toda a equipe irradia profissionalismo e experiência, o que me sustenta enquanto os últimos minutos passam devagar. Nem consigo imaginar como deve ser difícil para Gina, estendendo essa esperança para mim, ainda que minúscula, enquanto espera e espera seu próprio milagre.

18h58

18h59

Minhas mãos estão úmidas demais para segurar o telefone que me deram, por isso, eu o deixo sobre a mesinha de centro à minha frente e enxugo as palmas na saia.

19h00
19h01
— Têm certeza de que não entenderam errado a hora? — pergunto. — Ele disse 19h00, vocês têm certeza?
— Dê tempo a ele — diz Gina.
Cinco minutos se transformam em dez. Dez em quinze. A tela do telefone permanece decididamente escura.

Pitt murmura alguma coisa com um dos policiais italianos, que assente e sai da sala. De repente, desejo que Luca estivesse aqui. Podíamos ter um casamento péssimo, mas a única coisa que nos unia era o amor por Lottie. Não importa quanto meus pais e Marc tenham apoiado, não há ninguém para compartilhar minha agonia nas horas mais desoladoras, quando acordo no meio da noite, dominada pela culpa. Estou desancorada, agarrando-me a quase estranhos em busca de consolo.

— Vocês consideraram a diferença de fuso horário? — pergunto. — Será que o Radomir não quis dizer...

— Vincenzo está verificando isso — responde Pitt.

O italiano volta alguns minutos depois.

— Sete horas, horário do leste dos Estados Unidos — confirma ele num inglês com sotaque forte. — Não há dúvida.

Mais dez minutos se passam. Agora percebo como a esperança dentro de mim ardeu forte, apesar de todos os meus esforços. A sensação pesada, arrastada, no meu peito se intensifica. Ninguém vai telefonar. Não existe milagre. A descida ao inferno é ainda pior desta vez.

E então, às 19h52, o telefone toca.

32
Alex

O telefone toca de novo.

Um SMS. A identidade do remetente está oculta.

– É um vídeo – digo, mostrando o telefone a Pitt. – Não há mensagem. Devo abrir?

Ele tira o telefone da minha mão.

– Vamos voltar em alguns minutos.

Em seguida, eu me levanto e ando pela sala, agitada demais para ficar sentada. Entendo por que eles levaram o telefone, mas, o que quer que o vídeo mostre, não pode ser pior do que o que estou imaginando.

– Existem algumas coisas que nenhuma mãe deveria ver – diz Gina baixinho. – Sei que você acha que se preparou, Alex, mas você não consegue. Ninguém consegue. Se eles acharem que você precisa ver o que Radomir mandou, vão mostrar.

Parece demorar uma vida inteira, mas Pitt volta em menos de dez minutos.

– Nós conectamos o telefone a uma tela maior – diz ele. – Gostaríamos que você viesse assistir ao vídeo.

– O que é? É Lottie?

– Não temos certeza – responde ele. – Mas não é notícia ruim. Quem quer que seja, está viva.

Por favor, Deus, que seja Lottie. Por favor, Deus, permita que a encontremos.

Descemos até uma sala que parece ser usada para monitoramento de segurança, a julgar pela quantidade de telas numa das paredes. Há um vídeo pausado em uma delas. É difícil identificar o que ele mostra: foi gravado à noite, e a imagem é granulada e cinza.

– Não dura muito – diz Pitt. – Talvez vinte segundos. Vamos passar em tempo real, depois podemos diminuir a velocidade e olhar quadro a quadro.

O colega de Pitt dá play no vídeo. Um homem carrega uma criança pequena de uma casa geminada até um carro estacionado ali perto, os dois parcialmente iluminados pela luz de um poste a alguns metros de distância. Uma segunda figura, uma mulher, está alguns passos à frente deles. A filmagem foi feita disfarçadamente: o ângulo é estranho, emoldurado pela borda de uma parede de tijolos, e o vídeo termina abruptamente, com a câmera balançando loucamente na direção do chão.

– Passe de novo – digo.

Chego mais perto da tela, me concentrando intensamente na criança. Ela – ou ele – está usando um gorro de lã, de modo que é impossível ver a cor dos cabelos, e o rosto está enterrado no ombro do homem. A criança parece ter uns 3 ou 4 anos, mas a imagem é tão ruim que não dá para ter certeza.

– De novo.

O colega de Pitt aperta algumas teclas. Forço a vista tentando enxergar alguma coisa que não está ali, mas ainda não dá para saber se é minha filha. Também não reconheço o homem, nem a mulher. Os dois estão usando bonés e jeans e tênis unissex, e estão de costas para a câmera. Poderiam ser quaisquer pessoas. Não há nenhuma rua, nem placas de trânsito visíveis; a placa do veículo está escondida pelo ângulo de onde o vídeo foi feito. Não sabemos qual é o país, nem se o carro tem o volante do lado esquerdo ou direito. Isso pode ter sido filmado em qualquer lugar.

– Espera – diz Pitt, enquanto a câmera gira em direção ao chão pela terceira vez. – Ali. Volte.

Agora eu também vejo. Enquanto a imagem se inclina loucamente, por um breve momento, um ponto de ônibus é visível na extremidade esquerda do quadro.

Pitt passa pelo colega e dá pausa na imagem do ponto de ônibus. A publicidade na borda dele está clara, até no escuro.

– Marmite – digo.

– Isso é no Reino Unido – diz Pitt. – Em nenhum outro lugar haveria um anúncio de Marmite.

– Como Lottie poderia estar na *Inglaterra*?

– Ainda não sabemos se é Lottie – lembra Gina.

Pitt se inclina sobre a mesa, olhando com atenção para a tela.

– Vamos olhar de novo a criança, quadro a quadro – diz. – Veja se você reconhece *alguma* coisa.

Como posso não reconhecer minha própria filha? Mas não há nada para distinguir essa criança de qualquer outra. Talvez, se ela estivesse andando sozinha, pudesse haver alguma coisa familiar que chamasse minha atenção: um modo de se movimentar, talvez, ou um determinado gesto. Porém, no colo do homem, desse jeito, com o rosto virado para o outro lado, não há nada em que eu possa me agarrar.

– Nossos analistas vão examinar isso – diz Pitt finalmente. – Vão procurar reflexos, fragmentos, coisas que possam ter passado despercebidas. Se houver alguma coisa aí, vamos encontrar.

Seu tom de voz é animado, mas sinto que fracassei de novo.

– O que é aquilo? – pergunta Gina abruptamente, apontando para a tela, que está congelada de novo no início do vídeo. – Uma tatuagem? Ali, na parte de dentro do pulso.

– Dê um zoom – pede Pitt.

Seu colega amplia a imagem, focalizando-a no pulso do homem. Cerca de dois centímetros de pele estão visíveis abaixo da beira da jaqueta, revelando parte de uma tatuagem. Ampliada, a imagem fica mais turva ainda. Pitt se inclina e digita algumas teclas. O foco da imagem aumenta e diminui, e de repente fica mais claro e é reconhecível como uma rosa-dos-ventos.

Uma rosa-dos-ventos. Por que isso é tão familiar?

A expressão de Pitt se intensifica.

– Alex? Já viu isso antes?

Minha boca está seca. Sinto que estou caindo.

Uma rosa-dos-ventos. Lembro onde vi.

– Sei quem é – digo.

Dois anos desde o desaparecimento

33
Alex

A reunião acontece em uma sala de aula de uma pequena escola primária em Tooting Bec, a dois minutos a pé da estação do metrô. Chego meia hora adiantada, por isso, paro para tomar um café e matar o tempo. Edie, a mulher que administra o café, me traz o de sempre: americano, puro, sem açúcar. Ela o deixa à minha frente sem dizer nenhuma palavra. Sabe que dia é hoje.

Pouco antes das 19h00 saio do café e vou para a escola. Eu mesma nunca tive chance de ser uma mãe que ia sempre à escola, mas o cheiro é exatamente como recordo do tempo em que eu estudava: cenoura cozida, cera de assoalho, borrachas e marcadores. Ninguém parece ter pensado na ironia de fazer as reuniões aqui, numa escola primária.

O zelador me deixa entrar e subo até a sala do segundo ano. O corredor é pintado num amarelo brilhante e alegre e há um alfabeto ilustrado, preso nas paredes na altura de uma criança de 5 anos: *Charles Chapeleiro. Mike Manobrista. Paula Pianista.* Dos dois lados da porta da sala há uma fileira de ganchos para agasalhos e examino os nomes grudados embaixo de cada um, procurando o de Lottie. George, Taylor, Ava, Muhammad, Oscar. O de Lottie deveria ser o terceiro, a contar da ponta, mas não o vejo. E então lembro que é outubro, e um novo ano escolar começou desde que estive aqui pela última vez, com a chegada de novos alunos ao segundo ano. Lottie passou para o terceiro ano, e agora um menininho chamado Noah está com o gancho dela.

É idiotice, claro. Não é a *minha* Lottie. Mas havia algo estranhamente reconfortante em ver o nome dela ali, como se, em algum mundo paralelo, fora do alcance, minha filha estivesse indo para a escola, pendurando seu casaco num gancho com seu nome, fazendo bonecos de neve com algodão, aprendendo a ler.

Dentro da sala, as mesas foram puxadas para o lado, criando espaço para um círculo de cadeiras no centro. Na primeira vez em que vim aqui, não muito depois de voltar para a Inglaterra, o grupo estava usando as cadeiras da sala, projetadas para crianças de 6 anos. Foi necessário um pequeno motim para obtermos as cadeiras de tamanho adulto que agora são trazidas do auditório da escola quando o grupo se reúne a cada mês.

Faz tempo que não venho a uma reunião, mas reconheço todos os rostos, menos um. O líder do nosso grupo, Ray, está arrumando grossas xícaras e pires de louça numa mesa embaixo da janela. Sei, por experiência, que o chá vai ser fraco, o café imbebível. Mas numa vida anterior Ray foi chefe de confeitaria e suas bombas de chocolate e seus biscoitos palmier derretem na boca.

Pego uns dois palmiers e ocupo meu lugar no centro de três cadeiras vazias, de modo que não há ninguém imediatamente ao meu lado. Nunca fui claustrofóbica; até o sequestro de Lottie eu não tinha medo de nada. Agora a lista transborda da página. Multidões, espaços abertos, viajar de avião no escuro. Não faz sentido: o pior já aconteceu, de modo que não me deveria restar nada a temer. É por causa do sofrimento, diz mamãe. Ele ataca a gente das maneiras mais imprevisíveis.

A recém-chegada à minha esquerda está apertando sua xícara e seu pires como se fossem as únicas coisas que a mantêm aqui.

Sorrio.

– Você deveria experimentar um desses – digo, dando uma mordida no meu palmier.

– Não estou realmente com fome.

Antes de Lottie, a empatia não era meu ponto forte. Agora faço o esforço.

– Meu nome é Alex – digo.

– Molly.

– Quanto tempo faz?

– Treze dias. E você?

– Dois anos.

Ela fica pálida. Evan, o filho de Ray, de 7 anos, estava desaparecido havia seis anos quando entrei para o grupo. Lembro que imaginei como ele podia ter sobrevivido tanto tempo: seis Natais sem o filho, seis aniversários, seis aniversários da última noite em que ele pôs o filho na cama. Mas agora sei que a gente aprende a existir nos espaços em volta do sofrimento. Continua vivendo, queira ou não.

– É seu filho ou sua filha? – pergunto a Molly.

– Filha. Está com 16 anos. Dizem que ela fugiu, mas a gente *sabe*, não é?

– Qual é o nome dela?

– Mallory. E você?

– Uma menininha, Lottie. Ela vai fazer 6 anos em fevereiro.

Vejo o reconhecimento súbito nos olhos de Molly enquanto ela se censura por não ter percebido antes quem eu era. Ela baixa o olhar para a xícara e o pires no colo, e sei que agora deseja não ter vindo. Sou um ponto alto nesse mundo novo e sombrio de filhos desaparecidos e pais e mães sofredores: *a mãe de Lottie Martini*. Se ela faz parte de um grupo que me inclui, isso significa que seu pesadelo é real.

Quando finalmente voltei à Inglaterra, há vinte e um meses, achei que estar em casa faria com que eu me sentisse menos sozinha. Mas percebi rapidamente que era o oposto. Era como se vivesse num país estrangeiro onde ninguém falava minha língua. As mesmas mães que antes me convidavam em datas festivas e fizeram de mim seu projeto de piedade depois da morte de Luca – a pobre viúva precisando de amigos – agora atravessavam a rua para me evitar. Eu era uma lembrança viva de seu pior temor.

Até minha relação com Zealy ficou tensa. Ela é da diretoria da fundação, claro, e seus esforços para levantar verbas foram heroicos, mas, no fim das contas, ela ainda tem uma vida, ao passo que eu estou suspensa num limbo. Encontrar Lottie é a única coisa que me importa, além do trabalho, e ainda que Zealy nunca tenha dito nada, deve sentir falta da amiga que eu era: a mulher que a levava para almoçar, se compadecia depois de um encontro ruim e mandava uma mensagem de texto imediatamente se houvesse uma liquidação na Sweaty Betty. Hoje em dia, mal nos vemos e, quando isso acontece, temos pouquíssima coisa em comum.

Entrei num grupo de apoio para pais de crianças desaparecidas porque estava desesperada para ficar perto de pessoas que soubessem como isso é, mas demorei um ano inteiro para aceitar que era uma delas. *Primeiro você precisa admitir que tem um problema.*

Ray espera mais alguns minutos pela chegada de algum retardatário e depois fecha a porta da sala. Nós nos apresentamos, informando nosso nome e o da criança desaparecida. Algumas pessoas acrescentam alguns detalhes – Andrew deve estar com 13 anos, April adorava *Frozen* – ao passo que outras mal levantam os olhos. Na verdade, Ray não pertence mais a isso aqui: o corpo do seu filho foi encontrado alguns meses depois de eu ter começado a vir às reuniões, no fundo de um poço, a oitocentos metros da casa da mãe dele. Mas o assassino do menino jamais foi encontrado e Ray não precisa explicar por que ainda vem ao grupo.

– Quer começar hoje, Alex? – pergunta ele.

Olho as cerca de doze pessoas ao redor. Tanto sofrimento; tantas vidas postas em espera.

– Hoje está fazendo aniversário – digo. – Dois anos desde que Lottie foi levada. No ano passado, no primeiro aniversário, voltei à Flórida para fazer um novo apelo. A polícia de lá fez uma reconstituição que recebeu muita cobertura da mídia. Provavelmente um bom número de vocês viu pela TV.

Confirmações de cabeça e murmúrios ao redor.

– Recebemos um monte de telefonemas pela linha direta. Houve uma pista forte na África do Sul, mas era outro beco sem saída. – Minha voz está chapada. – São sempre becos sem saída.

África do Sul. Marrocos. Nova Zelândia, Bélgica, México, Honduras. Cada pista, não importando o quanto seja frágil, precisa ser seguida. No primeiro ano depois de Lottie desaparecer, viajei pelo globo me encontrando com primeiros-ministros e ministros do exterior, figuras poderosas que, tendo os olhos do mundo voltados para elas, prometiam não deixar pedra sobre pedra no esforço de trazer minha filha para casa. E não estou mais perto de achar Lottie agora do que no dia em que ela desapareceu.

Nos meus bons dias, imagino que ela está morta. Todo mundo tem seus próprios mecanismos de autoproteção, e para mim isso é melhor do que a alternativa. As imagens medonhas que passam pela minha mente nas horas mais sombrias, de Lottie mantida em algum espaço escuro, passada de mão em mão em algum indizível círculo de sexo com crianças, nenhum ser humano são desejaria ter na cabeça. *Melhor estar morta do que isso.*

Para mim, agora a esperança é a inimiga. As pessoas são bem-intencionadas quando contam histórias de crianças encontradas vivas depois de anos, até mesmo décadas, no cativeiro, e insistem que não devo perder a fé. Mas só consigo pensar no que aquelas crianças sofreram antes de ser encontradas. Os estupros. Os espancamentos.

Como posso ter esperança disso? É egoísmo da minha parte querer que Lottie sobreviva a qualquer custo. Nunca vou parar de procurá-la, mas quando rezo agora, é pedindo a um Deus em quem não acredito mais para que ela não tenha sofrido, e que sua morte tenha sido rápida. Que seu corpo seja encontrado, para que ela possa descansar em paz – para que *nós* possamos descansar em paz.

Não corro mais milhares de quilômetros atravessando continentes a cada informe de uma menina loura num posto de gasolina nos arredores do Cairo. Aprendi do modo mais difícil a deixar Simon Green e o resto da sua equipe de investigação fazer o trabalho. Não posso ajudar Lottie, mas existem outras crianças que minha capacidade e meu talento *podem* salvar.

Assim, há dez meses voltei ao trabalho. Neste ano, tratei o segundo aniversário como apenas mais um dia. Coloquei o telefone no mudo e ignorei os telefonemas de mamãe. Compareci ao tribunal hoje de manhã e lutei por meu cliente, um garoto sírio de 14 anos que, segundo o Ministério do Interior, tinha 18 anos, portanto, era sujeito à deportação para um país que provavelmente iria matá-lo, e ganhei. Para mim, este dia é como qualquer outro: cheio de culpa, sofrimento e da agonia interminável de não saber.

E, como em qualquer outro dia, eu sobrevivo.

No fim da reunião, empilhamos as cadeiras e Molly me ajuda a carregá-las de volta ao auditório.

– Você vem à reunião todo mês? – pergunta ela.

– Nem sempre. Mas em geral venho.

– Isso ajuda?

– Não exatamente. Mas pelo menos aqui ninguém espera que você deixe isso para trás. – Olho-a nos olhos. – Você precisa saber, Molly. Eu gostaria que alguém tivesse me dito. Isso que nós estamos vivendo não é como um luto. Não tem final, de modo que ficamos presos no meio do ciclo do sofrimento. O tempo não cura pessoas como nós. Nossa dor aumenta, como os juros.

– Você sente vontade de... desistir?

– Todo dia.

Molly torce uma mecha de cabelos e puxa. Não é a primeira vez: seu couro cabeludo está com feridas nos pontos em que ela arrancou os fios pelas raízes. As pessoas não percebem como o sofrimento pode ser físico.

– Posso fazer uma pergunta pessoal? – diz ela.
Confirmo. Sei qual será.
– Você acha que foi ele que fez? – pergunta ela. – O seu amigo? O da tatuagem?

34
Quinn

Quinn se demora no corredor do lado de fora da sala de aula, esperando que a reunião comece, antes de entrar. Não quer atrair atenção, mas é difícil passar despercebida usando um tapa-olho preto – e enfeitado com strass, obrigada, Marnie. Espera até que uma mulher que conta a própria história no centro do círculo irrompa em soluços ruidosos e, sob o disfarce da distração, senta-se numa cadeira no fundo da sala.

Verifica o telefone disfarçadamente enquanto se senta.

Nada, ainda.

A mulher vai baixando os soluços até um choro suave, e o homem sentado ao lado passa o braço ao seu redor e lhe dá tapinhas nas costas, impotente. Outra mulher no círculo, mais jovem, ocupa o lugar dela, a voz tão baixa que é difícil ouvir.

Quinn imagina, impaciente, quanto tempo isso vai durar. Ela tem um prazo, aqui. Para ela, a terapia de grupo está no mesmo nível de outras baboseiras místicas, como a cura por cristais e os banhos de som. Se você está morrendo de fome e se senta numa sala com outras pessoas que também morrem de fome e todos falam sobre como estão famintos, isso não diminuirá sua vontade de comer as solas dos próprios sapatos.

Fica se remexendo, desconfortável. É como se aquelas cadeiras fossem feitas para crianças de 6 anos. Quinn tem dificuldades com a coluna desde a bomba, e sem a ajuda de, pelo menos, meia garrafa de Jack Daniel's, sente um grau razoável de dor.

O telefone vibra e sua pulsação acelera, mas é apenas um alerta rotineiro de notícia da Associated Press. *Família lembra o segundo ano do desaparecimento de Lottie Martini.*

Quinn não tem grande obsessão por aniversários e marcos temporais, em particular os negativos, como esse. Nunca se deu ao trabalho de comemorar o próprio aniversário, seguindo o costume dos pais, que conseguiram esquecer o seu sétimo e o oitavo, ponto em que ela também parou de tentar lembrar.

Olha a matéria da AP. Eles estão tendo cuidado, mantendo a cobertura neutra. *Amigos e vizinhos rezam enquanto a Fundação Lottie relembra, ao público, o caso Lottie, com novos apelos e um documentário, blá-blá-blá.*

Na certa é uma coisa inteligente, pensando bem. O humor do público em relação a Alexa Martini voltou rapidamente a ficar favorável depois que a polícia da Flórida indicou oficialmente o homem tatuado do vídeo como o principal suspeito. Alexa ainda tem *haters*, mas hoje em dia a maior parte das pessoas demonstra uma simpatia cautelosa, considerando-a uma mãe inadequada, e não maligna. Com o principal suspeito fugindo e a criança ainda desaparecida, a história sumiu das primeiras páginas.

Quinn sabe que também deveria esquecer isso. A editora da INN deixou totalmente claro que ela não deveria chegar perto de Alexa Martini. Mas Quinn não consegue esquecer. É como um daqueles policiais grisalhos, obcecados com o único caso que jamais conseguiram solucionar.

Ela podia não ter desejado a história quando foi posta nela, mas ser tirada dela a deixou louca. Estava na Síria quando a notícia do vídeo surgiu e precisou assistir a um dos garotos do escritório de Washington repassar regurgitações pouco importantes de comunicados da polícia, em vez de investigar a verdadeira história.

Mesmo que o homem com a tatuagem da rosa-dos-ventos fosse culpado – um grande *se*, já que ninguém pode provar que a criança no vídeo é Lottie –, isso ainda não inocenta Alexa Martini. O homem era *amigo* dela. Os dois podiam estar trabalhando juntos. Por que ninguém jamais investigou isso?

Porque ninguém queria encerrar o caso, por isso. É muito mais fácil para todos os envolvidos acusar um homem cuja culpa provavelmente não seria testada no tribunal. A polícia ficou satisfeita porque podia marcar um xis no quadradinho onde estava escrito *solucionado*, mesmo não tendo apanhado o criminoso. O prefeito de St. Pete ficou *muito* feliz porque o sequestrador era inglês, não do local. E a turba das redes sociais ficou feliz porque sua imagem perfeita das mães trabalhadoras foi inocentada. Todo mundo vence. Menos Lottie, claro, mas ninguém achava seriamente que a pobre menina estivesse viva, de qualquer modo.

Mas Quinn não consegue parar de coçar a casca de ferida.

Você está deixando seu ego interferir, disse Marnie, depois de meses ouvindo suas teorias da conspiração. *Isso não tem a ver com descobrir o que aconteceu com Lottie; tem a ver com você ter sido tirada da história. Se você está tão ansiosa para saber onde ela está, por que não para de encher o saco e faz alguma coisa a respeito?*

Ela conseguiu ser transferida de volta para Londres, onde tem acesso às fontes certas, e investigou a história de Martini em seu tempo livre.

Cobrou cada favor que já havia feito para seus contatos, legítimos ou não. Suas fonte diplomáticas têm uma boa ideia de que o homem está em Dubai, mas não puderam encontrá-lo. Mesmo que ela descubra onde ele está, não há tratado de extradição com os Emirados Árabes Unidos. Mas ela precisa falar com ele. Precisa *saber.*

Assistiu a sua entrevista com Alexa Marttini tantas vezes que a memorizou: cada quadro do vídeo, cada microexpressão que surge no rosto da mulher. E *ainda* não tem certeza se ela está mentindo.

Quinn está tão concentrada no telefone que leva um susto quando falam seu nome.

– Quinn? Gostaria de compartilhar? – pergunta Leo, que está coordenando o grupo esta semana.

Bosta.

– Hoje não estou muito a fim – responde ela.

– Seis meses – diz seu padrinho. – É um grande feito, Quinn. Aproveite um momento para sentir orgulho de si mesma.

Seis meses de sobriedade. Só há um modo como ela gostaria de comemorar, mas isso destruiria o objetivo de estar aqui.

Ela vai pegar sua ficha, sentindo-se uma fraude quando volta à cadeira. Diferentemente de todas as outras pessoas aqui, não tem intenção de permanecer sóbria. Sente falta demais do seu velho amigo Jack. Mas vai ficar limpa por tempo suficiente para resolver o mistério do que aconteceu com Lottie Martini, ou morrer tentando, porra.

Enquanto Leo encerra a reunião dos AA, o telefone de Quinn finalmente solta um bip com a mensagem que ela esteve esperando. Pula a Oração da

Serenidade, ignorando o olhar de desaprovação de Leo, e vai direto da escola para o café na esquina, onde Danny está esperando.

– Como foi? – pergunta ele, enquanto ela puxa uma cadeira. Quinn brande sua ficha.

– Seis meses sóbria.

– Maneiro.

Danny ainda tem menos de 30 anos, mas é o melhor investigador com quem ela já trabalhou. Ele faz círculos em volta de Simon Green e seus capangas na Berkeley International, a equipe de investigadores particulares contratados pela Fundação Lottie. Na última vez em que ela ouviu, Green tinha ganhado quase meio milhão de libras da Fundação sem ter ao menos uma única pista para mostrar. Mas talvez Alexa Martini quisesse a coisa desse jeito.

– O que você tem para mim, Danny?

Danny empurra seu telefone por cima da mesa. Ela examina as fotos, com o olho bom se estreitando.

– O que estou olhando?

– Circuito fechado da imigração em Abu Dhabi. Suas fontes tinham razão. Ele está em Dubai. Está lá praticamente desde que a merda acertou o ventilador com aquele vídeo. Faz sentido: nem o Reino Unido, nem os Estados Unidos têm tratado de extradição com os Emirados Árabes.

Quinn suspira impaciente.

– Nós sabíamos disso. Dubai é uma porra de uma cidade grande, Danny. Você o encontrou?

– Melhor ainda. Encontramos os dois.

Dois anos e dois dias desde o desaparecimento

35
Alex

Meu Deus – diz Jack Murtaugh. – Meio *milhão*? Você deve estar brincando.

Ele olha ao redor da mesa. Seria possível cortar a tensão no ar com uma faca. Jack tem nos apoiado desde que foi reeleito parlamentar por Balham Central em dezembro de 2019, dois meses depois do desaparecimento de Lottie. Mas esta foi a primeira vez em que se envolveu diretamente com a Fundação, e o motivo para estar fazendo isso agora, a meu pedido, é que precisamos trazer o exame lúcido de alguém de fora para deduzir o que faremos em seguida.

A campanha original para encontrar minha filha se transformou na Fundação Lottie, depois de eu voltar para a Inglaterra. Nossa missão não é apenas procurar minha filha, mas aumentar a divulgação sobre crianças desaparecidas que, caso contrário, seriam simplesmente deixadas de lado: crianças como Jovon Jackson, cujos pais não têm os mesmos recursos e contatos que eu tenho. Restrições legais implicaram que a Fundação não pudesse ser formada como uma instituição de caridade. Em vez disso, nós a estabelecemos como uma empresa sem fins lucrativos comandada por um conselho composto por amigos e parentes, inclusive papai e eu, Paul e Zealy.

E Marc, claro.

Sem ele, não temos mais ninguém com experiência de marketing no conselho. Um dos nossos pontos mais fortes – nossa enorme lealdade – se tornou nosso ponto mais fraco. Com a exceção de Jon Vermeulen, que continua a administrar as coisas na Flórida, o resto de nós é composto por amadores bem-intencionados, e não profissionais em levantamento de verbas. A Fundação tem sido administrada demasiadamente com o coração, e não com a cabeça, motivo pelo qual estamos quase falidos.

Paul Harding, nosso tesoureiro e o homem que um dia confundiu uma menina de vestido cor-de-rosa com outra, faz a gentileza de parecer sem graça.

– Esse dinheiro foi gasto num período de dois anos – diz ele.

Todo mundo se remexe desconfortavelmente. Todos sabemos em termos abstratos como a busca da minha filha tem sido dispendiosa, mas os números em preto e branco são uma leitura perturbadora.

– Esse homem, Simon Green. Está sangrando vocês totalmente – diz Jack. – Quem o contratou?

– Marc Chapman – responde Paul.

Há um silêncio incômodo.

Jack suspira e joga o livro de contabilidade na mesa.

– Bom, isso não pode continuar – diz ele. – A Fundação está quase insolvente. No mínimo, Green terá uma aposentadoria confortável.

– O sujeito é um trambiqueiro – diz Jon, com seu sotaque sul-africano mais evidente do que nunca. Jon veio de avião especialmente para essa reunião do conselho, e ele e Jack obviamente concordam. – Meio milhão de libras, e tudo que temos em troca são imagens do Google Earth e algumas fotos de um representante de vendas.

– Na época, o representante de vendas era uma linha de investigação legítima...

Jon funga.

– Três meses de pagamentos gordos.

Não acredito que Simon Green seja trambiqueiro, mas não podemos continuar mandando dinheiro como antes. Todas as vigilâncias, as análises de voz, os perfis, as verificações de passado... simplesmente não temos dinheiro para isso. As pessoas perderam o interesse por Lottie. Faz muito tempo que ela sumiu e, sem uma única pista sólida para mostrar em troca dos milhões gastos na busca, as pessoas pararam de doar. Precisamos mudar para a missão central da Fundação e focalizar em outras crianças desaparecidas, se quisermos atrair novos doadores.

– Ficar brigando com o passado não vai ajudar – digo antes que a reunião caia em recriminações. – Estamos aqui para falar sobre como financiar o avanço da Fundação, e não somente a busca por Lottie. É por isso que o Jack está aqui.

Jack passa a mão pelo cabelo denso e preto. É um urso de trinta e poucos anos, não particularmente bonito, mas há algo estranhamente envolvente nele. Jack domina a sala sem dizer uma única palavra. Tem um estilo de vestimenta que poderia ser descrito como "cama desfeita": em geral, os paletós estão amarrotados e abertos, as camisas saindo do cós da calça, os colarinhos tortos, as gravatas raramente retas. Mas ele usa o desalinho de maneiras estratégicas, parecendo passional demais com o tema do momento para perder tempo passando roupas. Num mundo cada vez mais retocado e filtrado, seu estilo telegrafa uma sinceridade e uma realidade sem verniz. Tem o fascínio do que é do contra. Não ficarei surpresa se ele for posto em alguma comissão importante no próximo rearranjo político.

– Mas assim que a investigação da Yard receber mais verbas... – começa Paul.

– Eu não contaria com isso – interrompe Jack. – Vocês não vão receber nenhum apoio do primeiro-ministro. Vocês pisaram em muitos calos.

Paul se irrita. De todos nós, foi ele quem dedicou mais tempo aos detalhes da administração da Fundação, e diz:

– Não vejo o que o primeiro-ministro tem a ver com isso.

– É, isso é óbvio. – Jack inclina a cadeira para trás, as mãos cruzadas na nuca. – Olha, meu chapa, toda vez que você lembra aos americanos que eles perderam uma cidadã britânica que estava sob os cuidados deles, o "relacionamento especial" leva mais um golpe. Depois do Brexit, nós precisamos deles mais do que eles precisam de nós.

– Nós temos precedentes do nosso lado. A investigação da McCann...

– Ela desapareceu em Portugal. Os Estados Unidos são outra coisa. Você está comparando alhos com bugalhos.

– Jack e eu temos uma reunião com o Ministério do Exterior esta tarde – digo, encerrando a reunião. – Depois disso saberemos mais.

Quando saímos da sala, Jack me acompanha.

– Acho que não vou ganhar nenhum concurso de popularidade com os seus amigos – diz ele.

– Eles vão superar. Você não está dizendo nada que a gente já não saiba. As doações do público não vão resolver a situação. Precisamos de verbas do governo.

– Como eu disse, não tenha muita esperança.

Chegamos à rua.

– Quer pegar um táxi? – pergunto.

– Para mim o metrô está ótimo.

Só estamos a dois minutos a pé da estação de Stockwell, por isso não tenho motivo plausível para ser contra. Enquanto Jack pega seu cartão de viagem, engulo discretamente um comprimido de Valium. O metrô me deixa claustrofóbica: sofri vários ataques de pânico terríveis no subsolo. Na primeira vez em que isso aconteceu, não tive ideia do que era. Sentia que estava sendo mantida embaixo d'água sem ter como subir e respirar. Me convenci de que estava morrendo. Fiquei sem graça e com vergonha quando o médico disse que era "só" um ataque de pânico.

Agradeço a bolha quente criada pelo Valium enquanto Jack e eu nos apertamos na metade do vagão, espremidos por turistas e adolescentes. Ele precisa baixar a cabeça para não raspá-la na curva do teto do trem.

Mudamos para a linha Circle na estação Victoria e o trem está menos cheio. Pego um jornal *Metro* largado, para abrir espaço e me sentar, e olho distraidamente pela janela enquanto o trem que vai na outra direção para na plataforma oposta. Meu olhar é atraído por uma menina com cabelo louro brilhante, sentada de costas para mim no outro trem. Está segurando a mão de uma mulher de pé ao lado dela, e mesmo através da névoa do Valium meu coração se retorce. Acho que, em outra vida, aquelas poderiam ser Lottie e eu.

Não consigo ver o rosto da mulher, mas noto o logotipo na sua blusa de lã: o hotel South Weald House. Mundo pequeno. Mamãe e papai costumavam levar Harriet e eu para lá todos os anos, nas férias, quando éramos crianças.

As portas se fecham. Devagar, os dois trens começam a ir em direções opostas. Enquanto nos afastamos, vejo o rosto da criança pela primeira vez.

Por um breve momento, tudo que me separa da minha filha são duas placas de vidro.

36

É mais fácil evitar câmeras de circuito fechado do que você imagina.
 Você não precisa entrar na toca de coelho dos teóricos da conspiração que encontra na internet: apontadores a laser, embaralhadores de frequências, bonés de beisebol que bloqueiam campos eletromagnéticos usando gaiolas de Faraday.
 Só precisa saber onde procurar.
 Hoje em dia, existem na internet mapas de câmeras de circuito fechado da maioria das grandes cidades. Eles dizem que esquinas você deve evitar, que câmeras são falsas, como se mover imperceptivelmente de um ponto cego para outro.
 Mas não é possível escapar de todas. E descobri que o melhor modo de não perceberem é se cercar de pessoas parecidas com você.
 Quando peguei a criança, cometi o erro de me esconder numa parte ruim da cidade, onde achei que ninguém faria perguntas. Mas rapidamente percebi que nós nos destacávamos como dedos machucados no meio dos catadores de berbigões e pessoas que procuravam asilo, com nossos rostos limpos e brancos. Assim que abríamos a boca revelávamos nossa origem de classe média em Boden.
 Precisamos nos perder no meio de gente como nós, se quisermos nos fundir.
 A menina fica empolgada em sair do confinamento da pensão. Vamos de carro para o norte e pego um quarto num hotel em uma parte boa da cidade, onde me pareço com todo mundo.
 Não consigo mantê-la dentro do quarto o tempo todo, se quero que as coisas funcionem entre nós. É um risco levá-la para fora, mas conto com o fato de que

parecemos pertencer uma à outra. Ela segura minha mão e fica pulando empolgada no banco do trem, ansiosa pela próxima aventura.

Podíamos ser qualquer mãe e filha. Até vejo uma mulher usando um casaco igual ao meu, inclusive com a costura contrastante nos pulsos. É esse tipo de área.

De classe média, respeitável.

O tipo de lugar onde coisas ruins só acontecem atrás de portas fechadas.

37

A desaceleração súbita quando puxo a alavanca de emergência joga as pessoas umas contra as outras. Gritos de alarme ecoam pelo vagão.
– Que porra é essa? – exclama Jack.

O trem para com um guincho alto, metade dentro e metade fora do túnel, deixando nosso vagão do lado de fora, ainda na plataforma. Bato na porta enquanto pessoas na plataforma correm para as saídas, sem dúvida temendo um ataque terrorista.

– Abram a porta! – grito. – Abram a porta!
– Alex, que diabo está acontecendo?
– Acabei de ver Lottie no outro trem.
– Tem certeza?
– Era ela, Jack!

Ele não perde tempo me questionando. Já está com o telefone na mão, para pedir ajuda, e depois xinga ao perceber que não tem sinal.

Uma funcionária do metrô nos olha da plataforma, imobilizada numa indecisão aparente. Jack bate com força no vidro e mostra sua identificação da Câmara dos Comuns, exigindo:

– Abram a porta!

A mulher recua. Um alarme está soando alto, estilo ataque aéreo. Isso colabora para o sentimento crescente de pânico ao redor. Um grupo de rapazes vem intempestivamente do outro vagão, empurrando as pessoas para o lado. Vozes se exaltam em protesto e um bebê começa a chorar.

– Deve haver uma liberação de emergência para as portas – grito, apertando cada botão que consigo ver. – E se houvesse um incêndio?

Um dos rapazes agarra meu braço.

– Por que você puxou o alarme, sua puta idiota?

– Calma aí, meu chapa – diz Jack. Seu tom é leve, mas a voz tem um ar de ameaça inconfundível.

– É, bem – murmura o rapaz, me soltando. – Algumas pessoas aqui têm compromisso.

Não me importa se as pessoas estão gritando comigo ou se estou sendo filmada em vários celulares. Minha filha está escorrendo por entre meus dedos.

Em três minutos, Lottie vai estar na próxima estação do metrô. Em seis, pode estar num ônibus ou num táxi; em dez, quem sabe onde? A onda de possibilidades se amplia a cada segundo.

O pânico me faz engasgar: *de novo, não*. Estou de volta àquela praia na Flórida e, não importa o quanto tente correr atrás da minha filha, fico presa em areia movediça, as pernas se movendo em câmera lenta.

Minha bebê estava aqui e eu a estou perdendo de novo.

Um anúncio público atravessa o burburinho.

– Senhoras e senhores, parece que pode haver um pequeno atraso – diz o locutor. – Estamos fazendo o máximo para continuar a viagem o quanto antes. Por favor, andem pelos vagões e saiam do trem na plataforma. Se a pessoa que puxou o alarme de emergência puder se apresentar a um funcionário, faremos o máximo para ajudar.

A funcionária do metrô está falando com dois homens da Polícia dos Transportes. Há um chiado súbito e as portas dos vagões que ainda estão fora do túnel se abrem.

As pessoas se derramam para fora do trem, indo em direção às saídas. A frustração envolve meus pulmões, com o pânico aumentando. Lottie esteve quase suficientemente perto para eu tocá-la.

Preciso pegá-la, antes que seja tarde demais...

Jack põe a mão com gentileza no meu ombro.

– Não adianta tentarmos ir atrás dela, Alex. Precisamos deixar a polícia cuidar disso.

Não suporto a ideia de esperar, de novo, que outra pessoa encontre minha filha. A ânsia de correr atrás de Lottie é quase avassaladora. Mas ele está certo.

Precisamos que o outro trem seja parado e revistado, que as estações nas linhas District e Circle sejam trancadas. Talvez já seja tarde demais. Elas podem ter trocado de linha ou saído totalmente do sistema do metrô.

Jack mostra sua identificação outra vez e a polícia ouve enquanto ele explica quem eu sou e do que nós precisamos.

Somos acompanhados até uma sala de controle em algum lugar nas entranhas da estação Victoria, e um policial de posto mais alto me faz as mesmas perguntas de novo.

Tem certeza de que era sua filha?
Reconheceu a mulher que estava com ela?
Elas viram você?
Faz dois anos. Você tem certeza?

– Dois anos é muito tempo na vida de uma criança pequena – lembra o policial. – Elas mudam depressa demais nessa idade. Pelo que você mesma admite, você só viu o rosto dela por alguns segundos e num ângulo...

– Era Lottie – insisto.

O rosto dela estava mais magro, e mais velho, claro. Mas eu conheço minha filha. Reconheci a inclinação truculenta da cabeça, a postura combativa do maxilar. Independentemente do que tenha acontecido com ela nos dois anos em que está desaparecida, ainda é Lottie.

– Há mais alguma coisa que você lembre, Alex? – pergunta Jack. – Alguma coisa que você possa dizer sobre essa mulher, além do que ela estava vestindo?

– Eu já disse. Não vi o rosto dela.

– Você disse que ela estava segurando a mão de Lottie. Dá para lembrar se ela usava alguma joia? Ela era branca ou negra?

Fecho os olhos invocando na memória a visão breve da mulher. Vejo de novo a mão de Lottie apertando a dela, o fino anel de prata no indicador da mulher.

– Branca. E jovem – acrescento. – A pele era lisa. Eu diria que ela tem menos de 30 anos.

– Mais alguma coisa?

– Nem posso dizer qual é a cor do cabelo dela – respondo com a frustração interferindo no tom de voz. – Ela estava de pé; só pude vê-la do peito para baixo...

Paro quando a lembrança chega.

O casaco.

South Weald House.

O policial passa a informação para alguém do outro lado da linha telefônica.

— Não posso ficar aqui sentada — digo. — Não posso ficar só esperando.

— Temos pessoas em todas as saídas entre aqui e a estação de Earl's Court — diz o policial. — Distribuímos a foto de Lottie para todo o pessoal dos transportes. Estamos pegando imagens de circuito fechado de todo o sistema e passando pelo reconhecimento facial. Se ela estiver por aí, vamos achar.

Ela esteve por aí antes, penso. Está por aí há setecentos e trinta e três dias, e nenhum de vocês a encontrou.

Fico de pé.

— Precisamos ir à reunião no Ministério do Exterior — digo a Jack.

— O quê? Agora?

— Aqui não posso fazer nada. Foi você que disse que não adianta nós mesmos irmos atrás de Lottie. A polícia pode fazer isso. Precisamos garantir que o primeiro-ministro não apresente nenhum entrave quando a fundação se candidatar a mais verbas. Não vou falhar com minha filha de novo, Jack.

— Alex...

— Lottie está viva — digo. — Não está enterrada numa cova rasa, nem trancada em algum porão. Não vou desistir dela outra vez!

— Não estou pedindo que você desista. — Algo no tom de Jack me faz parar. Ele me puxa para o corredor, fora do alcance da audição dos policiais.

— Existem... coisas que eu posso fazer — diz ele. — Pessoas com quem posso falar. Mas primeiro, Alex, preciso saber exatamente até onde você está disposta a deixar que eu vá.

comentários

diga o que você acha   *567 comentários*

ben_n_jerry, Vermont, EUA

Dois anos e nada, e então, uma semana antes de eles puxarem a tomada da investigação, a criança aparece "magicamente" em Londres. Coincidência? Não acho.

PistaRápida, Cardiff, Reino Unido

Onde, diabos, eles conseguiram 2 milhões de libras? São verbas públicas e eles deveriam prestar contas ao público. Sem dúvida a mãe tem problemas mentais e aquele parlamentar só está usando ela para incrementar a carreira.

Tutti-frutti, Leicestershire, Reino Unido

E o tal cara da tatuagem? O que aconteceu com ele?

Bicodoce, Londres, Reino Unido

Por que não chamar a coisa pelo nome: outras verbas de férias ensolaradas para os policiais?

ErikOViking, Luton, Reino Unido

Concordo com quem perguntou: o que aconteceu com o cara da tatuagem? Como ela pode ter visto Lotty em Londres? Achei que ele tinha fugido do país. Não faz sentido.

EsteMinuto, Rhode Island, EUA

Nunca foi provado que era ele, inocente até prova em contrário.

ErikOViking, Luton, Reino Unido

Quem é inocente não foge.

Mandz, Londres, Reino Unido

Por mais triste que seja, e eu espero um final feliz, muito tempo se passou. A mãe está vendo coisas, de jeito nenhum era a filha dela. Sinto pena dela, mas por que a filha dela estaria em Londres quando desapareceu a 6000 quilômetros daqui?

Woody_802, Dorset, Reino Unido

Eu acho que é a irmã.

Dois anos e nove dias desde o desaparecimento

38
Alex

O hotel South Weald House foi fechado há treze anos, muito antes de Lottie desaparecer.

A mulher que estava com ela não poderia ser uma funcionária atual. E quando a polícia finalmente encontrou um empregado aposentado, descobriu que jamais houve nenhum tipo de uniforme. O que quer que eu vi bordado no suéter da mulher não podia ser o logotipo do hotel.

Outro beco sem saída.

Quero chorar de frustração. Como podemos ter chegado tão perto de encontrar Lottie, mais do que em qualquer momento desde que ela desapareceu, e voltar ao ponto de partida?

Durante dois anos houve avistamentos míticos da minha filha que nunca pudemos confirmar. Não temos absolutamente nenhuma prova verificável de que ela não desapareceu daquela praia num sopro de fumaça. E agora finalmente temos um fato sólido, uma coisa que sabemos com certeza: Lottie estava *aqui*, em Londres, há apenas sete dias. Deveríamos estar nos afogando em pistas novas, sobrecarregados de informações para seguir. E não temos *nada*.

O Reino Unido é uma das nações mais vigiadas do planeta. Londres tem mais câmeras de circuito fechado por habitante do que em qualquer lugar do mundo, a não ser a China.

E a mulher que roubou minha filha conseguiu evitar *todas*.

Na última semana, a polícia repassou centenas de horas de imagens do metrô e não encontrou um único quadro de uma menina loura que combinasse com minha descrição, embarcando num trem.

Não na estação Victoria; nem em qualquer lugar do sistema de metrô. Nenhuma testemunha que tenha visto Lottie ou a mulher com casaco de lã, apesar dos apelos enormes. Não temos prova de que nenhuma delas tenha estado no trem, quanto mais que a criança que eu vi era Lottie.

Está claro que os policiais acham que eu imaginei a coisa toda, e estou começando a me perguntar se eles não estão certos. Talvez o Valium tenha mexido com minha cabeça, tirando fragmentos de memória e embolando-os. *Esperança ilusória. Quando a gente pensa na tensão pela qual ela está passando...*

Jack Murtaugh é a única pessoa que não questiona minha narrativa nem minha sanidade.

– Não comece a duvidar de si mesma – diz ele quando nos reunimos em seu gabinete. – Confie na sua intuição. A mulher que você viu devia saber onde estavam as câmeras e as evitou, e por isso não aparece nas imagens. Ninguém tem tanta sorte, de outro modo.

– Por que ela estava em Londres com Lottie? – pergunto. – Como chegaram aqui?

– Talvez tenhamos essa resposta logo.

Por mais que pareça improvável olhando-o agora, bamboleando e amarrotado, Jack foi das SBS, as forças especiais da Marinha, antes de se tornar membro do parlamento. Sua unidade especial era responsável pela coleta de informações e operações de contraterrorismo, e ele ainda tem amigos em lugares escuros.

Ele mexe rapidamente no telefone e depois vira a tela para mim. Ela está em pausa num dos primeiros quadros de um vídeo em preto e branco. Já o vi mil vezes desde que me foi mostrado pela primeira vez em Washington, mas ainda não sei se é minha filha que está no colo do homem tatuado.

– Esse homem era seu amigo – diz Jack. – Preciso que você tenha certeza de que quer que eu faça isso, Alex.

– Ele nunca foi meu amigo – reajo com frieza.

Quando o vídeo apareceu, meu amigo fugiu da jurisdição das leis britânicas e americanas sem ao menos tentar limpar o nome. Aos meus olhos, isso o torna culpado até que prove a inocência.

Não me importo mais com as sutilezas da lei. Não tenho ideia de como ele está conectado com a mulher em Londres, com Lottie, mas se ele sabe alguma coisa sobre minha filha, onde ela está, quero essa informação.

E não ligo a mínima para como vamos consegui-la.

39
Alex

Jack pode acreditar em mim, mas eu não. Para minha própria paz de espírito, preciso provar a mim mesma que não estava alucinando; que realmente vi Lottie naquele trem.

No fim de semana, vou à casa dos meus pais. O logotipo que pensei ter visto na blusa de lã da mulher me veio de *algum* lugar. Só preciso descobrir qual é.

– Por que você não deixa a polícia cuidar disso, querida? – pergunta mamãe, enquanto me ajoelho perto da estante na sala dos meus pais. – Eles sabem o que estão fazendo.

Pego outro álbum de fotografias na prateleira de baixo.

– Mãe, eu já disse: eles nem acreditam que ela estava no trem.

– Alex, meu amor. Não é nada contra você. Mas...

– Era Lottie – digo.

– Tem certeza? – pergunta papai. – Certeza suficiente para fechar o resto da investigação e apostar tudo o que você tem nisso?

Hesito. A memória aplica truques estranhos na gente; sei disso melhor do que ninguém. Nos últimos dois anos, perdi a conta das vezes em que vi o reflexo de Lottie numa vitrine ou vislumbrei sua cabeça loura à minha frente no meio da multidão. *A gente vê o que quer ver.*

– Não existe mais "investigação" – digo. – A não ser que a gente consiga mais verbas do governo, ela acabou, de qualquer modo.

Mamãe me olha com tristeza enquanto eu folheio as páginas do álbum. Ela pensa que estou à beira de um colapso nervoso. Diz que acredita que eu *acredito* que vi Lottie, o que significa que acha que eu não a vi.

– Querida, você não está fazendo nenhum sentido – diz ela.
– Nada disso faz sentido – respondo.

Ela e papai passam o fim de semana pisando em ovos ao redor do assunto, obviamente com medo de me irritar. Deixo de lado minhas convicções agnósticas e vou à igreja com mamãe no domingo porque ela pede, mas isso não me traz nenhuma paz. Sentada no banco, me sinto crua e exposta, como se tivesse um alvo nas costas. Depois outros paroquianos vêm me dizer como lamentam o "alarme falso" em Londres.

Quando vamos para casa, papai me entrega uma caixa de sapatos cheia de fotos soltas que não entraram nos álbuns.

– É melhor ter certeza – diz ele.

Minha garganta se aperta.

– Obrigada, papai.

Sento-me à mesa de jantar e examino as fotos. Nós voltávamos a Devon ano após ano durante toda a minha infância, e existem fotos minhas e de Harriet em todas as idades, desde que éramos pequeninas até a adolescência. Naquelas férias no South Weald House, quando só tínhamos uns aos outros como companhia, compartilhávamos um relacionamento de irmãs que jamais se traduziu na vida normal. Nós duas assistíamos à TV juntas no quarto do hotel quando mamãe e papai iam ao *pub* ali perto e deveríamos estar dormindo. Nós nos revezávamos vigiando pela janela, e assim que os víamos voltando morro acima até o hotel, desligávamos a TV e pulávamos de volta na cama. Esses momentos de cumplicidade foram o mais próximo que tivemos de ser amigas.

Arrumo as fotos numa pilha organizada e as coloco de volta na caixa. A maioria foi rejeitada por estar fora de foco ou estragada por um dedo diante da lente. Deus sabe por que mamãe as guardou...

E ali está.

Ao ouvir meu grito, mamãe vem correndo da cozinha, as mãos pingando água e espuma de sabão. Ela se inclina por cima do meu ombro e olha a foto que estou segurando.

Harriet e eu estamos sentadas de pernas cruzadas junto com outra menininha em algum gramado, com sorvete de casquinha derretendo nas mãos. Parecemos ter uns 7 e 9 anos. Atrás de nós, uma mulher com pouco menos de 50 anos está rindo, a mão levantada para proteger os olhos do sol. Ela parece familiar, mas não consigo reconhecê-la.

– Está vendo a camiseta dela? Era *esse* o logotipo que eu vi no trem – digo.

– É a sra. Garton – diz mamãe, lembrando. – Ela era a governanta do South Weald House. Uma mulher adorável. Harriet era amiga da filha dela; é essa aí, sentada perto de você. – Mamãe se vira para papai enquanto ele pousa o jornal e se levanta da poltrona.

– Como era o nome da menina, Tony?

– Não faço a mínima ideia.

– Katie... não, Cathy, era isso. Mas não pode ter sido a sra. Garton que você viu, querida. Ela morreu há anos.

– Não era ela – digo impaciente. – Mas era o mesmo logotipo. A mulher que eu vi estava usando uma blusa de lã, e não uma camiseta, mas sem dúvida o desenho era o mesmo.

Eu não imaginei. Não estou ficando maluca.

Existiu um logotipo do South Weald House. *Havia* algum tipo de uniforme dos empregados.

A pessoa com quem a polícia falou, o tal funcionário que eles encontraram, estava errado.

Ou mentindo.

A foto em si não prova nada. Eu podia estar misturando lembranças da infância com algo que eu queria ver, algo que na verdade nunca esteve ali. Mas isso vai fornecer alguma coisa tangível para os detetives trabalharem. O fato de eu poder provar que o logotipo era real dá credibilidade à minha história em algum nível, pelo menos.

– A polícia deve ser capaz de descobrir quem confeccionava essas camisetas – diz papai. – Descobrir quem comprou. Ah, querida.

Eu não estava imaginando. *Foi* Lottie que eu vi. E pela primeira vez, em dois anos, fiz alguma coisa para ajudá-la.

A campainha toca e eu me levanto da mesa.

– Eu vou – digo.

– Provavelmente é só a Wendy, aí do lado – diz mamãe, já indo para a cozinha. – Ela disse que vinha pegar um pouco de canela. Diga que já estou indo.

Enfio a foto na minha bolsa sobre o console no corredor, para não perdê-la, e abro a porta da frente.

– Oi, Alex – diz Marc.

40
Quinn

Danny para o carro de frente para o meio-fio, embaixo de uma palmeira, e desliga o motor.

– É o segundo bloco a partir da esquerda – diz o investigador a Quinn, apontando para a fileira de prédios altos do outro lado da rua. – Al Dhafrah 1. É no quarto andar, apartamento E.

– A que horas ele costuma chegar em casa?

– Varia. Mas deve estar aí agora.

– Fique aqui – diz Quinn a Danny. – Não quero entrar em bando. Pode haver mais de uma saída, me mande um SMS se vir que ele saiu. Phil, traga só a câmera de mão. Se ele concordar com uma entrevista, a gente volta para pegar as luzes.

Phil pendura a bolsa da câmera no ombro.

– Como é que um instrutor de tênis pode morar num lugar assim? – pergunta enquanto atravessa a rua e desvia das cercas vivas muito bem aparadas.

O prédio não é espalhafatoso, mas é um bairro bom, e os carros parados na rua são Mercedes e BMWs.

– Isso aqui é Dubai – responde Quinn. – É só lembrar que não existe imposto de renda. E ele provavelmente está ganhando uma fortuna com donas de casa expatriadas, cheias de tédio, no clube campestre. Ele é um cara bonito.

– Estou no negócio errado.

– Você e eu.

Ela vai na frente, sobe um pequeno lance de escada até o saguão de mármore com ar condicionado. Não há porteiro nem segurança. Quinn aperta o botão do elevador e a porta se abre imediatamente, mas em seguida se fecha de novo. Ela o aperta pela segunda vez e a mesma coisa acontece. Há alguma coisa enfiada no pequeno espaço entre o elevador e o poço.

– Porra – diz Quinn. – Vamos ter que subir de escada. Vejo você lá em cima.

O dano causado à sua coluna faz com que as escadas sejam particularmente desafiadoras. Phil está à espera quando ela finalmente chega ao quarto andar, a câmera já fora da bolsa e apoiada no ombro.

Quinn fica surpresa ao ver que a porta do apartamento E está escancarada.

– Você bateu? – pergunta.

– Estava aberta quando cheguei.

Ela a empurra mais um pouco, chamando:

– Olá?

Não há resposta. Quinn dá um olhar de alerta para Phil. Um instrutor de tênis conquistador pode não parecer uma grande ameaça, mas ele está fugindo do FBI há quase dois anos. Quem sabe do que é capaz, caso se sinta acuado?

Quando entram no corredor, Phill aponta para um carrinho de boneca cor-de-rosa, caído de lado. Os batimentos cardíacos de Quinn aceleram. Oficialmente esse homem não tem filhos, mas a informação dada por Danny está certa: *há* uma menininha morando aqui.

Quinn sente a cabeça zumbir de tanta adrenalina. Se encontrarem Lottie Martini, será o maior feito de sua carreira. Ela já pedira a Danny que agitasse as coisas, de modo que possam tirar a criança do país com um passaporte falso, passando pelo Bahrein e por Chipre. Ela não tem intenção de jogar de acordo com as regras e levar Lottie à embaixada britânica, só para algum burocrata acertá-la com uma liminar antes que ela tenha a chance de contar a história. Assim que Lottie estiver em solo britânico, ninguém vai ligar a mínima para o modo como ela chegou.

Os dois se esgueiram cautelosos pelo corredor em direção à sala em conceito aberto, mas o lugar está deserto. Quinn olha para a varanda e verifica duas portas que partem da cozinha, mas não há ninguém no banheiro, nem na despensa.

Ela toca uma caneca de café pela metade, sobre a bancada da cozinha: ainda está quente. Sem dúvida, alguém saiu às pressas, e não faz muito tempo.

– Você acha que ele recebeu alguma dica? – pergunta Phil.

Ela dá de ombros.

– É possível...

Há uma som abafado vindo dos fundos do apartamento. Phil está mais perto. Ele abre rapidamente a porta de um quarto, no corredor. As cortinas de blecaute estão fechadas e os olhos dos dois demoram um momento para se acostumar à penumbra.

Uma figura brota da escuridão. Phil se abaixa, xingando, e se joga contra as pernas do homem, largando a câmera enquanto o derruba. Há uma briga rápida, mas Phil cresceu na parte mais barra-pesada de Moss Side, em Manchester. Quando Quinn encontra o interruptor de luz, ele está em cima do outro homem, prendendo-o numa chave de braço.

O homem continua tentando brigar, mas não tem mais energia.

– Meu Deus – ofega Phil. – Fica parado, porra, e eu saio de cima de você.

O homem para de se remexer. Phil o solta e ele se retorce, desajeitadamente, até se sentar apoiado na cama, ofegando.

– Que porra você fez com ele? – pergunta Quinn.

Phil solta uma fungada.

– Pode acreditar. Não fui eu que fiz isso.

Ele está certo: de jeito nenhum a briga rápida que ela acaba de testemunhar provocou aqueles ferimentos. Sem dúvida, alguém atacou o sujeito antes deles. O rosto está coberto de sangue. Um olho já fechado, com um inchaço, e o nariz esmagado para a lateral, quase encostando na bochecha. Levará um tempo até que ele possa partir corações no clube de tênis.

Ele tosse dolorosamente e cospe sangue e pedaços de dentes.

– Deus Todo-Poderoso – murmura Phil. – O que aconteceu com você?

O homem vira o olho ruim para a porta.

– Não tem mais ninguém aqui – diz Quinn. – Você está bem, por enquanto.

Phil pega sua câmera e a sacode. O som chacoalhado é agourento.

– Porra. – Ele lança um olhar maligno para o sujeito. – Escroto. Tem certeza de que é esse o cara certo, Quinn?

Ela se agacha ao lado do homem e segura a mão direita dele, virando-a para que os dois possam ver a parte interna do pulso. Há uma tatuagem de uma rosa dos ventos, idêntica à do vídeo famoso.

– Você é Ian Dutton? – pergunta Quinn.

O homem respira fundo e depois confirma com a cabeça.

– O que aconteceu? Você sabe quem fez isso?

O homem olha de novo para a porta. Quinn percebe de repente: ele não está preocupado com a possibilidade de alguém entrar no quarto: está olhando para o closet.

Phil também vê isso. Quinn sinaliza com a cabeça e ele abre a porta do closet.

Encolhida no piso, embolada no meio dos tênis e das raquetes, está uma menininha.

41
Alex

Por mais que eu queira, não posso deixar Marc parado junto à porta. Fui apanhada muitas vezes por paparazzi com teleobjetivas e, com as verbas para a Fundação correndo risco, não preciso de mais escândalos.

– Já vou indo, Wendy! – grita mamãe da cozinha. – Eu não sabia se você queria canela em pó ou...

Ela para ao ver Marc no corredor.

– Na verdade, acho que vou levar isso para a Wendy agora – diz ela rigidamente. – Para ela poupar a viagem. É um prazer ver você de novo, Marc.

– A senhora também, sra. Johnson.

Ela não diz a ele que a chame de Mary, como fez todas as vezes em que os dois se encontraram desde que saí da faculdade. Na verdade, ela nem consegue encará-lo, enquanto pendura o avental no balaústre da escada e vai para a casa da vizinha.

– Venha para a sala íntima – digo a Marc. Não quero que papai saiba que você está aqui. Ele não perdoa tão fácil quanto mamãe.

Marc fica parado, sem jeito, perto da porta. Faço um gesto impaciente para o sofá.

– Você já está aqui. Sente-se.

– Sei que você não quer falar comigo – diz ele. – Mas precisei vir quando soube da notícia. Na semana passada eu estava na África do Sul, caso contrário, teria vindo mais depressa.

– Não deveria ter se incomodado.

– Você acha mesmo que viu a Lottie?

– Acho.

– Isso é incrível, Alex. É só uma questão de tempo, agora. A polícia vai poder rastrear...

– Nós dois sabemos que você não acredita que era ela. Vamos parar com o fingimento. Por que você veio aqui?

Ele olha para as mãos, cruzadas frouxamente entre os joelhos. Sem aliança de casamento, claro. Noto que seu cabelo está ficando ralo no cocuruto e que ele perdeu peso desde que o vi pela última vez, há quase um ano. Sei que não é justo culpá-lo por tudo que aconteceu, mas há muito tempo perdi a capacidade de segurar a dor de qualquer pessoa, além da minha.

– Você sabe por que estou aqui – diz ele.

– Nada mudou.

Ele levanta os olhos com uma expressão sofrida. Está com olheiras e a pele tem uma palidez cinzenta.

– Alex, foi só um *beijo*.

– Nós dois sabemos que não é verdade.

Não sou uma flor tão delicada a ponto de não conseguir lidar com um homem que ultrapassa os limites e força a barra. Eu ando com advogados. Estou acostumada com tubarões.

E foi "só" um beijo. Jamais corri algum perigo físico: Marc recuou no instante em que lhe dei um tapa. Se tivesse sido qualquer outra pessoa, isso mal teria se registrado. Mas não foi outra pessoa. Foi Marc.

Nós dois estávamos trabalhando até tarde numa nova campanha de marketing na Fundação. O resto da equipe tinha saído do escritório, e quando finalmente terminamos o trabalho, esgotados, Marc se ofereceu para me dar uma carona, como tinha feito tantas vezes. Por que eu não aceitaria? Fazia mais de uma década que éramos amigos. Nunca tinha acontecido nada demais entre nós. Marc era *casado*.

E então, quando parou o carro na frente da minha casa, ele se inclinou e me beijou.

Ao mesmo tempo em que eu o empurrava para longe, ele confessou que há anos era apaixonado por mim. Como se isso *melhorasse* a situação.

Um beijo impulsivo, uma cantada ruim eu poderia ter perdoado. Mas Lottie foi sequestrada no *casamento* dele. E agora ele estava me dizendo que tudo era um equívoco porque estava apaixonado por mim o tempo todo.

Ele jamais deveria ter se casado com Sian.

Lottie jamais deveria ter ido à Flórida.

Uma foto do beijo indesejado de Marc, tirada por uma vizinha enxerida, foi parar nos jornais naquele fim de semana. Sian expulsou Marc e recebi o apelido de *destruidora de lares*, para ser acrescentado a *mãe inadequada* e *puta*. As doações para a Fundação reduziram tremendamente e, apesar de Marc ter saído do conselho, jamais voltaram ao mesmo patamar.

Marc não poderia saber qual seria o efeito borboleta das suas escolhas. Mas, que Deus me ajude, ainda não encontro forças para perdoá-lo. Tentei deixar isso para trás, mas não consigo. Toda vez que olho para ele, vejo um casamento que não deveria ter acontecido, uma mentira que me custou minha filha.

Não tenho um único relacionamento que não tenha sido arruinado pela perda de Lottie. Todo mundo que estava no casamento tem a mancha da suspeita, especialmente os chamados "doze apóstolos": os doze convidados que estavam na "última ceia" de Lottie, na véspera do casamento. Nem mesmo os que não se encontravam lá estão em segurança: *trolls* da internet acusaram Harriet de roubar minha menina porque não pôde ter uma filha.

A intimidade que eu tinha com meus pais se tornou claustrofóbica. Eles se preocupam em me manter em segurança, quando o céu já despencou. E perdi muitas amigas porque elas não sabem o que me dizer, não sabem como ser mães perto de uma mulher que perdeu a filha. O último tabu da sociedade não é o sexo: é o sofrimento.

Marc implora:

– Faz um ano, Alex. Eu fiquei longe, como você pediu. Não sei mais o que posso fazer para mostrar que sinto muito.

– Eu sei que você sente. Mas é tarde demais.

– Por favor, Alex. Qualquer erro que eu tenha cometido, foi só porque amo...

– Não.

– Lottie se foi – diz ele, levantando-se. – Isso me parte o coração, mas ela se foi, Alex. Você ainda tem o resto da sua vida. Ela não iria querer que você desperdiçasse isso. Ela desejaria que você fosse feliz de novo.

– É melhor você ir embora – digo, abrindo a porta.

– Depois de tudo que eu fiz por você...

Um arrepio estranho desce pela minha coluna. Há uma sombra nos olhos de Marc, uma escuridão. *Depois de tudo que eu fiz por você.*

O que isso significa?

Meu telefone toca e o número de Jack surge na tela. De repente, minha garganta está seca. Jack disse que me ligaria quando tivesse notícias sobre Ian Dutton.

– Preciso atender, Marc – digo. – Você precisa ir agora. Por favor, não volte.

Assim que Marc sai, fecho a porta e respiro fundo para me firmar. Nos próximos segundos saberei se...

– Não a encontramos – diz Jack, arrancando o curativo da ferida. – Mas há uma coisa que você precisa ver.

42
Alex

Armaram para cima do Ian Dutton – diz Jack.

Estamos sentados no escritório dele, menos de duas horas depois de sua ligação. Qualquer plano que Jack possa ter tido para esta noite foi cancelado, para se encontrar comigo imediatamente. Ele sabe que, apesar de minha filha estar desaparecida há mais de dois anos, toda noite *sem saber* é tão brutal e atormentada quanto a primeira.

– Como assim, armaram para cima do Ian?

Jack me entrega seu telefone. Olho a foto de uma morena bonita com pouco menos de 30 anos. Parece ser do Oriente Médio: síria, talvez, ou libanesa.

– O nome dela é Sanaa – diz Jack. – É a namorada de Ian Dutton. É a mulher que estava com ele no vídeo. E *essa* – acrescenta ele, pegando o telefone e passando para outra foto, antes de entregá-lo de novo para mim – é a garota que Ian estava carregando no colo. A filha de Sanaa, de seis anos, Hala.

Examino a tela. O cabelo comprido da menina é de um louro claro, como o de Lottie. Ela tem mais ou menos a mesma idade que minha filha teria, mas a semelhança para aí. Passo os dedos na tela e dou um zoom no rosto. De perto, fica óbvio que é outra criança – olhos de cor diferente, nariz diferente – mas, claro, no vídeo só a nuca era visível.

– Por que ele não se apresentou e explicou quem era a menina? – pergunto, devolvendo o telefone. – O nome e a foto dele saíram em todos os noticiários! Ele poderia ter se inocentado com um único telefonema.

– Porque ele e Sanaa estavam fugindo – responde Jack.

– E daí?

– Sanaa é libanesa, assim como o marido dela. As questões de custódia dos filhos e de divórcio no Líbano costumam ser decididas em tribunais religiosos. Se um pai estabelece que a mãe é inadequada ou não tem um bom caráter moral, ela perde qualquer direito sobre os filhos. – Jack se levanta do sofá de couro e serve para nós dois uma boa medida de uísque escocês da garrafa que está na prateleira. – Fugir com outro homem, ainda por cima um ocidental como Ian, é praticamente uma prova, nesse sentido.

– Então, em vez disso, ele se deixou virar o centro de uma investigação de *sequestro*?

– Não foi só porque Sanaa não receberia um julgamento justo. A esposa anterior do sujeito morreu em circunstâncias misteriosas. Sanaa estava aterrorizada. Sabia que, se o abandonasse, precisaria desaparecer completamente, e o Ian também.

Sem dúvida isso explica por que Ian está escondido em Dubai com nome falso, disposto a sacrificar a reputação e continuar fugindo para proteger a mulher amada.

Mas ele também sacrificou toda esperança que eu tivesse de encontrar minha filha.

Depois de identificá-lo como principal suspeito, a polícia praticamente abandonou qualquer outra busca.

– Até que ponto essa informação é confiável? – pergunto.

– Ah, é confiável. – Jack termina de tomar sua bebida. – Meu pessoal não pisa na bola. Ian não revelou tudo imediatamente. Mas, como eu disse, eles podem ser muito persuasivos.

Não sinto pena de Ian Dutton. Seu silêncio desperdiçou nosso tempo por quase dois anos. Sinto náuseas quando penso no dinheiro e no trabalho direcionado para procurar o homem errado. Cada fato que usamos para a busca desde que as imagens apareceram foi direcionado para uma pista falsa. Se Ian não podia ligar para a polícia, poderia ter me telefonado ou mandado uma mensagem. Contado a *alguém*.

– Espera aí. Se era a filha de Sanna que Ian estava carregando, por que alguém filmaria isso? – pergunto. – Por que achariam que era Lottie?

– Não foi assim. Alex, aquilo não era uma informação bem-intencionada. O vídeo tirou o rumo de toda a investigação. A coisa toda com o telefone sérvio pré-pago ligando para a polícia italiana. Alguém fez um esforço tremendo para armar contra o Ian e botar a polícia correndo atrás do próprio rabo. Eles *queriam* desperdiçar tempo e recursos, e conseguiram.

Estou cheia de uma fúria súbita contra a crueldade sádica disso tudo.

– Quem fez o vídeo estava escondido junto a uma porta mais adiante na rua, com o telefone na mão, esperando para filmar a fuga de Ian no meio da noite – digo furiosa. – Dá para ver, pelo modo como o vídeo começa antes que os dois ao menos saiam pela porta. O sacana devia saber disso antecipadamente.

– É.

– Deve ser uma lista de pessoas bem pequena, Jack.

– Ian diz que não contou nem para a própria família. Na verdade, continua sem contar. A família não faz ideia de que ele está em Dubai. Sanaa também não contou a ninguém; os pais dela teriam apoiado o marido, e não a própria filha. Ian insiste que as únicas pessoas que sabiam eram os dois.

– *Alguém* sabia!

Jack esfrega o polegar no lábio, pensativamente.

– Quem mandou aquele vídeo era suficientemente chegado ao Ian para saber o que ele estava planejando. Isso nos dá alguns parâmetros.

– Quem poderia saber que ele iria sumir no meio da noite, se nem a família dele sabia? – pergunto, com a frustração afiando o tom da voz.

– Pode parecer que não estamos avançando, Alex, mas acredite, estamos fazendo progresso. Quando você identificou Ian no vídeo, a polícia só se concentrou em encontrá-lo, por motivos óbvios. Não estava olhando o círculo de pessoas ao redor dele, o que significa que existem pistas provavelmente não seguidas.

Quero acreditar que ele está certo. Ter um novo foco na investigação *é* um grande passo adiante. Nós estivemos empacados por tempo demais, e essa pode ser a virada de que precisávamos.

Ou outro beco sem saída.

– Deveríamos descobrir se Ian tem alguma ligação com alguma pessoa do South Weald House – digo. – Talvez ele conhecesse alguém que trabalhou lá.

– Certamente é algo a ser considerado.

Sei identificar uma rejeição, quando ouço.

– Você não parece convencido – digo.

Jack puxa a gravata de lado, para afrouxá-la. Fico impressionada de novo com a energia reprimida que ele exala. É impossível não ser apanhada em sua correnteza. E, apesar do meu sofrimento atroz, saber que Jack acredita que estamos indo a algum lugar faz com que eu me sinta um pouquinho melhor.

– Olha, nós estabelecemos que Lottie devia conhecer a pessoa que a sequestrou, certo? – diz ele. – Ou pelo menos se sentia confortável com a pessoa, caso contrário teria chorado quando foi abordada. Teria criado alguma agitação, sei lá. Esse é um dos motivos pelos quais a polícia gostou de considerar Ian suspeito, para começo de conversa.

– É.

– E agora a gente sabe que quem a levou também conhecia o *Ian* bastante bem acrescenta ele, embolando a gravata e jogando-a numa gaveta da mesa. – O bastante para descobrir os planos dele, de sumir com Sanaa, e estar lá no dia certo, na hora certa, para filmar. Portanto, estamos procurando alguém que se encontrou com Lottie *e* conhecia o Ian.

– Os doze apóstolos – digo.

Ele puxa um bloco de anotações.

– É. Tem de ser alguém que estava no jantar do ensaio. É a única chance que a pessoa teria de conhecer Ian e Lottie. Ian só esteve na Flórida por uma noite e disse ao meu pessoal que não falou com mais ninguém no casamento. Me dê o nome de todo mundo que estava naquela "última ceia", além de você e Ian.

– Paul Harding – digo. – Zealy. Marc e Sian, claro, e os pais de Sian, Penny e David. O pai de Marc, Eric. Catherine Lord, a madrinha; ela se casou com Paul alguns meses depois do casamento, de modo que agora se chama Catherine Harding. E Flic e Johnny Everett, os pais de Olivia, uma das damas de honra.

– Mais alguém?

– Só isso. Mas a polícia deve ter verificado todo mundo, várias vezes...

– A polícia passou a primeira metade da investigação achando que foi você, e a segunda insistindo que foi Ian. Não confio em nada que eles dizem.

Percebo que ele dividiu os dez nomes em duas colunas.

– Homens e mulheres – diz Jack. – Você viu uma mulher no trem com Lottie. Portanto, é aqui que vamos começar.

Dois anos e quatorze dias desde o desaparecimento

43
Alex

Sou acordada por um barulho no andar de baixo. Com o coração martelando, me sento na cama. Os números vermelhos do relógio na mesinha de cabeceira marcam 4h33.

Há outra pancada fraca e o som inconfundível de alguém se movimentando na cozinha abaixo de mim.

Empurro as cobertas para longe e deslizo em silêncio para fora da cama. Não estou tão amedrontada, e sim furiosa: o sono é meu pior inimigo e só vem depois de horas me revirando. Já sei que esta noite não vou encontrar o abençoado alívio outra vez.

Outra pancada, e depois um som raspado, estranho, de metal contra metal.

Fui roubada três vezes desde que levaram Lottie: minha casa geminada, comum, em Balham, apareceu nos jornais com frequência suficiente para me transformar num alvo para malucos e ladrões que parecem achar que tenho dinheiro da Fundação Lottie guardado embaixo do colchão. Depois do primeiro roubo, mandei instalar um sistema de segurança de última geração, mas a tecnologia só é tão boa quanto seu operador humano. Fiquei descuidada com a necessidade de ligá-lo quando vou dormir à noite, especialmente porque ele tem a tendência de disparar quando até mesmo uma pena passa voando na frente de um sensor.

Pego o telefone na mesinha de cabeceira, digito 999 e fico com o dedo acima do botão verde de chamada enquanto vou me esgueirando para baixo. Uma luz vinda do poste do lado de fora da porta lança um retângulo de luz pelo vitral acima da porta, espalhando arte abstrata turquesa e roxa nos ladrilhos pretos e brancos do corredor.

O som de passos na cozinha me faz parar. Não tenho nenhuma arma, e mesmo que tivesse, não faço ideia de como usar. Quando estava na faculdade, fiz um curso de defesa pessoal durante seis semanas. Mas na última vez em que saí no braço com alguém, minha oponente era minha irmã de 7 anos.

Foda-se.

Com um berro, escancaro a porta da cozinha com tanta força que ela ricocheteia na parede e me acerta de volta. Uma sombra dispara, passando por mim e entrando no corredor.

Uma sombra pequena, de quatro patas.

A raposa para quando chega à porta da frente, acuada. Dou um passo na direção dela, que mostra os dentes com um rosnado feroz.

Paro, levantando as palmas das mãos, como se negociasse a soltura de um refém.

– Ei, calma aí – digo. – Você me assustou tanto quanto eu assustei você.

A raposa rosna outra vez. Não posso chegar à porta da frente para deixá-la sair, por isso, volto para a cozinha e destranco a entrada dos fundos. A raposa passa correndo por mim e sai na escuridão, e fecho a porta atrás dela.

A janela de guilhotina acima da pia está levantada; deve ter sido assim que ela entrou. Não me lembro de tê-la aberto, mas hoje em dia minha memória não é exatamente confiável.

Fecho a janela. A raposa derrubou o saco de grãos de café que eu deixei na bancada e espalhou a aveia que estava na caixa de papelão, rasgando o pacote.

Arrumo a bagunça e estou jogando tudo no lixo quando meu coração começa a bater tão alto no peito que posso ouvir o sangue passando nas orelhas. Minhas mãos tremem na pá de lixo e na vassoura, e de repente minha visão fica turva. Uma onda de calor atravessa meu corpo, pinicando. Tiro a camiseta que uso para dormir e jogo água fria no rosto. Meu coração martela mais rápido, com mais força ainda. Inalo fundo, para me acalmar, mas a respiração está rápida e curta. Meu peito se aperta até parecer que estou sufocando, minha visão fica mais escura e mais estreita, depois se torna caleidoscópica, como quando a gente fecha os olhos e aperta as pálpebras para ver estrelas. Preciso agarrar a bancada com as mãos pinicando, só para ficar de pé.

Abro com força a gaveta mais próxima, remexendo em panfletos de entrega de pizza, manuais de eletrodomésticos e filtros de café, procurando o Valium que mantenho ali. Consigo coordenar os dedos trêmulos por tempo suficiente para tirar a tampa à prova de crianças e engolir dois comprimidos a seco.

O remédio demora vinte minutos para fazer efeito. Desmorono no chão e me enrolo nos ladrilhos frios, depois digo a mim mesma que posso superar isso. *Não é demais para mim. Já passei por isso antes e não é demais para mim.*

Depois de um tempo, o ataque de pânico vai passando. Minha ansiedade começa a diminuir, o suor esfriando na pele enquanto a respiração volta lentamente ao normal.

Forço-me a uma posição sentada e me encosto no armário de cozinha mais próximo. Estou completamente exausta, como se tivesse corrido uma maratona. E, a julgar pela reação do meu corpo ao pânico, corri mesmo.

Fico de pé e termino de varrer o resto do café e da aveia espalhados, me movendo feito uma velha. Já tivemos raposas urbanas por aqui, mas essa é a primeira vez em que uma delas teve a ousadia de entrar em casa. Mas a culpa é minha, por ter deixado a janela aberta.

Inclino o corpo por cima da pia, verificando duplamente se prendi o fecho no topo da guilhotina. Então vejo que o fecho está quebrado. Há sulcos nítidos na madeira ao redor. Alguém arrombou o fecho, e muito recentemente. A madeira exposta está pálida e nova. Alguém esteve aqui, na minha casa, enquanto eu dormia.

44
Alex

Meu laptop caro está exatamente onde deveria, na mesa do escritório doméstico.

Assim como os pequenos brincos de diamante que deixei idiotamente no parapeito da janela no outro dia. Como tinha passado tempo demais ao telefone falando com um cliente, eles estavam irritando os lóbulos das orelhas. A janela do escritório está bem trancada. As pastas dos casos antigos estão bem empilhadas na estante embaixo dela, com os cantos perfeitamente alinhados, intactos.

Mas o suporte onde ficam as canetas está do lado esquerdo do teclado, e não do direito. Eu sempre alinho o mouse com a borda do mousepad, que também está no lugar errado.

Nenhum ladrão que se respeite deixa pra trás diamantes e produtos eletrônicos. Quem invadiu minha casa claramente procurava outra coisa.

Informação?

Já peguei jornalistas remexendo meu lixo e interceptando minha correspondência mais de uma vez, porém, até agora, nenhum deles invadiu minha casa. Mas isso também pode estar ligado a um dos processos em que estou trabalhando, o que me preocupa mais. Represento várias mulheres que têm muito a temer. Uma delas pediu asilo aqui, no Reino Unido, depois que seu rico marido paquistanês, junto com o filho, matou a filha num assassinato de honra por ter se recusado a se casar com o homem escolhido para ela. Outra garota iemenita vive com medo constante de perder a vida porque é lésbica. As duas estão escondidas em abrigos aqui em

Londres. Eu sou a advogada delas: alguém pode ter vindo aqui procurando os endereços.

Mas todos os processos com os quais estou trabalhando continuam no lugar, na minha mesa, e não parecem ter sido mexidos.

Quando verifico o laptop, descubro que seu sofisticado sistema de segurança – instalado pela minha firma de advocacia – não foi violado, também. Talvez a pessoa que revistou meu escritório não tenha tido tempo de encontrar o que estava procurando, antes que a raposa me acordasse.

Saber que alguém esteve na minha casa, remexendo nas minhas coisas, deveria me deixar mais pirada do que estou. Este seria o momento lógico para um ataque de pânico, mas sou imune ao sentimento normal de violação que a maioria das pessoas tem depois de um roubo de residência: há mais de dois anos sou propriedade pública. Não existe um cantinho da minha vida que não tenha sido exposto e desnudado para o julgamento.

Não me resta nenhuma privacidade para ser invadida.

A ausência do medo deixa espaço para a curiosidade simples: quem invadiu minha casa e o que esperava encontrar?

Não adianta ligar para a polícia. Uma invasão de residência em que nada foi roubado provavelmente nem merece um número de ocorrência, quanto mais uma investigação. E não quero a publicidade que resultaria do inevitável vazamento para a imprensa. Vou resolver sozinha. Tenho a intuição de que, se descobrir o que foi levado, isso me conduzirá a *quem*.

Sento-me diante da mesa e examino com cuidado cada pasta. Não descubro nada faltando, nenhuma página fora do lugar em nenhuma delas.

A não ser uma.

Provavelmente eu não teria notado a discrepância se não estivesse em alerta máximo, procurando. Mas assim que abro a pasta vejo que os clipes que prendem minhas anotações estão no canto esquerdo das páginas unidas, onde a maioria das pessoas prenderia, e não no direito, como é o meu hábito. A invasão jamais teve a ver com meu trabalho ou conseguir uma história. Tem a ver com Lottie. Sempre tem a ver com Lottie.

Rapidamente folheio as páginas de anotações até a parte de trás da pasta, onde prendi a foto em que eu e minha irmã tomamos sorvete no gramado com a governanta do South Weald House.

Ela sumiu.

Minha pulsação acelera. Verifico a pasta de novo, e depois a mesa ao redor, para o caso de tê-la deixado cair, mas sem dúvida ela sumiu. Eu chacoalhei portas e revirei pedras suficientes para fazer alguém sair do esconderijo.

Jack pode não acreditar que existe uma ligação entre Lottie e o South Weald House, mas eu tenho certeza de que existe.

E só há uma pessoa que pode me ajudar a descobrir qual é.

Não fico surpresa quando o celular de Harriet cai direto na caixa de mensagens. Minha irmã sempre acordou cedo, especialmente depois de se mudar para as Shetlands, mas nossas comunicações nos últimos dois anos foram esporádicas, na melhor das hipóteses. Quando conversamos, parece que não sabemos o que dizer uma à outra.

Se é que já soubemos.

– Sou eu – digo assim que sua gravação chega ao final. – Olha, eu pensei em ficar uns dias aí com você. Vai ser bom passarmos um tempo juntas.

Faço uma pausa. Será que isso basta?

– Vou chegar aí amanhã à tarde – acrescento. – Mando uma mensagem quando estiver em Orkney.

Enfio o telefone no bolso da calça de moletom, vou à cozinha e insiro uma cápsula na máquina de café. *Um*, penso.

Um fio de café colombiano, de torra escura, sibila caindo na xícara. *Dois*.

Me acomodo num banco da cozinha.

Três...

45
Alex

Meu telefone vibra.
– É isso aí – digo.
Harriet parece meio ofegante. Imagino-a ouvindo minha mensagem e entrando em pânico com a ideia de eu aparecer à sua porta. Duvido que meu número esteja na discagem rápida. Ela deve ter procurado e digitado ao velho estilo. Não é de espantar que esteja ofegante.
– Esse não é realmente um bom momento para vir aqui – diz minha irmã. – O clima está horroroso e Mungo acabou de voltar da plataforma, há dois dias. Você sabe como ele fica quando está descomprimindo. Eu adoraria ver você, mas...
– Relaxa – digo. – Não estou indo à porcaria das Shetlands. Só falei isso para você me ligar de volta.
– Ah.
– Se bem que uma pessoa um pouquinho mais sensível poderia ficar ofendida com sua ansiedade para me convencer a não ir.
Minha intenção era fazer piada, mas saiu como acusação.
Sei que minha irmã me ama, assim como eu a amo, mas quando penso na intimidade que Zealy compartilha com Mark ou na amizade que muitos amigos meus têm com os irmãos, vem um sentimento de perda. Harriet e eu temos uma desconexão estranha, que nunca entendi. Ela se isolou emocionalmente de mim muito antes de abrir uma distância literal entre nós.
– Mamãe está bem? – pergunta minha irmã finalmente.
– No fim de semana ela parecia bem. Um pouco cansada, talvez.

Na verdade, pensando melhor, mamãe não parecia nem um pouco bem. Papai disse que ela não estava dormindo direito, mas eu deveria perguntar a ela, garantir que ela está legal.

— Fiquei sabendo do que aconteceu — diz Harriet, abruptamente. — Quero dizer, em Londres.

É como se ela estivesse sem jeito para falar o nome de Lottie. *Fiquei sabendo do que aconteceu. Você sabe. Quando você viu sua filha desaparecida num trem, a seis mil quilômetros de onde ela sumiu.*

Recebo muito esse tipo de coisa: a falta de jeito. Ninguém sabe mais como lidar com o sofrimento. Não existe um modelo a seguir, e quando a catástrofe acontece, fazemos vigílias à luz de velas, montamos memoriais na calçada, lançamos campanhas em plataformas de arrecadação de fundos e logo vamos em frente, antes de precisarmos lidar com qualquer sujeira das emoções de verdade.

Os vitorianos sabiam o que estavam fazendo, com seus vestidos de viúva e as braçadeiras pretas. A etiqueta para o luto de um ente querido era rígida, e hoje em dia pode parecer risível que a largura da fita preta em um chapéu fosse determinada pelo relacionamento com a pessoa falecida, mas todo mundo sabia em que lugar estava. As pessoas sabiam o que era esperado delas. E quando uma viúva tirava o luto, a bombazina e o crepe negro, era sinal ao mundo de que estava pronta para se conectar a ele de novo.

As pessoas atravessam a rua para me evitar porque não sabem o que dizer. É extraordinário quantas delas nem mencionam Lottie "porque não querem trazer a lembrança de volta", como se a perda do meu bebê fosse algo que eu poderia *esquecer.*

Vou sentir falta da minha filha a cada vez que eu respirar pelo resto da vida, mas, ainda assim, sou humana. Às vezes anseio pela normalidade, por mais que ela doa: que alguém faça uma piada e não olhe para mim com ar de desculpas, como se tivesse acabado de peidar na igreja.

Sei que Harriet gosta de Lottie quase tanto quanto eu, e que ela está sofrendo também. Mas se eu posso suportar a perda e ainda me levantar de manhã, ela me deve o reconhecimento do meu sofrimento e usar o nome da minha filha.

— Harry, preciso te perguntar uma coisa — digo abruptamente. — Você se lembra daquele lugar em Devon para onde íamos quando éramos pequenas? South Weald House?

– Claro – responde ela, parecendo surpresa. – Por quê?
– Você era amiga da filha da governanta, não é?
– Cathy?
– É.
– Faz anos. Nunca mais a vi desde que saí de Londres. Ela estudou na UCL, como você.
– Eu vi uma foto antiga dela um dia desses, quando estava olhando os álbuns com mamãe. Tomando sorvete com a gente no gramado. Eu preciso mesmo falar com ela. Vocês ainda têm contato?
– Por que você não pede o número dela ao Marc? – pergunta Harriet.
– Por que o *Marc* teria?

O ar morto entre nós fica subitamente cheio de tensão. No silêncio, escuto o vento chicoteando ao redor da pequena propriedade dela a centenas de quilômetros.

– Você não sabe mesmo?

Os pelos na minha nuca se eriçam. Não sou supersticiosa. Não acredito em intuição feminina, nem em sexto sentido.

Aperto o telefone com mais força.

– O que você quer dizer, Harriet?
– Marc Chapman foi o treinador da Cathy quando ela estava no time de futebol da UCL, e foi assim que ela e Sian ficaram amigas. Alex, eu achei que você soubesse.
– Soubesse *o quê*?
– Catherine Lord – diz ela. – *Cathy*. Ela foi madrinha de Sian.

46

Agora ninguém olha duas vezes para nós quando nos aventuramos na rua, mas ainda mantenho nossas saídas numa quantidade mínima. Nós nos misturamos a uma multidão de milhões de habitantes aqui na cidade, mas basta uma pessoa para reconhecê-la.

Só que a garota não fica bem, permanecendo dentro de quartos de hotel o tempo todo. Faz muito tempo que ela não tem com quem brincar. Fica inquieta, entediada, cheia de energia contida que se manifesta em chiliques e ataques de fúria. Exige atenção constante, entretenimento constante.

Fico preocupada com a possibilidade de ela ser mentalmente instável, de ter sofrido um dano irreparável devido a alguma coisa que lhe aconteceu.

Ou talvez seja só eu. Nunca fui uma mãe experiente. De qualquer modo, não posso mantê-la trancada o tempo todo. Não é saudável para ela passar horas olhando para uma tela, e ela está começando a ficar pálida demais.

Precisamos sair da cidade e ir para algum lugar onde ela possa ficar ao ar livre e correr. Algum lugar rural, onde as pessoas são discretas, mas não isolado demais, a ponto de gente estranha chamar atenção.

Por isso, alugo um chalé no litoral e pago em dinheiro, três meses adiantados, embora não pretenda ficar tanto tempo assim. O rapaz magricelo na imobiliária não pede nenhum documento, mas estou com meu passaporte falso preparado. Ele está ocupado demais contando dinheiro.

A foto da garota não sai mais nas primeiras páginas, e, nesse lugar remoto, seu nome não está nos lábios das pessoas. Depois de todo esse tempo, não creio que alguém esteja procurando por ela aqui, mas não posso ter certeza.

Tenho cuidado quando saímos, porque as pessoas podem estar me procurando também.

Todo dia, quando verifico na internet, imagino se é hoje que verei meu rosto me olhando de volta.

Não acredito que ninguém tenha feito a conexão. Apesar de toda a minha cautela e meu planejamento, não pude amarrar cada fio solto. Basta um puxão no lugar certo e meu mundo cuidadosamente construído se desfará.

Mas a cada dia que passa fico um pouco menos ansiosa com a possibilidade de ser descoberta, um pouco mais confiante em que ninguém virá procurar a criança.

Ela parou de perguntar onde sua "mamãe" está. Não exige mais ir para casa.

Sabe como isso me deixa chateada.

47
Quinn

Quinn admira a bunda firme de Zealy enquanto a acompanha até uma luminosa sala em conceito aberto, com u ma vista espetacular, de 1 milhão de dólares, por cima do Tâmisa. Deve haver dinheiro de família em algum lugar aqui, ou talvez um amante rico. Zealy Cardinal é uma professora de dança cujo estúdio em Islington passa por dificuldades, e de jeito nenhum poderia pagar pela escultura de vidro de Chihuly na estante, ou por aquelas poltronas Barcelona, do Mies van der Rohe, se não fosse bancada por alguém.

Zealy se dobra graciosamente numa das poltronas de cromado e couro, enfiando os pés descalços embaixo do corpo. O olhar de Quinn é atraído para os mamilos dela, claramente visíveis por baixo da túnica de cashmere branco.

– Você tem quinze minutos – diz Zealy.

Quinn coloca seu telefone na mesinha de vidro entre as duas.

– Você se importa se eu gravar isso? – Ela indica seu braço mirrado. – É difícil tomar notas.

– Tudo bem.

– O que você pode me dizer sobre Catherine Lord?

Zealy parece desconcertada.

– Catherine? Pelo telefone, você disse que tinha informações sobre meu irmão.

– Tenha paciência comigo. Já vou chegar lá.

Zealy brinca com o fino bracelete de prata no seu pulso. Os dedos são longos e elegantes, como o resto dela.

– Não tenho nada para contar – diz finalmente. – Não a conheço de verdade.

– Mas seu irmão é próximo dela?

– Na verdade, não. Marc foi treinador dela na faculdade. Ela é amiga de Sian, e não dele. Ele apresentou as duas, só isso.

– Você viu Catherine desde o casamento?

– Não.

– E o seu irmão? Tem visto Catherine?

– Não sei. Duvido. Eu já disse, ela era amiga de Sian, e não dele. Não creio que ele a tenha visto desde o divórcio. – Ela afasta o cabelo do rosto, prendendo as tranças num nó descuidado na nuca. – Olha, não sei o que isso tem a ver com o Marc.

Ela está quase dizendo para Quinn ir embora.

– Você não gosta muito de Catherine, não é? – pergunta Quinn, afável.

Abruptamente Zealy salta de sua poltrona de 2 mil dólares, abraçando-se como se um frio ártico tivesse atravessado a sala.

Bingo.

– Tem alguma coisa *estranha* nela – diz Zealy. – O tempo todo em que estivemos na Flórida, ela simplesmente estava sempre... *lá*. Toda vez que a gente se virava. Escutando nos cantos, observando. Era esquisito. E ela ficava grudada na Sian o tempo todo, mas acho que na verdade ela *odiava* Sian. Tipo uma daquelas mulheres que simplesmente não gosta das outras mulheres, saca?

Quinn suspeita que Zealy já encontrou muitas mulheres assim.

– E Alexa Martini? Como Catherine se relacionava com ela?

Zealy dá de ombros.

– Elas só se falaram umas duas vezes.

– Alguma vez você suspeitou que ela pudesse ter algo a ver com o desaparecimento de Lottie?

Zealy coça os braços, nervosa.

– Não. Talvez. Não sei.

Quinn desliga o aplicativo de gravação no telefone.

– Olha, isso é extraoficial – diz. – Só entre nós duas. O que você disser não sairá desta sala.

Zealy morde os lábios.

– Não tenho nenhuma prova.

– Não estou pedindo prova. O que seu instinto diz, Zealy?

A ambivalência dela está nítida no rosto. Zealy volta para a poltrona, empoleirando-se nervosa no braço como um pássaro pronto para alçar voo.

– A princípio achei que Catherine só estava tentando se enturmar, você sabe, como as pessoas fazem quando não são tão chegadas – diz ela. – Ela não conhecia praticamente ninguém no casamento. Sian disse que só a chamou para ser madrinha porque precisava que uma delas fosse feia. Sei que ela disse isso como piada, mas, para ser honesta, Sian nunca foi superlegal com Catherine. – Zealy olha para outro lado, com um rubor feio chegando à pele cor de caramelo. – Acho que eu também não fui.

A feia. Quinn sente a comichão familiar nos terminais nervosos.

Foi assim que Ian Dutton descrevera Catherine, também.

Em Dubai, Quinn e seu cinegrafista, Phil, tinham feito curativos em Dutton do melhor modo que puderam.

Ian se recusou a deixar que o levassem ao hospital, por isso eles derramaram uma garrafinha de uísque nele e o acomodaram no sofá com uma bolsa de gelo.

As pessoas que o espancaram tinham sido muito profissionais. Estavam procurando informações, como Quinn. Queriam especialmente saber a quem ele tinha contado seus planos de fugir com Sanaa.

Dutton foi inflexível ao dizer que não tinha dito uma palavra a ninguém. Eles quebraram seu nariz e várias costelas antes de acreditar.

– Você tem certeza de que Sanaa também não contou a ninguém? – pressionou Quinn. – Nem aos pais dela?

– Eles contariam direto ao marido dela – respondeu Ian.

– Será que alguém seguiu você? Ou escutou alguma coisa?

– Nós tivemos cuidado. Ninguém sabia onde Sanaa estava. De jeito nenhum...

Ele parou subitamente.

– Uma das madrinhas do casamento, na Flórida. Ela parecia um *voyeur*. – Suas palavras saíam distorcidas pelo nariz quebrado: *varezia um voiê*. – Eu tinha me esquecido, até agora. Um dia eu a vi espreitando, enquanto falava com Sanaa pelo telefone.

– *Que* madrinha?

Ele franziu a testa, depois se encolheu de dor.

– A feia. Esqueci o nome.

Na hora Quinn tinha suspeitado, mas agora confirmara: Catherine Lord é a mulher que fez aquele vídeo de Ian e Sanaa fugindo e o mandou para a polícia.

Ou ela odiava Dutton o suficiente para lançá-lo num mundo de sofrimento só pela diversão. O que parece improvável, já que ela nem o conhecia antes do casamento.

Ou estava protegendo outra pessoa.

O suposto "homem magro".

Quem Catherine *realmente* viu carregando a criança no beco na lateral do hotel, naquela noite?

Dois anos e dezessete dias desde o desaparecimento

48
Alex

Jack se inclina por cima da mesa para encher de novo minha taça de vinho e completar a dele. Preciso acordar cedo amanhã, para uma conversa pelo Zoom com uma cliente em Istambul, e esta será minha terceira taça de um inebriante tinto italiano, mas não o impeço.

– Respondendo à sua pergunta, Alex, não, não acho que você esteja sendo paranoica – diz ele. – Mas acho que você está cansada e sofrendo um estresse incrível.

– Subtexto: estou sendo paranoica.

– Talvez. Mas, no seu lugar, quem não estaria?

Seus dedos roçam nos meus sobre a toalha da mesa. Jack está um pouquinho a fim de se embolar comigo. Não sou idiota a ponto de levar isso para o lado pessoal. Ele é um daqueles homens que simplesmente amam as mulheres; querer se embolar com elas é seu ajuste padronizado.

Afasto a mão.

– Parafraseando Oscar Wilde, ter um amigo com um segredo obscuro pode ser considerado infortúnio – digo. – Ter três faz parecer que preciso de novos amigos.

– Não são segredos obscuros – diz Jack, pegando a deixa e se recostando na sua cadeira, o que abriu um pouco de distância entre nós. – No máximo, interessantes. Manchete: seu amigo platônico sente uma atração muito pouco casta por você. Quem imaginaria? E por acaso Catherine Lord estudou na mesma faculdade que você e conheceu o mesmo técnico de futebol. Como

– Ah, mas você está se esquecendo do Ian Dutton.

– É, certo. Vou admitir. Aquilo foi bem estranho.

– Estou preparando uma palestra para o TED no fim da semana: *Péssimas decisões: por que escolhemos homens que fogem com outras mulheres*. Vai ser acompanhada por uma sessão de perguntas e respostas com o tema *Sociopatas: a ciência de não dormir com eles*.

Ele dá um riso astuto.

– Você não dormiu com os certos.

Se Jack não combinasse sua suprema confiança sexual com um belo toque de autodepreciação, seria insuportável. Do jeito como é, fica difícil resistir.

Ocasionalmente levei algum homem para a cama nos últimos dois anos, quando a solidão ficou insuportável. Os contatos foram fisicamente satisfatórios, mas emocionalmente sem envolvimento: assim é mais seguro.

Jack, por outro lado, é uma proposta muito mais arriscada. Ele é atraente em muitos níveis e não tenho tempo para um relacionamento, mesmo que isso fosse oferecido. Meu foco precisa estar em encontrar Lottie, e não posso me dar ao luxo de ter distrações, por mais que sejam educadas e charmosas.

– Todo mundo tem segredos, Alex – diz Jack, subitamente sério. – O de Dutton era mais operístico do que a maioria, mas todos temos bagagens. Você poderia dar um mergulho profundo no passado das pessoas que estavam naquele casamento e encontraria alguma coisa fedida em todos: casos, desfalque, fraude fiscal...

– Meu Deus. Que tipo de amigos você tem?

– Políticos – responde Jack secamente.

– E você? – pergunto. O vinho me subiu à cabeça: o tom é mais malicioso do que eu pretendia. – Que segredos obscuros você tem, Jack?

– Sou casado.

Gargalho. Jack Murtaugh é famoso pela solteirice, um astro permanente no firmamento dos melhores partidos nas páginas de fofocas.

Jack não ri comigo.

– O nome dela é Amira. Nós nos conhecemos na Líbia há uns nove anos. Ela precisava sair do país às pressas, por isso a trouxe para a Inglaterra. Casamento totalmente falso. Não a vejo há pelo menos seis anos.

Uma sombra passa pelo rosto dele.

– Você não está brincando – digo. – Como conseguiu manter isso escondido?

– Eu já disse, tenho amigos em lugares duvidosos.

Ele gira o vinho no copo, mas não o leva aos lábios.

– Ela perdeu toda a família depois da Primavera Árabe. Eu não podia deixá-la naquele lugar.

O casamento pode ser fraudulento, mas sem dúvida Jack sente alguma coisa pela esposa falsa, caso contrário, não arriscaria a carreira para ajudá-la. Fico curiosa em saber como eles se conheceram, mas suspeito que, mesmo que eu perguntasse, ele não me contaria.

O garçom retira nossos pratos.

– Não sei como você conseguiu manter isso fora dos jornais – digo. – O partido sabe?

– Nem o líder. Além de Amira, você é a única pessoa. – Ele me dá um sorriso enorme, as nuvens se dissipando tão abruptamente como chegaram. – Grandes poderes, grandes responsabilidades. Use-os com sabedoria, Alexa-san.

Nosso garçom volta com dois cafés e um pequeno prato de biscoitos amaretti. Pego um, desembrulhando-o e amassando o papel finíssimo na mesa.

– Lottie adorava esses biscoitos – digo. – Luca fazia aquele truque para ela, você sabe, botando fogo. Dizia para ela fazer um pedido. – De repente, minha voz fica embargada. – Ela sempre queria um cachorrinho. Eu dizia que não era justo, um cachorrinho ficaria preso sozinho em casa o dia inteiro enquanto ela estivesse na escola...

Subitamente, não existe ar suficiente no salão.

Jack pega o papel do biscoito comigo e o enrola fazendo um cilindro, em seguida encosta uma ponta na chama da vela sobre a mesa entre nós. Minha visão fica turva quando o papel pega fogo e se desfaz em cinzas. Por que simplesmente não deixei que ela tivesse a porcaria do cachorro?

– Viúvas malditas – diz Jack. – Sempre tentando puxar os fios do coração da gente com histórias de bebês sequestrados. Não era necessário acrescentar o cachorrinho.

Emito um som que é meio riso e meio soluço.

Sua mão cobre a minha, e desta vez o gesto é honesto e simples, o consolo dado por um amigo.

– Fique firme, Alex. Se não estivéssemos chegando perto, não teriam invadido seu escritório. Não sei como nossa informação vazou, porra, mas vou descobrir. Alguma coisa vai se revelar logo, dá para sentir.

Eu.

De repente, sou dominada por um maremoto de dor tão intensa que tira meu fôlego. O tempo não cura, nem para. A vida continua, por mais que isso pareça um insulto. O sofrimento simplesmente acompanha a viagem. Agora a ferida está tão aberta quanto no dia em que Lottie foi levada, um latejar constante de dor e sofrimento.

Lottie era – é – meu maior feito. Jamais fiz outra coisa que importasse, nada com valor verdadeiro, pelo menos em comparação com ser mãe dela. Minha tragédia é que só percebi isso quando era tarde demais. Entreguei minha maternidade a Luca, aos avós dela, a estranhos na creche, jamais sabendo do que estava abrindo mão.

Sinto uma raiva enorme, um ciúme enorme de toda mãe que ainda tem o filho ou a filha em segurança, ao lado. Estou triste *o tempo todo*. As pessoas acham que estou bem, que estou melhorando, indo em frente, e às vezes há momentos em que até eu quase acredito.

Mas essas convulsões soluçantes, agoniadas, não são os hiatos. São meu novo normal. Essa sou eu o tempo todo.

A Alexa que enfrenta, que trabalha, sorri, fala e come, é a fachada. Eu me lembro de como era a vida normal; por isso, finjo aquilo e as pessoas engolem. Mas não estou bem.

Nunca vou ficar bem.

– Vamos sair daqui – diz Jack, largando um maço de notas de vinte.

Do lado de fora, ele para um táxi preto, dá meu endereço ao chofer e sobe no banco de trás depois de mim. Não diz nada enquanto uivo feito uma criança, com ranho no nariz, soluçando e feia. Não tenta me consolar, nem me tocar. Simplesmente fica de vigília comigo, na minha escuridão.

Finalmente paro de chorar, tanto pela exaustão quanto por qualquer outra coisa. Fecho os olhos e apoio a cabeça no vidro frio, com o corpo doendo inteiro, como se tivesse corrido uma maratona.

– Eu tive um filho – diz Jack. – Ele morreu.

Estou exaurida demais para sentir qualquer coisa, até mesmo surpresa. Em vez disso, há simplesmente um sentimento calmo de peças se encaixando. Seis palavras podem contar a história da vida inteira de um homem. *Eu tive um filho. Ele morreu.* Não pergunto nada porque, no fim das contas, o que mais preciso saber?

– Não sou a pessoa que eu era antes de Ramzi – diz Jack. – Preciso me lembrar de quem eu era e agir daquele jeito. E sabe o que aprendi, Alex? – Sua voz está cansada. – O que aprendi é que isso não importa. Estamos todos representando, o tempo todo.

Seguimos em silêncio enquanto o táxi percorre o caminho curto até minha casa, sacudindo-se nos quebra-molas em ruas residenciais à luz da noite. O chofer para em fila dupla do lado de fora e Jack sai, depois estende a mão para me ajudar. Por um momento, imagino se ele está esperando que eu o convide a entrar, mas então ele sobe de novo no táxi.

– Você ainda tem esperança, Alex – diz ele, pegando a maçaneta. – Agarre-se a ela. Acredite, nem sempre é melhor saber.

O táxi fica parado na rua até eu chegar em segurança à minha porta da frente, com seu ronco característico ecoando. Olho as luzes de ré desaparecendo e quase tropeço numa caixa de entrega da Amazon quando abro a porta.

Abaixo-me para pegá-la. Esse é o único motivo pelo qual vejo o movimento súbito nas sombras atrás de mim.

Giro com o braço levantado para me defender. Meu antebraço faz contato com carne e osso e há um estalo enjoativo.

O sensor de movimento na casa ao lado é acionado de repente, iluminando meu pedacinho de jardim.

– Meu Deus – digo, vendo o rosto da agressora pela primeira vez.

49
Alex

Jesus Cristo, cacete! – grita Quinn Wilde, cambaleando para trás. – Que porra é essa? Você quebrou meu nariz!

Não tenho simpatia. A mulher pulou para cima de mim, saindo das sombras, no meio do sul de Londres, quase à meia-noite. O que ela achou que iria acontecer?

Com frieza, pego a caixa da Amazon nos degraus.

– Vai se foder, Quinn – digo, abrindo a porta.

– Você vai me deixar aqui?

– É o que parece.

A mulher tenta estancar o sangue com a mão boa, mas está com dificuldade para manter o equilíbrio.

– Será que você não pode me ajudar aí dentro, porra? – pede ela.

Mesmo nas melhores circunstâncias, não me sinto disposta a ser gentil com jornalistas, especialmente com a vaca que me estripou na televisão ao vivo. Mas o sangue está escorrendo do nariz dela e não posso deixá-la se esvaindo na rua.

Ela passa por mim. Prendo a tranca de segurança, tiro o casaco e a acompanho até a cozinha, onde ela está sentada junto à minúscula mesa do café da manhã, como se fosse dona do lugar, a cabeça inclinada para trás.

– Preciso de gelo! Anda!

– Pelo amor de Deus – murmuro, mas pego um saco de gelo na geladeira.

– Que porra tem de errado com você? – pergunta ela, com o olho único me fixando com expressão maligna enquanto encosta o gelo no rosto. – Você usa a porra dos seus golpes de ninja sempre que alguém chega junto da porta?

– Dá um tempo. Você não devia ter chegado de fininho em cima de mim.

Pego uma garrafa de uísque no armário da cozinha e me sirvo de uma dose farta, sem perguntar se ela também quer. Engulo um terço do líquido num único gole.

– Por que você está aqui?

– Em primeiro lugar, não quero ouvir nenhuma merda sua – diz ela. – Não sou sua pessoa predileta, sei disso. E, acredite, eu também não gosto de você.

– É bom saber.

Quinn se remexe na cadeira, obviamente sentindo dor. Eu poderia perguntar se ela gostaria de ir para a sala, para as poltronas mais confortáveis, mas não faço isso.

– Eu venho cobrindo essa história desde o início – diz ela. – Não uso os canais oficiais. Tenho um garoto que trabalha para mim, o Danny. Ele é investigador particular, e é brilhante no que faz. Muito melhor do que o cara que vem descascando sua Fundação nos últimos dois anos.

– Esse padrão de comparação é baixo.

– Sem sacanagem, Alex.

Dou de ombros, mas tomo outro gole do uísque e a deixo terminar.

– Danny encontrou Ian Dutton em Dubai, onde ele morava desde que saiu da cidade. – Seu olhar fica subitamente afiado. – Mas você sabia disso, não é? Alguém chegou a ele antes de nós e aposto que você também sabe alguma coisa sobre isso.

– Aonde você quer chegar, Quinn?

– Catherine Lord. Bom, Catherine Harding, hoje em dia, claro.

Agora ela tem a minha atenção.

Isoladamente, o fato de a amiga de infância de Harriet ter cursado a mesma faculdade que eu e conhecido o mesmo técnico de futebol não é muito notável. Seis graus de separação conectam todos nós. Poderia ser coincidência Cathy ficar amiga da noiva do meu melhor amigo e acabar sendo madrinha do casamento de Marc.

Mas há duas semanas eu vi Lottie num trem com uma mulher que usava o logotipo do mesmo hotel onde Cathy cresceu. Parece coincidência demais para mim.

Pego outro copo no armário e sirvo um uísque para Quinn.

– Certo. Estou escutando – digo, estendendo-o.

Ela hesita um momento, em seguida aceita.

– Já se perguntou por que Paul Harding se casou com Catherine? – pergunta ela.

Todos já fizemos isso. No papel, Paul e Zealy combinavam muito mais. Mas Paul era um jogador, com uma garota em cada porto. Nem mesmo Zealy, linda, sensual, bom partido, conseguiu fechar o trato. E então, apenas três meses depois do casamento de Marc e Sian, Paul subitamente se casou com *Catherine*, uma mulher para a qual ele nem tinha olhado duas vezes.

– Desembucha, Quinn – digo.

Ela aninha o copo contra o peito, mas não bebe.

– Acho que o homem magro nunca existiu – diz ela. – Acho que Catherine o inventou para proteger Paul, e ele se casou com ela para mantê-la em silêncio.

– Espera aí. *O quê?*

– Acho que Catherine sabe que tipo de homem o Paul é. Acho que ela sempre soube, mas não se importa. Naquele casamento ela ouviu atrás das portas, espiou em buracos de fechadura, esperando a chance. E quando Lottie desapareceu, inventou toda a história sobre o homem magro para afastar todo mundo da pista.

– Que tipo de homem é Paul? – repito.

– Você precisa mesmo que eu diga?

Meu primeiro instinto é defendê-lo. Paul Harding tem sido um dos apoiadores mais leais da Fundação, desde o início. Nunca houve qualquer sugestão de que ele goste de menininhas. Ele gosta de *mulheres*. Se Quinn me dissesse que ele estava traindo Catherine, eu acreditaria. Mas crianças? Ele não é esse tipo de homem.

Se os últimos dois anos me ensinaram alguma coisa, é que não existe isso de *não é esse tipo de homem*.

Paul e Catherine.

Lottie confiaria nos dois.

50
Alex

— Em que você está baseando tudo isso, Quinn? – pergunto. – É uma intuição ou tem alguma prova?
— Meu investigador, Danny, é muito bom com a parte técnica. Ele sabe se mover na *dark web*. Já trabalhou para a força-tarefa da internet na Agência Nacional Anticrime, se infiltrando em círculos de pedófilos e traficantes de seres humanos. Ele tem o tipo de contatos que o dinheiro não pode comprar.

Eu me familiarizei demais com o tipo de site de que ela está falando. Gostaria de não saber que existem lugares sombrios onde você pode examinar um catálogo de imagens obscenas de crianças, como se estivesse comprando sapatos. Você pode até filtrar por idade ou cor dos cabelos. Apenas 2% dos sites da *dark web* são de pedofilia, mas eles representam mais de 80% do tráfego.

Quantos homens existem por aí, conectados agora mesmo, neste segundo, procurando uma menininha com tranças ruivas ou um menino de 4 anos com olhos azuis? Como podemos viver num mundo onde deixamos isso acontecer?

Se quatro quintos do tráfego na *dark web* fosse de terroristas, e não de pedófilos, estaríamos colocando bilhões de libras no problema. Estaríamos colaborando globalmente, como fazemos quando a segurança nacional está em jogo. Em vez disso, temos alguns geeks tecnológicos tentando atraí-los, um de cada vez, para fora de seus quartos nos fundos.

— Esse cara de TI que você usa – digo. – Danny. Ele está em contato com essas pessoas?

– Está. Ele vem fazendo isso há anos. – Ela faz uma careta. – Não sei como Danny tem estômago para isso. Ele precisa desenvolver um relacionamento com eles e ganhar confiança. É o único modo de obter acesso aos sites.

– Como?

Ela gira o uísque no copo.

– Ele precisa fornecer imagens de crianças que ninguém viu antes.

Meu estômago se revira.

– Onde ele consegue?

– Ele guarda parte do material que encontra em outras investigações, para usar como moeda de troca nas novas. Porra. O material que ele já viu... não sei como ele consegue dormir à noite.

Minha boca fica seca. Estou aterrorizada com a resposta, mas preciso fazer a pergunta.

– Ele...ele viu...?

– Nos últimos nove meses ele vem perguntando por Lottie – diz Quinn. – Se eles têm fotos, se ouviram falar de algum vídeo. Até agora a resposta sempre foi não.

– Não?

– Acho que ela não está lá. Não naquele mundo.

A faixa em volta do meu peito se afrouxa, só um pouquinho. Desde que vi Lottie no metrô e percebi que ela ainda estava viva, me sinto atormentada com a ideia de ela estar sendo passada de mão em mão num daqueles terríveis círculos de sexo, traficada entre monstros como se fosse uma carga humana.

– Se ela estivesse com aquelas pessoas, Danny teria ouvido alguma coisa – diz Quinn, com gentileza surpreendente. – Lottie é um prêmio de alto nível. Não sei o que aconteceu com sua filha, Alex. Não estou dizendo que ela está viva. Mas não creio que esteja sendo traficada.

– Então você acha que Paul está com ela?

– Não sei se ele pegou Lottie. Mas ele *faz* parte de um círculo de pedófilos no qual Danny se infiltrou. – Ela pousa o copo intocado. – Harding é bom em encobrir seus rastros digitais, mas não suficientemente bom. Danny deu à polícia provas suficientes sobre ele e outros vinte e dois daqueles sacanas, para fazer prisões. Talvez até consigam encontrar algumas daquelas crianças e salvá-las.

– E Lottie?

– Sinto muito, Alex. Não sei. Gostaria de poder contar a você. Os Harding são os únicos que talvez saibam.

O uísque talha no meu estômago. Eu confiei naquele sujeito. Eu o recebi na minha casa. Compartilhei refeições com ele, deixei que ele me abraçasse e literalmente chorei no ombro dele. Como posso não ter *sabido*?

E Catherine? Se ela sabia – se ela ao menos *suspeitou* que ele pegou Lottie, como pôde não dizer nada? Como pôde *protegê-lo*?

Se ela tivesse falado, talvez tivéssemos encontrado minha menininha a tempo. Talvez o pesadelo tivesse terminado antes mesmo de começar.

Consigo chegar ao banheiro do andar de cima no último instante. Depois de vomitar até não sair nada além de bile, me inclino para trás, apoiada nos calcanhares, e limpo o ranho e as lágrimas.

Até agora não perdi tempo odiando o monstro que levou minha filha. Não dar a ele espaço na cabeça. Precisava me concentrar em achar Lottie. A vingança poderia vir mais tarde, quando minha filha estivesse em segurança no meu colo.

Mas antes o desgraçado não tinha rosto.

Dois anos e dezoito dias desde o desaparecimento

51
Alex

Durmo melhor do que há semanas. Tomei minha decisão e, apesar de saber que não haverá retorno, é estranhamente libertador perceber que não tenho nada a perder.

Acordo às 6h30, quando o dia está nascendo. Jogo as cobertas para trás com uma nova energia, tiro as roupas amarrotadas de ontem e entro embaixo do chuveiro, virando a torneira totalmente para o frio. A água gelada tira meu fôlego, mas preciso estar afiada e focada.

Não vou esperar as engrenagens da justiça girarem lentamente, se é que vão girar. A polícia teve dois anos para achar minha filha. Não vou me arriscar a deixar que ela estrague tudo, metendo o pé na porta de qualquer jeito. Agora é comigo.

Visto jeans e um suéter, sento-me na cama para amarrar os tênis e tranço o cabelo molhado para tirá-lo do rosto. Mando um rápido SMS para cancelar a conversa pelo Zoom que tinha programado com minha cliente e outro para meu colega, James, pedindo que ele assuma o caso para mim.

Quando desço, fico pasma ao encontrar Quinn Wilde sentada, no chão da sala, encostada na parede, as pernas esticadas.

– Que diabos é isso? – exclamo. – Você ficou aí a noite toda?

Ela não levanta os olhos.

– Obviamente.

Quinn está olhando com intensidade irritante para o copo de uísque intocado que servi para ela ontem à noite e que ela deixou no chão, entre os pés. Eu tenho o que fazer e me importo menos ainda.

– Por que você ainda está aqui?

– Porque, se eu tivesse saído, iria direto à loja de bebidas e compraria uma garrafa de Jack Daniel's, e neste momento já teria acabado com ela. – Finalmente Quinn levanta os olhos. – Acredite, assim que eu souber o que aconteceu com sua filha, vou cair dentro daquela garrafa e não sairei de novo durante um mês. Mas estou sóbria há duzentos e três dias e, até resolver essa história, permaneço em abstinência.

Ela não é minha responsabilidade. É adulta, capaz de fazer suas próprias escolhas, e não pedi que ela aparecesse na minha casa no meio da noite. Eu não lhe disse para parar de beber, nem que ficasse obcecada com essa história.

– Vá pra casa – digo.

– Me ajude a ficar de pé.

Desajeitadamente, estendo a mão e Quinn consegue se levantar, dizendo:

– Você precisa me levar a uma reunião.

– O quê?

– Uma reunião do AA – responde ela, impaciente. – Tem uma daqui a trinta minutos na escola primária, ali adiante. Eu olhei.

– Não vou levar...

– Você me deve.

– Devo é o cacete!

– Então tenho certeza de que você não vai se sentir mal quando eu acabar morta numa sarjeta.

– Ótimo – digo. – Se isso me livrar de você. Entre no carro.

– Primeiro seria bom tomar um café...

– Não força a barra, porra.

Ela me acompanha até o carro. Não me ofereço para ajudar quando ela tem dificuldade com o cinto de segurança, e não tento conversar. Não quero que nada que eu disser agora seja usado contra mim mais tarde, quando tudo for revelado.

– Aonde você vai? – pergunta Quinn quando entramos na Tooting Bec Road.

– Vou levar você à porra da sua reunião.

– E depois?

– Não é da sua conta.

– Fique longe dele.

Não insulto nós duas fingindo que não sei o que ela quer dizer.

– O escroto merece ser pendurado pelo saco com uma corda de piano – diz Quinn. – Mas ele é sua última e melhor esperança de encontrar Lottie. Você precisa ser inteligente com isso, Alex. Não vá correndo até lá, estragando tudo.

O trânsito engarrafa à nossa frente, me obrigando a parar.

– Sério, Alex. Você não vai ter outra chance se fizer ele se esconder.

Não quero ouvir isso. Paul Harding sabe onde Lottie está. Quero bater à porta dele e arrancar a informação.

– Deixe a polícia fazer o serviço. Se ela ainda estiver viva, eles vão trazê-la de volta.

– Como assim, *se*?

Quinn dá de ombros, mas não responde.

– Você acha que ela ainda está viva? – pergunto.

– Há uma chance de ele ter colocado ela em algum lugar. Uma segunda casa em algum lugar no País de Gales...

– Você não acredita nisso de verdade, não é?

– É – responde ela, na bucha. – Acho que ela morreu. Acho que morreu horas depois de ser levada.

O ar é arrancado dos meus pulmões.

– Mas eu a *vi*...

– Você perguntou o que eu achava.

O carro à nossa frente começa a se mover. Nem Quinn, nem eu falamos de novo até eu parar na frente da escola primária.

– Você vai à casa dele de qualquer jeito, não é? – pergunta ela. – Porra. *Porra*. Ótimo. Eu vou com você.

– Saia, Quinn. Isso não tem nada a ver com você.

Quinn se remexe no banco. Seu olho azul transmite desprezo e irritação em níveis iguais.

– Não tem é o cacete – diz ela rispidamente. – Eu contei a você sobre o Harding. Isso vai levar direto até mim. Acha que vou deixar você ir até lá e fazer de mim uma cúmplice de agressão ou assassinato? – Ela bate a cabeça no apoio do banco, com força. – Merda. Eu nunca deveria ter contado isso a você, até depois de ele ser preso.

– Você contou porque queria uma boa história. Bom, aí está.

– Porra. Você é capaz de fazer qualquer um voltar a beber.

– Não pedi para você se envolver. Vá à sua reunião, Quinn.

Quinn permanece teimosamente onde está. Dou de ombros e ponho o endereço de Paul no GPS. Se ela acha que vai me impedir com seu protesto improvisado, está muito enganada.

Tenho coisas mais importantes com que me preocupar do que com Quinn Wilde.

Meu mundo se estreitou até um único impulso primal: ir até Paul Harding e encontrar minha filha.

Não consigo pensar em nada além disso.

Não consigo pensar.

52
Alex

Assim que entramos na rua de Paul, percebo que cheguei tarde. A pista está bloqueada por três veículos da polícia, todos com as luzes piscando. Grupos de vizinhos olham das calçadas. Um policial está no meio da rua, à nossa frente, com os braços levantados, as palmas das mãos para fora, interrompendo o trânsito.

– Merda – diz Quinn. – Não achei que eles chegariam tão depressa.

A porta preta e brilhante da casa de Paul se abre abruptamente. Ele é escoltado por dois policiais, descendo o íngreme lance de escada até a rua. Não está algemado, mas é claro que não os acompanha voluntariamente. Um dos policiais chega a pôr a mão na sua cabeça quando ele entra na radiopatrulha que está esperando, como se isso fosse um drama realista na TV.

Catherine aparece no topo da escada, ainda vestida com o roupão. Observa, pálida, enquanto a polícia leva seu marido para longe. Fico chocada ao perceber que ela está grávida de sete ou oito meses. Não a vejo há um bom tempo, e Paul jamais mencionou isso.

– Encontre um lugar para estacionar – diz Quinn.

– De que adianta? – Bato no volante com força. – porra, que merda, Quinn! Você não podia ter esperado antes de dar esse telefonema?

– E deixar as crianças daqueles vídeos onde estão por mais um dia?

Ela está certa. Lottie não é a única criança que importa, mesmo sendo a única que importa para *mim*.

– Vou para casa, Quinn – digo cansada. – Obviamente não posso falar com o Paul agora.

– Você ainda pode falar com *ela*. Anda, Alex. Vamos continuar com a programação. Precisamos falar com ela antes que ela se cerque de advogados.

Dou marcha a ré por alguns metros e entro numa rua lateral, dirigindo lentamente entre os carros parados, até achar uma vaga.

Quinn sai assim que o carro para de se mover, mas eu hesito. A mulher que eu vi com Lottie no trem definitivamente não estava grávida. Não podia ser Catherine.

A certeza que me trouxe aqui se esvai subitamente. Talvez Catherine não esteja envolvida, afinal de contas. Ela está *grávida*. Que tipo de mãe teria conscientemente um filho com um pedófilo?

Quinn já está indo pela rua em direção à casa de Paul.

– Espera! – grito.

Ela se vira.

– Você não vai dar pra trás agora, né?

– Não creio que Catherine tenha alguma coisa a ver com...

– Caia na real, Alex – reage Quinn rispidamente. – Mesmo se o Harding não pegou sua filha, Catherine *achou* que ele tinha feito isso. Ela inventou o homem magro, só para garantir. Ela o *protegeu*. E depois foi mais longe ainda e fez aquele vídeo do Ian Dutton. Ela fez um esforço enorme para incriminar o cara e atrapalhar a investigação. – Sua expressão é cheia de desdém. – Agora você quer livrar a cara dela só porque ela está grávida?

Quinn parte de novo. Quando a alcanço, estamos quase na casa de Paul. Catherine me viu e está descendo rapidamente os degraus da frente, o roupão balançando frouxo.

– Alex! – exclama ela. – Graças a Deus você está aqui! Não acredito no que está acontecendo, você precisa... – Ela para quando Quinn se aproveita da situação e entra na casa. – Quem é essa mulher? – pergunta, incerta. – Ela está com você?

– Infelizmente – respondo. – Catherine, o que a polícia disse? Por que prenderam o Paul? Eles contaram a você?

Catherine olha os grupos de pessoas que ainda estão espiando na rua. Eu a conduzo para dentro de casa, para longe dos olhos curiosos e das câmeras dos celulares.

– É ridículo – diz ela. – Obviamente é um mal-entendido terrível. Paul já ligou para o advogado dele resolver isso. Você *conhece* o Paul, como alguém poderia pensar...

– Eles disseram alguma coisa sobre a Lottie? – pergunto abruptamente.
– Lottie?

Catherine fica subitamente cautelosa.

– O que ela tem a ver com isso?

– Por favor, Catherine. Onde ela está?

– Sra. Harding, não diga mais nenhuma palavra.

Uma mulher usando um terninho cor de carvão sobe intempestivamente os degraus e entra pela porta, que até agora ninguém pensou em fechar. Ela passa por mim e para na frente de Catherine, como se estivesse disposta a receber uma bala por ela.

– Sra. Harding, o seu marido ligou para mim – diz ela. – Meu nome é Rebecca Miller. Sou advogada criminalista.

– Eu não preciso...

– Por favor, sra. Harding. Me deixe fazer meu trabalho. Não sei quem são vocês – acrescenta ela, enquanto Quinn aparece no fim do corredor, atrás de nós –, mas precisam ir embora.

– Catherine, por favor – imploro. – Se você sabe alguma coisa sobre Lottie...

– *Agora*.

Quero protestar, mas as palavras morrem nos meus lábios. Saio da casa sem dizer mais nada.

Quinn não tem escolha, a não ser sair comigo. Mas assim que chegamos à rua, ela agarra meu cotovelo, me girando furiosamente na sua direção.

– Você vai desistir, assim?

Puxo o braço, me soltando.

– Eu já disse, isso não tem nada a ver com você. Você não é minha amiga, Quinn. Você é uma merda de um chacal. Chame uma porra de um Uber e vá pra casa.

Deixo-a parada na rua e volto ao meu carro. Quinn grita alguma coisa atrás de mim, depois faz uma carranca e pega seu telefone. Espero até ter certeza de que ela não está olhando e em seguida viro a moldura de prata que acabei de roubar da mesa do corredor de Catherine.

Com cuidado, tiro a placa de trás, aveludada, e extraio a foto. Há um bilhete escrito com esferográfica no verso da foto: *Ellie e eu, South Weald Bay, verão de 2019.*

É a mulher do trem.

Depois da prisão do seu amigo, nosso coração está com você, mas a verdade é que está na hora de encontrar alguma paz...

Hannah Foster, para o Sunday Post

Querida Alexa,
Será que pode mesmo fazer dois anos que sua filhinha Lottie desapareceu? Desde que seu rostinho de 3 anos começou a nos assombrar?
Será que ela ainda pode estar viva? Será que ela é prisioneira de algum pervertido? Sei que esse deve ser o seu medo mais profundo – realmente, nem dá para pensar.
O fato de a doença maligna da pedofilia ter alcançado seu círculo mais íntimo deve tê-la chocado até o âmago.
Um homem em quem você confiava, que trabalhava ao seu lado na busca pela sua filha, por acaso é um monstro.
Como deve ser devastador!
O escândalo que engolfa a Fundação Lottie vai passar, por mais destruidor de almas que possa parecer agora.
É um crédito eterno seu que tenha permanecido com um otimismo tão resoluto, reafirmando em cada oportunidade a sua crença inabalável em que, de algum modo, algum dia, Lottie voltará para você.
No correr dos anos, nós compartilhamos sua esperança e seus pesadelos. Juntos a você, ficamos obcecados com os acontecimentos daquela noite fatal em que ela desapareceu. Você deve ter revivido aquelas horas um milhão de vezes. Nós também.
Assim, espero que não pareça insensível demais sugerir que, dois anos depois, o mundo foi em frente. Não porque esquecemos Lottie, mas porque o tempo nos ajuda a curar e nós esquecemos, querendo ou não.
Sem dúvida, foi isso que motivou você a fazer ontem sua coletiva de imprensa improvisada, nos degraus diante da sua casa. Para nos lembrar. Para nos sacudir e fazer com que nos importemos de novo.
Sem dúvida, você continua atormentada por não saber o que aconteceu com sua filha, e é óbvio que sua agonia não é causada apenas pela perda, mas também pela culpa, porque você não estava presente quando ela mais precisou.
De que outro modo explicar o que aconteceu na estação Victoria, em Londres, há duas semanas?

Ninguém culpa você por tentar se agarrar a qualquer fiapo, mas ficou dolorosamente óbvio, para os que se preocupam com você, que sua dor simplesmente se tornou grande demais para suportar.

Você viu o que queria ver.

A verdade terrível é que a chance de Lottie ainda estar viva – especialmente em Londres, a seis mil quilômetros de onde desapareceu – é incrivelmente pequena. No entanto, você ainda anseia por saber o que aconteceu com Lottie, e quem pode culpá-la?

Talvez, se o corpo dela fosse encontrado, você pudesse finalmente alcançar um vislumbre de paz e ser capaz de seguir com a vida. Talvez, se soubesse da verdade, não importando o quanto seja trágica, você pudesse achar mais fácil suportar.

Você não está sozinha. Pais que perderam filhos me contaram como é importante ter alguma coisa, até mesmo um corpo, no qual centrar o luto.

Mas, dois anos depois do trágico desaparecimento de Lottie, não temos mais ideia do que aconteceu com ela agora do que tínhamos na época.

O fascínio do público pela história só é equivalente à quantidade exorbitante de tempo e dinheiro gastos na tentativa de solucionar o mistério.

Primeiro, tivemos uma investigação policial em âmbito nacional nos Estados Unidos, que colocou todos os recursos do país mais poderoso do mundo à sua disposição, sem resultado.

Em seguida, vieram os detetives particulares, como Simon Green, que não conseguiu localizar Lottie apesar de ter embolsado mais de 500 mil libras.

Então, a pedido do seu parlamentar local, o infatigável Jack Murtaugh, a Scotland Yard foi acionada.

Exorbitantes 3 milhões de libras dos contribuintes já foram gastos na busca, sem sinal de solução.

Cada depoimento de testemunha e cada informação foi verificada, cada teoria foi considerada, não importando o quanto fosse improvável. Cada novidade traz novas esperanças e agita a mídia, mas até agora tudo deu em nada.

E tudo isso serve para explicar por que o chefe da força policial, Ben Rich, sugeriu que pode ser hora de parar.

As observações do Sr. Rich provocaram inevitavelmente um debate acalorado. #TimeLottie insiste que a investigação deve continuar a qualquer custo, mas outros elogiaram o policial, por ter a coragem de verbalizar a verdade indizível. Com o coração muito pesado, devo dizer que concordo com o Sr. Rich. Como avó de três crianças mais ou menos da idade que Lottie tinha quando foi levada, e que também se parecem com anjinhos, morro de medo só de imaginar como deve ser viver num purgatório, como você.

Se, que Deus não permita, eu estivesse no seu lugar, desejaria, exigiria, imploraria que tudo de humanamente possível fosse feito para encontrar minha filha, ou, pelo menos, descobrir o que aconteceu com ela.

Como você, eu me agarraria à esperança de um milagre.

Ninguém está culpando você, Alexa.

Pelo contrário, a instituição de caridade que você criou, a Fundação Lottie, fez muitíssimo para aumentar a consciência do público em relação às crianças desaparecidas. Você se tornou uma embaixadora global em favor da causa.

Apesar de tudo que aconteceu, nada pode tirar isso.

Mas depois de dois anos de falsos alarmes e caçadas épicas por pistas incertas, cheguei à mesma conclusão de Ben Rich: já chega.

Quando vi você na televisão nesta semana, fiquei chocada ao ver como você parece vulnerável e infeliz. E não é de se espantar.

Tenha certeza: não nos esquecemos de Lottie, nem de você. Mas o sofrimento, o luto e um memorial criado cuidadosamente podem trazer a cura.

E ainda que não desejássemos perder o seu comprometimento, esperamos que você encontre conforto na certeza de que o nome de Lottie viverá na fundação que você criou.

Desejando felicidade, como sempre,
Hannah

Dois anos e dezenove dias desde o desaparecimento

53
Alex

Seguro a foto encostada na janela do carro, comparando à paisagem espalhada abaixo de mim.

Estou no lugar certo: a mesma pedra característica, parecendo uma corcova de camelo, erguendo-se do mar a algumas centenas de metros da praia. Na foto, que deve ter sido tirada neste mesmo topo de morro, Catherine está com o braço em volta da outra mulher – Ellie – e as duas sorriem para a câmera.

Jogo a foto no banco do carona e dou marcha a ré para a estrada.

South Weald é um lugar pequeno. Não sei o sobrenome de Ellie, mas se ela morar na área, vou encontrá-la. E é uma boa suposição achar que ela mora, já que Catherine cresceu aqui.

Uma garoa fraca de novembro começa a cair enquanto desço a estrada sinuosa até o povoado. Olho pelo para-brisa molhado de chuva, procurando a virada para a South Weald House. Embora o hotel tenha sido vendido para particulares, ainda é um lugar bom por onde começar a busca. E, segundo me recordo, ele fica pertinho da loja do povoado. Alguém ali poderia reconhecer a mulher da foto.

Mas quando paro na entrada circular, de cascalho, diante da South Weald House, o lugar está totalmente escuro. Sem dúvida, não há ninguém em casa. E então me lembro de que é domingo à tarde: a loja do povoado provavelmente também está fechada. Eu deveria ter pensado nisso antes de vir de Londres até aqui.

Cansada, paro na beira da rua e saio para esticar as pernas, rígidas depois de cinco horas dirigindo. Puxo o capuz do casaco sobre a cabeça para me proteger da chuva, que agora está caindo forte, e vou andando pela rua, imaginando o que fazer em seguida.

Jack estava certo, é uma busca inútil. Ontem à noite ele me disse para não vir correndo para cá. Eu deveria ter escutado. A polícia está com Paul sob custódia; com todas as provas que têm contra ele, sem dúvida ele terá todo o interesse de fazer um acordo dizendo onde Lottie está, não é?

Presumindo que ele saiba, claro.

Finalmente encaro uma verdade que estive me recusando a admitir: Paul provavelmente passou minha filha para um dos desgraçados do seu círculo de pedófilos depois de terminar com ela. Quem sabe por quantas mãos meu bebê passou desde que foi roubada de mim? Talvez Paul não tenha ideia de onde ela está agora.

Uma van de entregas passa pelas poças, encharcando meus jeans. Ainda não são 15h, mas já está escurecendo. Eu deveria voltar ao carro e ir para casa, mas não posso aceitar a ideia de sair do povoado sem algumas respostas.

E se *não tiver sido* Paul que levou Lottie?

Dadas as suas tendências, é lógico presumir que ele seja o culpado, mas não consigo afastar as dúvidas. A mulher que vi com Lottie no trem era Ellie, e Ellie é amiga de *Catherine*. Talvez Catherine é que a tenha levado, ainda que seja difícil acreditar que Paul não saberia.

As perguntas se embolam na minha cabeça como um enxame de abelhas furiosas. *Quem Ellie é para Catherine?*

Por que ela pegaria Lottie? Como Catherine e Paul levaram minha filha de volta para a Inglaterra sem serem detectados?

E sempre, *sempre*, a única pergunta que realmente importa: *Onde ela está agora?*

Passo por uma curva na estrada, os ombros encolhidos por causa da chuva, e vejo a van de entregas parada do lado de fora de um pub de pedra do lado esquerdo, com uma bela vista do mar. É o mesmo bar onde meus pais costumavam ir toda noite quando Harriet e eu assistíamos secretamente à TV. Nunca entrei nele, mas minha imaginação conjura uma aconchegante hospedaria de povoado, com arreios de cavalo de latão e um fogo rugindo na lareira, uma anacrônica névoa de tabaco fazendo redemoinhos sob o teto baixo. Seria bom pegar um calorzinho e comer alguma coisa.

Empurro a porta. Há uma lareira, mas não está acesa. As antigas traves do teto foram pintadas de branco e a decoração rígida tem mais a ver com um filme *noir* escandinavo do que com um seriado inglês.

Não está muito movimentado. Mostro a foto de Ellie aos poucos fregueses que acalentam canecas de cerveja nas mesas de carvalho embranquecido, mas nenhum a reconhece. Talvez minha ideia de uma comunidade unida, onde todo mundo se conhece, seja tão ultrapassada quanto minhas suposições sobre a decoração de um pub rural.

– Você poderia perguntar no café – sugere a garota atrás do balcão. Seu sotaque é forte, da Europa Oriental, e uma tatuagem de cobra se retorce desde o ombro até o pulso.

– Louise conhece todo mundo. Ela fica lá todo dia. Siga a estrada ao longo do penhasco, uns três quilômetros, e você vai ver o lugar.

Agradeço e volto ao carro, não querendo me demorar no pub pouco receptivo. Parou de chover, e enquanto vou em direção ao café, o sol baixo de verão lança uma luz fantasmagórica e monocromática pela paisagem.

A praia lá embaixo está quase deserta, a não ser por algumas almas empedernidas passeando com seus cachorros à beira d'água. Um vento cortante cobre as cristas das ondas com espuma branca, corcoveando contra o céu de chumbo.

Não demoro muito para achar o café, que, a julgar pelo carro solitário parado na frente, está tão deserto quanto o pub. South Weald é um povoado de verão; sua população se multiplica por dez nos meses de julho e agosto, época em que o lugar ganha dinheiro suficiente dos veranistas para sobreviver o ano todo. Num domingo molhado de novembro, os únicos fregueses são os moradores.

Prefiro o povoado fora da temporada, varrido pelo vento e desolado. Combina com meu humor.

Diferentemente do pub, o café é quente e acolhedor. Poltronas e sofás descombinados, mas convidativos, ocupam a maior parte do espaço, com uma seção para crianças pequenas no canto, cheia de prateleiras com livros infantis muito manuseados e caixas de Lego. Um menininho está ajoelhado no chão, ao lado de duas mulheres que compartilham um sofá mole, marrom, escrevendo seu nome com o dedo no embaçado da janela.

Atrás de um balcão, um rapaz com cabelo de surfista está fazendo alguma coisa complicada com uma máquina de café cheia de tubos cromados e leite borbulhando. Ele enche duas canecas grossas e pesadas com um líquido espumante e as leva até as duas mulheres.

Não há outros fregueses. Quando ele volta ao balcão, peço uma grossa fatia de quiche de cheddar e aspargos feita em casa, tanto por pena quanto por fome.

Ele não reconhece a foto de Ellie, nem as duas mulheres.

– Você deveria perguntar a Louise – diz uma delas. – Ela conhece todo mundo. Agora ela está nadando, mas deve voltar logo para fechar.

Lanço um olhar para o mar cor de estanho. A mulher gargalha.

– Ela nada em todos os climas. Ela é meio foca, se você me perguntar.

A quiche está surpreendentemente boa e eu a devoro. Quando termino, está escuro lá fora. Não consigo imaginar alguém nadando num tempo assim. Espero que Louise apareça logo. Tenho uma longa viagem de volta a Londres.

A sineta em cima da porta toca quando uma mulher entra com um cachorro. O surfista se agacha ao lado do bicho, um lindo setter irlandês, e brinca com ele por alguns instantes, para óbvio deleite do cachorro.

A mulher mantém a porta aberta, deixando um vento gelado entrar. Sem dúvida é uma freguesa, e não a nadadora amazona Louise. Seu cabelo está seco e ela não está sozinha.

– Entra, Flora! – ela grita para a menina que vem atrás. – Para de ficar embromando. Eu compro outro boneco Squishmallow para você.

– Eu quero o Henry! A gente precisa achar ele!

Uma menina de cerca de 6 anos entra no café. Está usando um gorro antiquado, do tipo que uma avó poderia tricotar para o Natal. Não consigo ver o cabelo dela, mas não preciso.

Ela para bruscamente ao me ver.

– Mamãe? – diz ela.

54
Alex

A menina recua para a mulher, que mantém a porta do café aberta, refugiando-se na segurança das suas saias.

– Mamãe? – diz ela outra vez, puxando a mão da mulher. – A gente pode ir pra casa agora?

Eu a assustei. A intensidade da minha fome deve aparecer no rosto, mas não consigo desviar os olhos. Preciso de cada grama de autocontrole para não correr até ela e pegá-la no colo.

O mundo é cheio de meninas parecidas com Lottie. Mil meninas, um milhão: meninas da mesma idade, da mesma altura e do mesmo peso. A mente nos prega peças, truques, eu sei. Não podemos confiar nela. Como todo mundo vive me dizendo, a gente vê o que quer ver. Vê uma menina virando a esquina do corredor do supermercado e larga o vidro de maionese que estava segurando, e nem percebe quando ele se despedaça no chão. Empurra as outras pessoas para fora do caminho enquanto corre até ela, desesperada para alcançá-la antes que ela desapareça feito uma miragem. E então ela se vira e você percebe que não é ela. É como um soco na barriga e você recua arfando, murmurando desculpas. *Não é ela.*

Ela está a apenas três metros. É ela. Está tão alta e *magra*! Agora ela tem malares, suas pernas são compridas e esguias nos jeans e num par de botas de plástico azul-marinho cobertas com minúsculos corações impressos em vermelho.

Seus olhos azuis encontram os meus e eu sei que essa é Lottie. Não é uma miragem, não é um sonho, não é uma garota parecida com ela.

É a própria Lottie.

Real, em carne e osso.

Eu a contemplo. Tenho medo de piscar, para o caso de esse milagre desaparecer. Lottie. Minha Lottie.

Não é um sonho com ela. É *ela*.

– Vá se sentar com o Toof – diz a mulher, dando um empurrãozinho na menina. – Vou pegar um chocolate quente para você.

– Podo comer um biscoito?

– *Posso*. E eu não ouvi você dizer por favor.

– Por favor – diz a menina.

Ela está suficientemente perto para eu tocá-la enquanto vai até o cachorro. Ajoelha-se ao lado e envolve o corpo marrom do animal com os braços, encostando o rosto no topo da cabeça dele.

Há alguma coisa que não é familiar nela, algo diferente, de que não lembro e que não consigo situar. A inclinação do maxilar, talvez, a expressão dos olhos. Faz dois anos, digo a mim mesma. É claro que ela mudou.

Sei que ela não vai se lembrar de mim. A memória é plástica, até nos adultos; as memórias explícitas, a lembrança consciente associada a um tempo e um lugar, a uma *pessoa*, só começa a se formar quando a criança está com 6 ou 7 anos. Antes disso, a memória é implícita, uma lembrança inconsciente, emocional. Lottie estava com três anos quando foi tirada de mim. Passou um terço da vida, o terço mais recente, mais vívido, sem mim. Mas eu sou sua *mãe*. Bem no fundo, sem dúvida ela me reconhece, não é?

– Senta direito, Flora – diz a mulher. – Numa cadeira, por favor.

A menina suspira e sobe numa cadeira. Tira o gorro roxo e eu vejo que o cabelo foi cortado na altura dos ombros. Está mais escuro do que era; mais ainda do que me lembro, do trem.

A mulher que ela chamou de mamãe não é a mesma que eu vi no metrô. É pelo menos trinta anos mais velha e tem cabelo ralo e grisalho. Biologicamente não pode ser mãe dessa criança. É velha demais. Não faço ideia de quem ela é, nem de qual pode ser sua relação com Ellie.

Tiro o telefone do bolso e finjo que estou verificando os e-mails enquanto tiro disfarçadamente uma foto das duas. Agora a polícia terá de acreditar em mim. Vai poder usar reconhecimento facial para identificar a menina como Lottie, e isso bastará para exigirem um teste de DNA, para provar. Mando a foto para Jack, junto com nossa localização.

O surfista traz o pedido delas – chocolate quente e um enorme biscoito amanteigado para a menina, café puro para a mulher – e pousa uma tigela d'água no chão para o cachorro.

Lottie envolve sua caneca de louça com as duas mãos, mas a mulher alerta que está quente e pede para ela esperar. Lottie pousa a caneca de novo. É *isso* que está diferente, percebo de súbito. A antiga Lottie teria ignorado a instrução e queimado a língua.

Seu olhar volta para mim. Algo em mim a está incomodando, dá para ver. Sua testa se franze, o nariz também. Ela me conhece, mas não sabe por quê.

A mulher vê a menina me olhando e se vira para mim. De repente me ocorre que, se ela me reconhecer, se perceber quem eu sou, tudo está perdido. Eu poderia agarrar Lottie aqui, agora, mas não posso escapar fisicamente com ela. Se eu tentar, a mulher e o surfista vão me impedir, e a polícia vai ser chamada. E, não importando o que eu disser, há um risco de devolverem Lottie a essa mulher enquanto esclarecem a verdade.

Não me resta credibilidade depois do que aconteceu em Londres. Quando a polícia estabelecer que Lottie é minha filha, ela terá ido embora. A mulher vai fugir com ela e talvez eu nunca mais a encontre.

Mas a mulher não me reconhece.

– Termine o seu chocolate, Flora – diz ela, virando-se de volta para a menina. – Precisamos ir para casa.

Deixo algumas moedas de uma libra na mesa ao lado do prato e vou para o carro. Espero até elas saírem, agradecendo à escuridão e à chuva forte que me esconde. Jack ainda não respondeu à minha mensagem e não vou deixar Lottie sumir de vista. Vou dormir do lado de fora da casa delas, se for necessário.

Quinze minutos depois, a porta do café se abre, derramando uma cunha de luz dourada no estacionamento de cascalho. Presumo que as duas vão entrar no único outro veículo parado ali, uma velha perua Volvo, mas elas passam direto, indo para a rua, e percebo, com um ligeiro alarme, que elas vão andar até em casa. Não sei por que presumi que elas teriam vindo de carro e estacionado antes de dar um passeio na praia. Como posso segui-las, agora?

Depois de hesitar um momento, saio do carro e vou a pé atrás delas. Faço o máximo de esforço para ficar nas sombras, aterrorizada com a possibilidade de o som da minha respiração me revelar.

Em minutos, estou encharcada até os ossos, os pés chapinhando com os tênis de sola fina. Posso ouvir Lottie à frente, pisando com força e espirrando água nas poças, nitidamente adorando o clima rigoroso.

Há um momento de perigo quando quase trombo nelas ao virar uma esquina, onde elas pararam para esperar que o cachorro terminasse o que tinha de fazer. Encolho-me de volta contra a cerca viva, o coração martelando, mas a chuva e o som das ondas se chocando na praia lá embaixo encobrem qualquer barulho que eu faça.

Menos de cinquenta metros depois elas param na frente de um pequeno chalé de pedra na beira da estrada. A mulher destranca a porta e acende a luz da varanda. Lottie se senta no grosso degrau de pedra e começa a tirar as botas. Para no meio do caminho e olha com intensidade para a escuridão, e por um segundo penso que ela me viu.

A mulher chama seu nome. A menina leva um susto e termina de tirar as botas, antes de correr para dentro.

Chego mais perto do chalé, observando do outro lado da estrada enquanto a luz se acende na cozinha e a mulher coloca a chaleira no fogo. Fico ali, mesmo depois de ela fechar as cortinas, bloqueando minha visão.

Não acredito que a encontrei. Não posso confiar na realidade deste momento, porque é incrível demais para ser verdade. Minha filha. Num café em Devon, a seis mil quilômetros de onde eu a deixei ir. Lottie, espirrando água de poças com suas botas de plástico. Lottie *viva*.

Há muitas coisas que quero saber. Ela esteve aqui o tempo todo? Ela acredita que essa mulher é sua mãe?

Ela se lembra de mim?

Vejo um objeto cor-de-rosa na terra ao lado da estrada e o pego com o polegar e o indicador. É um bichinho de pelúcia: o Squishmallow que ela perdeu.

Com a pulsação acelerada, atravesso a estrada e ponho o brinquedo cor-de-rosa no degrau da frente. Está molhado, mas limpo; bastam algumas horas numa cozinha quente e ele vai estar como novo.

Quando recuo, vejo um movimento com o canto do olho.

É ela. Ela puxou um canto da cortina e está ajoelhada numa cadeira da cozinha, olhando direto para mim.

Não ousando respirar, levo o dedo aos lábios: *ssssh*. Por um longo momento ela fica imóvel. Depois, lentamente, aperta o dedo nos lábios também.

55
Quinn

Quinn não acredita em dar aos outros o benefício da dúvida. Nove em cada dez vezes, num caso como o de Lottie Martini – sequestros, assassinatos –, o culpado é alguém próximo à vítima. Ela pegou pesado com Alexa Martini no início porque estava tentando chegar à verdade. Não vai se sentir mal em relação a isso agora.

Ou talvez só se sinta um pouquinho mal.

Mas isso não tem nada a ver com o motivo para estar comprometida com essa história. *Obcecada*, segundo Marnie. O que, para Quinn, está bem: ela pode aceitar a obsessão. Não pode aceitar é o fracasso.

Joga sua ficha de seis meses do AA para o alto e a pega de novo, batendo com ela nas costas da mão. Cara, eu ganho; coroa, você perde.

Meu Deus, ela quer uma bebida.

Prepara um bocado do forte café panamenho Hacienda La Esmeralda (90 libras meio quilo, mas uma garota precisa ter alguns vícios) e se acomoda numa poltrona grande, confortável, com seu laptop. Separou o fim de semana para reler todas as transcrições das entrevistas originais da polícia com os convidados do casamento, à luz de tudo que sabe agora.

Todo mundo mente numa investigação policial. Sobre com quem estava, o que estava fazendo, o quanto bebeu. Raramente isso tem alguma coisa a ver com o caso. Mas de vez em quando uma mentirinha tem o poder de mudar o rumo de uma investigação. Se Ian Dutton não tivesse mentido por omissão, talvez a polícia não tivesse rodado atrás do próprio rabo nos últimos dois anos.

Começa pelas transcrições das entrevistas com o grupo mais fechado: os "doze apóstolos" dos tabloides. Não faz ideia do que está procurando, mas saberá quando vir.

Duas horas depois, a única coisa que ficou sabendo é que Alexa Martini é uma péssima avaliadora de caráter. Afora Dutton, Paul Harding e Catherine Lord também não são confiáveis. Marc Chapman não é muito melhor, apaixonado por outra mulher no dia do casamento. Alexa precisa escolher amigos melhores.

Mói mais um pouco dos premiados grãos panamenhos e faz outra jarra de café. A coisa está aqui, em algum lugar, dá para sentir. A chave para tudo, enterrada em páginas de detalhes banais sobre brindes de casamento e quem se sentou onde.

Vários convidados do casamento mencionam ter visto Lottie conversando com a mãe da noiva, última vez em que a menina foi vista. Mas quando Quinn pega a transcrição da entrevista de Penny Williams, fica surpresa ao descobrir que a mulher não menciona a conversa.

A sra. Williams relata literalmente a discussão que teve com o cabeleireiro da filha e um pânico de último minuto com a dúvida se o esmalte de unha azul-esverdeado nos dedos dos pés da noiva conta como "uma coisa azul". No entanto, nem menciona a conversa com uma criança que desapareceu menos de uma hora depois de ter falado com ela.

Quinn é interrompida pelo som do telefone tocando na mesa lateral.

Porra.

Por mais que deseje ignorar o telefonema, quando a editora da INN liga do celular pessoal numa tarde de domingo, você atende.

– *Dubai?* – exclama Christie. – Que porra foi essa, Quinn?

– Antes que você pire de vez, isso é uma coisa totalmente minha – diz Quinn. – Phil não fazia ideia de que a viagem não tinha sido aprovada pela editoria...

– E você deu um drible na editoria para ir atrás de um objetivo pessoal – interrompe Christie. – Você é nossa principal correspondente no Reino Unido, Quinn! Você fez merda sem dizer uma palavra a ninguém, deixando uma porra de um estagiário para cobrir, e nós fomos apanhados com as calças na mão. A explosão em Cambridge foi a principal matéria nos boletins na sexta-feira, e nós ficamos com um garoto de 22 anos gaguejando nos noticiários noturnos. Pouco profissional pra caralho.

– Desculpe, mas se eu contasse o que estava fazendo...

– Sei por que você não me contou, Quinn. Eu tirei você da história por um motivo. Agora estou dizendo de uma vez por todas, como sua chefe e sua amiga, para *parar com isso*.

Quinn sabia que haveria um preço a pagar por bancar a loba solitária, mas não esperava que fosse assim. Christie está certa: foi pouquíssimo profissional deixar o escritório do Reino Unido sem uma cobertura adequada. Deveria ter se aberto com ela há semanas, quando ficou claro que sua investigação estava indo a algum lugar. Christie iria tirá-la da lista e deixar que ela visse até onde poderia chegar com a história. Agora é tarde demais.

Já recebeu mais avisos finais do que todos os outros repórteres da redação juntos. Se for demitida, não poderá pôr o pé na porta de algum jornalzinho local, quanto mais uma rede internacional de notícias. Sua reputação a precede, e não é necessariamente favorável. Ela obtém resultados e tem um Emmy para provar, mas o jornalismo é um mundo pequeno, incestuoso, e Quinn não fez amigos enquanto subia.

Não haverá muitas mãos para segurá-la na queda.

Joga o telefone contra a parede, furiosa e frustrada. Ele bate no chão com a tela para baixo e quica duas vezes, antes de parar junto aos seus pés.

Quinn o enfia no bolso, pega a jaqueta jeans e vai para a porta.

O garoto atrás do balcão é novo, desde que ela esteve aqui pela última vez. Parece ter uns 16 anos.

Quinn coloca sua ficha do AA no balcão e puxa um banco.

O garoto olha a ficha, e depois para ela.

– Tem certeza de que você deveria estar aqui? – pergunta.

– Jack Daniel's – diz ela. – Puro. Sem gelo.

Ele dá de ombros e serve uma dose.

– Duplo – diz Quinn.

Ela termina a bebida antes mesmo de ele colocar a garrafa na prateleira.

– De novo – ela bate no balcão com a ficha do AA.

Em seu bolso, o telefone toca. Quinn o desliga sem ao menos olhar a tela.

56
Alex

É impossível ficar vigiando o chalé da estrada. A casa situa-se numa curva, com vista ininterrupta nas duas direções, e não há onde me esconder: a estrada abraça o litoral, e do lado oposto ao chalé há uma íngreme face de rocha, sem nenhuma árvore atrás da qual eu possa me esconder, nenhuma cerca viva, nem muro de pedras. Assim que clarear, qualquer um que olhe pela janela me verá.

Avalio o risco. Será que vou embora agora e confio que posso fazer a polícia agir antes que essa mulher desapareça com Lottie? Não faço ideia se é um chalé alugado por temporada; elas podem ir embora amanhã.

Ou fico e me arrisco a que elas me reconheçam e fujam de novo?

A porta da frente se abre de súbito e me encolho de volta para as sombras, com o coração martelando, agradecendo à escuridão por me ocultar. A mulher deixa o cachorro sair e ele fareja o ar, e imediatamente corre para mim, latindo.

– Toof! Vem aqui, garoto.

A mulher sai à varanda, em silhueta contra a luz do corredor. O cachorro para de correr e late outra vez. Está a menos de dois metros de mim. Eu deveria ter ido embora quando tive chance. Se ela me vir agora, vai saber que segui as duas desde o café. Vai saber que eu sei...

– Para, Toof! É só um coelho!

Ele late uma última vez e volta, relutante. A mulher o deixa entrar num quintalzinho na lateral do chalé, onde ele presumivelmente faz suas necessidades, e os dois voltam para dentro.

Só percebo que estou com a respiração presa quando a porta se fecha depois de eles entrarem. Fecho os olhos e solto o ar enquanto os batimentos cardíacos voltam lentamente ao normal.

Meu carro ainda está parado do lado de fora do café. Pego o telefone enquanto volto e telefono para Jack. Preciso que ele procure a polícia e ponha as coisas em movimento. Se for eu a ligar, eles não vão me levar a sério, principalmente depois do fiasco em Londres. Vão dizer que *estou vendo o que eu quero ver*. Vão delegar a ação à polícia local, que pode vir ou não vir aqui esta semana. Ou talvez na próxima. Os policiais vão se sentar com a sequestradora da minha filha tomando uma xícara de chá com biscoitos amanteigados e admirar a vista do mar. *Precisamos verificar essas coisas, a senhora entende. Bom, eu aceito outra xícara, se não for incômodo.*

Maldição, *cadê* o Jack? Ele ainda não respondeu ao meu SMS e agora não está atendendo ao telefone.

Não posso simplesmente *ir embora* sem a minha filha. Amanhã é segunda-feira: pelo que sei, a mulher pode só estar alugando o chalé pelo fim de semana. Eu me sentiria ligeiramente menos frenética se soubesse que elas moram aqui, mas sem os recursos de que Jack dispõe, não há como descobrir. Não sei de mais ninguém que possa...

Quinn.

Gostando dela ou não, aquela mulher tem uma capacidade espantosa de descobrir informações. Talvez ter uma jornalista envolvida me ajude pela primeira vez, botando pressão sobre a polícia para agir. Quinn Wilde se tornou parte da minha história tanto quanto eu me tornei parte da dela. Tenho o número: meu telefone o armazenou automaticamente na última vez em que ela ligou.

Mas ela também não atende.

57
Alex

É quase tão difícil resistir à ânsia de bater à porta do chalé e pegar minha filha de volta quanto ao impulso de fazer força durante o parto. Eu me obrigo a ficar no carro, olhando para a escuridão, sem ver nada por entre a chuva forte, enquanto penso. Não posso agir intempestivamente, como um touro numa loja de louças. Só tenho uma chance. Preciso fazer da maneira certa, do jeito legal, ou a mulher pegará Lottie e desaparecerá outra vez.

Meu telefone toca e eu o pego. Mas não é Jack, nem Quinn.

– Alex, você precisa vir para casa – diz papai, sem preâmbulo.

– Papai, eu não posso...

– Estamos no hospital. Sua mãe não está bem. Estamos esperando ela ser atendida. Não dá para saber o que há de errado até falarmos com um médico, mas ela está sentindo muita dor. É como se tivesse apendicite, mas é no lugar errado.

Meu estômago entra em queda livre. Mamãe já teve câncer duas vezes. Está em remissão, mas todos sabemos que ele pode voltar a qualquer momento.

– Ela vai ficar bem?

– Querida, tenho certeza de que ela vai ficar bem, mas acho que ela gostaria de ver você.

Pelo modo como ele fala, não parece que ela vai ficar bem.

– Eu estou fora da cidade – digo, não querendo que papai saiba que vim para Devon. Ele já tem preocupações suficientes sem pensar que estou de novo perseguindo fantasmas. – Volto amanhã, alguma hora. Vou até aí assim que puder. O senhor pode me ligar de manhã, dizendo como ela está?

– Não tem pressa. Isso aqui está muito movimentado esta noite. Acho que talvez a gente precise esperar um bocado.

– Papai, você tem de continuar pressionando. Faça com que eles saibam que ela teve câncer. Não deixe que eles ponham mamãe no fim da fila.

– Estou com tudo sob controle, Alex. Olha, preciso desligar. Vejo você amanhã.

Ele não está com tudo sob controle.

Meus pais são pessoas decentes, boas. Eles esperam a vez, jogam limpo, pagam sua parte, não criam confusão. Papai nunca irá até a pessoa que está fazendo a triagem para exigir que minha mãe seja atendida. Ficará sentado pacientemente, esperando que o nome dela seja chamado, enquanto uma garota desbocada que machucou o dedão cria um tumulto tão grande que é levada para a frente da fila, só para se livrarem dela. Ele jamais sonharia em ser um incômodo.

Eu não tenho esse tipo de frescura.

Mas não posso simplesmente deixar Lottie. E se a mulher desaparecer com ela outra vez? Preciso esperar aqui até que Jack mobilize a polícia. Não posso deixar que ela suma da minha vista.

Verifico o tempo de espera no hospital Mid-Surrey. Seis horas. Mamãe não pode ser deixada numa maca durante seis horas! Papai nunca conseguirá que ela avance na fila. E na sua condição de baixa imunidade, uma espera assim poderia matá-la.

Ninguém deveria ter de escolher entre a mãe e a filha. Bato com a palma da mão no volante, em fúria, e dou um pulo quando a buzina toca. Uma luz se acende no café e eu me imobilizo, até que ela se apague de novo. Não quero atrair atenção.

Preciso me decidir. Fico ou vou?

Lottie não corre perigo iminente. Sem dúvida, está sendo bem cuidada. Minha mãe está doente e piorando. Mamãe diria para eu ficar com minha filha, mas se eu não for ao hospital lutar por ela, ela pode morrer numa maca, esperando para ser atendida.

Acho que nunca me senti tão sozinha. Estou *cansada* demais. Cansada de ter que ser forte, de nunca me permitir duvidar, de apoiar todo mundo independentemente de como me sinta derrotada e espancada. Meus pais fizeram o máximo para cuidar de mim e eu não teria sobrevivido nos últimos dois anos sem o apoio de todo mundo da Fundação. Mas, no fim das contas, quando todo mundo volta para sua casa, para sua vida e sua família, eu fico sozinha com meu sofrimento. Luca era um marido péssimo em muitos sentidos, mas era um pai maravilhoso. Nós não concordávamos em muita coisa, mas éramos unidos no amor por Lottie. Não importando nossas diferenças, se ele estivesse aqui, pelo menos eu teria alguém com quem compartilhar a dor dos últimos dois anos, alguém que entenderia.

Alguém para me fazer sentir só um pouco menos solitária.

Meu telefone toca com a chegada de um SMS. Quando leio, percebo que a decisão foi tirada das minhas mãos.

58

Precisamos nos mover de novo logo. Já ficamos no lugar por mais tempo do que eu gostaria. Mas a criança parece mais feliz aqui e eu estou cansada de lutar com ela.

Agora ela se acostumou comigo e aceitou o nome novo – até me chama de mamãe. Confio nela o suficiente para deixá-la brincar na praia sem mim, abaixo de nosso chalé novo, e às vezes a levo a um café no povoado. Ela fez amizade com o dono do cachorro, e de vez em quando o homem nos deixa levá-lo até a praia, para pularmos ondas. São as únicas vezes em que vejo a criança sorrir.

Mas um dia uma mulher olha pra gente com intensidade demasiada quando estamos no café, e tenho certeza de que a vejo olhando a gente mais tarde, quando voltamos para casa. Talvez eu esteja sendo paranoica, mas não foi me arriscando que fiquei sempre um passo à frente da polícia.

Fiquei confortável demais aqui. É hora de ir embora.

A garota não vai gostar quando eu disser. Nossa trégua é frágil e ela vai me culpar por arrastá-la a algum lugar novo justo quando ela se adaptou. Mas só estou tentando protegê-la. O lugar dela é comigo. Não posso deixar que a levem.

Prefiro morrer.

À tarde, enquanto ela brinca na praia, começo a fazer as malas. Nós viajamos com pouca bagagem: algumas mudas de roupas, alguns brinquedos, meu iPad. Não demoro muito até colocar tudo numa bolsa grande. Podemos estar prontas para ir embora de manhã cedo.

Verifico o folheto que peguei no café, com os horários dos ônibus para a estação de trem mais próxima. Amanhã, ao anoitecer, estaremos a centenas de quilômetros. Não importará se a mulher nos reconheceu.

Teremos ido embora há muito tempo.

59
Alex

Na mensagem, papai diz que mamãe está sendo levada para a cirurgia de emergência, mas não o porquê. Quando chego ao hospital Mid--Surrey, pouco depois da meia-noite, a recepcionista me informa que mamãe ainda está na UTI, mas ela não pode ou não quer me dizer o que aconteceu.

Meu medo se intensifica enquanto sigo as orientações da mulher até a UTI no terceiro andar. Eu achava que aceitaria a mortalidade de mamãe depois do diagnóstico de câncer, mas sou apanhada de surpresa pelo modo súbito como isso está acontecendo. Ela tinha feito cirurgia, químio e radioterapia, perdeu o cabelo e envelheceu dez anos em menos de dois, mas nunca, nem por um momento, pensei que poderia perdê-la, até agora.

A mensagem de papai não me deixou opção, além de vir. Mamãe pode morrer, claro que eu tinha de estar aqui. Só rezo para que Jack receba minhas mensagens e mobilize a polícia antes que a mulher saia do chalé. Não consigo encontrar a casa em nenhum site de aluguel, como o *Airbnb*, de modo que talvez ela e Lottie morem lá, afinal de contas. E vou voltar amanhã cedinho, quando mamãe estiver fora de perigo.

Se.

Papai está ao lado da cama dela quando me deixam entrar na UTI. Os olhos dele parecem amedrontados acima da máscara. Mamãe está inconsciente na cama, pálida como nunca vi. Digo a mim mesma que os fios, tubos e monitores em volta da cama fazem as coisas parecerem mais alarmantes do que são.

Aplico mais um jato abundante de álcool nas mãos e seguro a mão de mamãe.

– Estou aqui – digo baixinho. – É a Alex. Estou aqui, mamãe.

Ela não abre os olhos. Com ternura, acaricio seu cabelo, afastando-o da testa.

A pele está fria, quase úmida, ao toque. Ela não está com febre, pelo menos. Isso tem de ser bom, não é?

– O que aconteceu, papai? O que há de errado com ela?

– Vamos achar um café – diz papai. – Você deve estar cansada depois de dirigir tanto. Eles têm uns biscoitos bem decentes na sala de espera.

Não quero sair de perto de mamãe, mas reconheço que papai precisa de uma folga. Vou com ele até uma pequena área de espera do lado de fora da UTI. Somos os únicos aqui. Tão tarde da noite, assim, qualquer visitante está sentado com seus entes queridos, mantendo vigília.

Papai insere uma cápsula de café na máquina e me serve uma xícara, depois faz outra para ele.

– Ela começou a reclamar de dor no estômago ontem de manhã – diz ele. – Foi piorando o dia inteiro, mas você conhece sua mãe, não gosta de criar confusão. Até que hoje à tarde ela começou a vomitar de um jeito que eu nunca vi. Não queria que eu a trouxesse, mas precisei. Ela estava sentindo tanta dor que nem conseguia falar.

Verbalizo o medo que nos assombra:

– O câncer voltou?

– O médico disse que a tomografia mostrou uma perfuração no intestino. Pode ser bem sério, por isso ela foi levada direto para a cirurgia. O Sr. Terpsichore disse que tudo correu bem, mas ela obviamente vai ficar de molho por um bom tempo.

– Mas o que provocou isso? A químio?

– Eles não sabem. O importante é que descobriram a tempo.

Papai faz parte de uma geração que sempre acredita nos homens de jaleco branco e não gosta de questionar a autoridade deles, fazendo perguntas. Não culpo os médicos por tentarem projetar otimismo, mas quero saber a verdade, por mais que seja difícil ouvir.

– Eu gostaria de falar com o cirurgião – digo. – Descobrir exatamente o que está acontecendo. Harriet está vindo para cá?

– Ah – diz papai.

Sinto uma breve pontada de compaixão por minha irmã.

– Não se preocupe. Eu ligo para ela.

– Obrigado, meu amor. Vou voltar para perto da sua mãe. Não quero que ela acorde sem que eu esteja lá.

– Por que não vai para casa e dorme um pouco? Eu fico com...

– Tudo bem, meu amor. Eu não conseguiria dormir, de qualquer forma.

Quando voltamos para a UTI, encontramos uma médica. Ela parece cansada e ansiosa. Seu cabelo curto é muito escuro e com corte assimétrico. Está usando um belo par de brincos de ouro em forma de ferraduras.

– Sr. Johnson, eu estava indo mesmo procurá-lo.

– Mary acordou?

A médica se vira para mim.

– Você é da família?

– Sou filha dela. Alexa Martini.

– Naomi Todd. Lamento conhecê-la nessas circunstâncias – a médica suspira. – Infelizmente sua esposa piorou um pouco, Sr. Johnson. Os batimentos cardíacos aceleraram e a temperatura começou a subir. Não queremos preocupá-lo, mas gostaríamos de levá-la de volta para o centro cirúrgico.

– Mais cirurgia? – pergunto. – Tem certeza de que é necessário?

– Os médicos é que sabem, meu amor – diz papai.

– Sua mãe está nos preocupando um pouco, Alexa – explica Todd. – O intestino pode ter sido perfurado um bom tempo antes de ela chegar à emergência. Uma quantidade considerável de matéria fecal se derramou no abdômen, permitindo que todo tipo de coisa ruim caísse na corrente sanguínea. Gostaríamos de ficar à frente disso, se pudermos.

– Posso vê-la antes? – pergunta papai.

– Só dois minutos.

– Já vou indo, pai – digo.

Espero até a porta da UTI se fechar atrás dele.

– Qual é o prognóstico? – pergunto sem rodeios.

– Ainda é muito cedo...

– Dra. Todd, eu gostaria de saber de qualquer fato que a senhora possa me contar.

Seus olhos cinzentos me avaliam.

– Sua mãe está muito doente – diz ela, depois de um momento. – O maior perigo é a septicemia. O Sr. Terpsicore tentará estabilizar a situação com uma lavagem abdominal e também colocará um dreno. Talvez ele precise remover um pedaço maior do intestino grosso. Infelizmente, depois disso é, acima de tudo, um jogo de espera.

O chão se mexe sob meus pés. Passei de *eles descobriram a tempo* para *acima de tudo, um jogo de espera*.

– Ela vai morrer?

– Faremos tudo que pudermos.

– Minha irmã mora nas Shetlands – digo.

Um instante se passa.

A voz de Naomi Todd fica mais suave.

– Em um paciente que, afora isso, esteja saudável, a taxa de mortalidade é de aproximadamente trinta por cento. Sua mãe tem câncer com metástase, e a infecção já estava bem estabelecida antes que pudéssemos operar. Se existem pessoas da família que gostariam de se despedir, esta seria a hora de chamá-las.

Dois anos e vinte e um dias desde o desaparecimento

60
Alex

Harriet não vem.
Não vem quando digo que mamãe está em coma induzido, lutando pela vida. Não vem quando os órgãos de mamãe começam a falhar, um por um: os rins, o fígado, o coração. Não vem quando os médicos tentam uma última saída, obtendo licença de emergência do Conselho Médico Geral para experimentar um novo medicamento, promissor, cujos testes ainda não terminaram.

Não vem nem quando isso não dá certo, e Naomi Todd diz que eles não podem fazer mais nada.

A irmã de mamãe, Julie, viaja vinte e seis horas sem parar, desde a Nova Zelândia, para ficar ao lado dela. Sua amiga mais antiga, Sharon, que ela conhece desde a escola primária, faz a longa viagem vindo de Newcastle. Mas para Harriet isso é *perturbador demais*.

– Eu não suportaria vê-la assim – diz ela, quando telefono de novo para dizer que, se ela não vier *agora*, será tarde demais. – Isso partiria o meu coração, Alex. Não sou forte como você. Eu amo demais a mamãe, vê-la ir embora me mataria.

Ignoro a conclusão de que, portanto, eu devo amar mamãe *menos*.

– Papai quer todos nós juntos – imploro. – Ele precisa de você. Ele está desmoronando, Harry. Ele ainda se recusa a aceitar que isso está mesmo acontecendo.

– Eu não teria nenhuma utilidade. É de você que papai precisa, e não de mim. Você sabe que ele conta com você.

– E eu? – digo. – E se *eu* precisar de você?

– Você não precisa de ninguém, Alex. Nunca precisou.

Agora o hospital nos deu nossa própria suíte de família, a que reservam para os parentes quando não resta esperança. Tem uma cama arrumada com lençóis limpos, uma quitinete e até um chuveiro minúsculo. Na sala ao lado há um sofá e duas poltronas, além de um vaso com flores frescas na mesinha de centro. *Dos amigos do hospital Mid-Surrey*, diz um cartãozinho ao lado. Apesar de todos os toques de consideração, o sofrimento e a perda parecem umidade saindo das paredes bege, sem graça.

Apenas duas pessoas podem ficar de cada vez com mamãe na UTI, por isso nós nos revezamos. Só a deixamos quando os médicos entram para fazer mais exames.

Papai está sentado no sofá com tia Julie e Sharon, enquanto eu ando de um lado para o outro, inquieta. Não fumo desde que estava na faculdade, mas agora estou louca por um cigarro.

– Vamos precisar fazer algum tipo de escala – diz ele, de repente. – Assim que Mary sair do hospital, passará por um período de convalescença. Eu posso ficar com ela por boa parte do tempo, mas não quero que se sinta entediada. Vamos precisar manter o ânimo dela com visitas, assim que ela tiver condições de receber pessoas.

Minha tia e eu trocamos um olhar. Minha coragem me abandona; não posso ser eu quem dirá a papai que mamãe não vai para casa.

– Tony – diz minha tia, com gentileza. – Acho que você precisa se preparar para o pior.

– Sei disso – responde papai. – Sei que Mary pode ficar um bom tempo nesse coma. E a Dra. Todd me disse que ela pode ter um déficit significativo quando acordar. Ela vai precisar de reabilitação, e mesmo assim talvez nunca volte a ser como antes. Sei de tudo isso. Mas vamos ajudá-la a superar.

Ele assente várias vezes, como se quisesse se convencer.

Sento-me ao lado dele.

– Papai, ela pode não acordar – digo.

– É claro que ela vai acordar. Só precisamos dar tempo.

Quando Naomi Todd volta e diz que mamãe está perto do fim, papai continua se recusando a aceitar. Tia Julie é que pede que o pároco da igreja católica dos meus pais, o padre Jonathan, venha dar a extrema-unção a mamãe.

Faz menos de quarenta e oito horas que mamãe chegou à emergência.

Papai não é o único que não consegue aceitar o que está acontecendo. Estou presa num chicote emocional: finalmente encontrei minha filha e estou perdendo minha mãe.

Estou desesperada para voltar para perto de Lottie, mas nem sei se ela ainda está no chalé. E não tenho como descobrir: Jack viajou numa missão para pesquisar fatos sobre a mudança climática no Alasca e só volta daqui a quatro dias, e não recebi nenhuma ligação de Quinn. Não posso telefonar para a polícia, que me descartaria como louca ou faria besteira indo falar com a mulher e fazendo-a fugir de novo no momento em que eles saíssem. Acho que nunca me senti tão impotente.

Os médicos suspendem a limitação de quantas pessoas podem ficar com mamãe, por isso, nos reunimos todos junto à cama. Lá fora está escuro. As enfermeiras reduzem as luzes e puxam as cortinas em volta da cama.

O padre Jonathan abre um pequeno frasco de óleo e unge a testa e as mãos de mamãe com o sinal da cruz.

– Por esta santa unção, que o Senhor, em seu amor e sua misericórdia, te ajude com a graça do Espírito Santo – murmura ele. – Que o Senhor, que te livra do pecado, te salve e te eleve.

Não sou religiosa. Enquanto mamãe buscava conforto e ajuda com um ser mais elevado, de joelhos na igreja, para mim o desaparecimento de Lottie era a prova final de que, se existia um deus, era um deus amargo, vingativo, que não merecia nossa atenção.

Mas há algo que acalma nas cadências suaves das orações do padre Jonathan, a fé tangível de mais de dois milênios que ele representa. É difícil não encontrar um consolo na crença dos outros, mesmo que a gente não possa se juntar a eles. Senti esse poder quando me casei com Luca na capela antiga da família de sua mãe na Sicília, caminhando por um corredor entre os bancos, alisado pela passagem de milhares de pés. Senti de novo dois anos depois, quando parei diante do mesmo altar, perto do caixão dele, enquanto o padre espalhava nuvens de incenso do turíbulo dourado em volta de nós. Uma calma estranha, como se eu tivesse me abandonado nas mãos de algo maior e incognoscível. Não era fé, exatamente. Estava mais para uma espécie de rendição.

Papai e eu ficamos de pé junto à cabeceira da cama de mamãe, um de cada lado, segurando as mãos dela.

As enfermeiras desligaram os monitores, de modo que não há nenhum bipe, nenhum alarme. O padre Jonathan e tia Julie flanqueiam os pés dela, com Sharon entre os dois. Mamãe está cercada por amor.

Não sei se ela tem consciência de nós, mas Naomi Todd nos disse que a audição é o último sentido a ir embora.

– Tudo bem – sussurro, me curvando perto do travesseiro dela. – Eu encontrei Lottie. Vou trazê-la para casa, prometo. Você pode ir agora. Eu cuido do papai.

Uma pequena lágrima aparece no canto do olho dela. Eu a enxugo e guardo o lenço, agora precioso, no meu bolso.

Sua respiração está tão fraca que mal percebo o peito subindo e descendo. Não acredito que minha mãe vai me deixar. Ela só tem 59 anos. Nunca verá Lottie voltar para casa. Nunca mais vai comemorar um Natal conosco.

Tento me lembrar da última conversa que tivemos, e não consigo. Deve ter sido sobre Lottie. Era sempre sobre Lottie. Não creio que eu tenha visto minha mãe, visto *de verdade*, desde o dia em que minha filha foi levada. Preciso pedir desculpas por isso...

Naomi Todd toca meu ombro gentilmente.

– Ela se foi, Alex.

Mamãe parece estar dormindo. No entanto, percebo instantaneamente que ela não está mais aqui. A essência dela, quem ela é, quem ela amava, se foi.

Papai aperta a mão de mamãe contra o rosto e encosta a cabeça no travesseiro ao lado da dela. Parece totalmente devastado.

– Venha, querida – diz tia Julie. – Deixe seu pai ter um tempinho a sós com ela.

– Alguém deveria contar a Harriet – peço.

– Daqui a um minuto – diz tia Julie.

Na sala de espera, Sharon põe uma caneca de chá quente na minha mão. Não sei por que estou tão abatida com isso. Eu me sinto estupefata. Tenho 31 anos. Faz muito tempo que não preciso da minha mãe. Não sei direito se ao menos me lembro de como respirar.

Tia Julie se senta ao meu lado e esfrega as minhas costas.

– Você está bem, querida. Você está bem.

– Alguém deveria contar a Harriet – repito.

– Quer que eu telefone para ela, por você?

Eu é que deveria contar à minha irmã, mas não confio em mim mesma.

– Eu te dou o número dela – digo.

– Eu tenho, querida. Ela me deu quando me encontrei com ela no aeroporto.

Minha mente está turva. Parece que nada faz sentido. Minha tia sai ao corredor para dar o telefonema. Aperto com as duas mãos a caneca de chá que está esfriando, e é só isso que me prende ao chão.

– Harriet vai sair de Shetlands amanhã de manhã – diz tia Julie ao voltar. – Ela vai dar os detalhes do voo assim que tiver.

– Quando? – pergunto.

– Quando o quê, querida?

– Quando você se encontrou com ela no aeroporto?

– No dia em que Lottie desapareceu – responde ela, com paciência. – Eu esbarrei com ela por acaso em Heathrow. Agora pare de se preocupar, querida. Vamos resolver as coisas.

Termino meu chá, apesar de ele estar frio. Tenho muitas coisas a fazer, mas meus pensamentos estão desconjuntados e fora de ordem. É como se cada um estivesse escrito num pedaço de papel que foi jogado de qualquer jeito para o alto.

Um homem parecido com meu pai se junta a nós na suíte da família. Está usando as roupas e os óculos de papai, mas esse homem está oco, vazio, é apenas uma casca de homem. Senta-se no sofá, as mãos pendendo inúteis entre os joelhos, e não suporto a dor de vê-lo encolhido e diminuído assim.

Não posso deixar meu pai desmoronar sobre si mesmo. Se eu não fizer alguma coisa, ele vai afundar sem deixar traços. Sou a única que posso restaurar o coração dessa família.

E fiz uma promessa à minha mãe.

Dois anos e vinte e cinco dias desde o desaparecimento

61
Quinn

A bebedeira de Quinn dura seis dias. Um recorde, até mesmo para ela. É jogada para fora do pub quando está tão bêbada que literalmente não consegue ficar de pé. O garoto atrás do balcão a carrega até a rua, empurra a ficha do AA na sua cara e diz para ela se virar. Por isso, ela para na loja de bebidas, a caminho de casa, e compra uma caixa de Jack Daniel's.

Já se virou.

Só fica sóbria quando esvazia todas as seis garrafas de uísque e não resta nenhum álcool em casa. Bebeu até a bosta do schnapps de hortelã que encontrou no armário embaixo da pia quando se mudou para o apartamento, há dois anos, depois da temporada em Washington.

Pelas manchas de hortelã na blusa, supõe que vomitou em si mesma em algum momento. Está usando as mesmas roupas há quase uma semana. Até ela pode sentir o fedor. Precisa se limpar, caso contrário não vão deixar que entre de novo na loja de bebidas.

Ela tira a roupa e entra no chuveiro, firmando-se contra os ladrilhos com a mão boa enquanto a água fria escorre pelas costas. Sua barriga está praticamente côncava, porque não comeu durante quase uma semana. A comida absorve o álcool, o que torna esse um modo ineficiente de se embebedar.

Quando está bêbada, ela fica sentimental. Quando está sentimental, liga para Marnie, que tem pena suficiente para atender aos telefonemas, apesar de fazer dois anos desde que romperam. Quinn acha que precisará fazer alguma limitação de danos quando estiver sóbria a ponto de ficar coerente. Assim, depois de vestir uma blusa e uns jeans limpos, procura o telefone no apartamento.

A bateria está descarregada, claro. Conecta o carregador e dá um minuto para as chamadas e SMS recentes carregarem, depois as examina, franzindo os olhos para ler a tela quebrada. Nenhum telefonema bêbado para Marnie, felizmente. Sua bateria deve ter morrido antes que ela tivesse a chance.

Mas há um recado de Alexa Martini, deixado há seis dias. Deveria apagá-lo. Aquela mulher é encrenca. Se abrir a porta de novo, vai cair de volta na toca do coelho. Vai perder o emprego.

Não vai apagá-la. Claro que não vai.

Ouve a mensagem.

Eu a encontrei. Sei onde ela está. Estou olhando a casa dela agora mesmo. Se você quer a porcaria da sua história, Quinn, me liga de volta.

Jesus, caralho.

Faz seis dias. Se Lottie Martini foi encontrada e *ela não estava lá*, Quinn vai cortar a porra dos pulsos.

Pega seu computador e liga, com a ressaca se dissipando enquanto a adrenalina completa o serviço que o chuveiro frio iniciou. Mas uma busca pelo nome de Lottie não revela nenhuma novidade na história das Martini desde que Alexa puxou o freio de emergência no metrô, há três semanas. Não há nada de novo na AP nem na Reuters, em lugar nenhum.

Seus batimentos cardíacos voltam ao normal. Alexa Martini está maluca ou tentando foder com sua cabeça. Nunca deveria ter se permitido ficar sóbria. Precisa de uma bebida.

Mas clica no site da INN, só para ter certeza.

Deus do céu!

Não acredita no que está lendo. Justo quando achava que o caso Lottie Martini não podia ficar mais complicado.

Quinn aperta o ícone de discagem rápida no celular.

62

Não vamos embora na manhã seguinte, como planejei. A criança está doente e com febre. Que tipo de mãe eu seria se a levasse agora, no frio e na chuva, e a arrastasse pela metade do país, de ônibus? A mulher que estava olhando a gente no café não voltou. A criança precisa de descanso, sono e muito líquido. Podemos ir embora daqui a um ou dois dias, quando ela estiver melhor.

Mas ela não melhora. Piora.

Ela sempre comeu com voracidade, mas agora não tem apetite. Está apática, enrolada no sofá, olhando com expressão vazia pela janela, para a praia cinza coberta de chuva, lá embaixo. Não quer que eu leia para ela, nem quer assistir à TV. Essa criança difícil, voluntariosa, está subitamente submissa e dócil, e isso me aterroriza.

Faço sua sopa de tomate predileta, mas ela toma uma colherada e empurra a tigela para longe. Seus olhos estão fundos no crânio, a pele pálida e pegajosa. Não acredito na transformação que ocorreu em apenas dois dias. Ela parece quase tuberculosa. Talvez seja gripe. Ela já esteve doente, antes, mas não assim, nunca assim. Nem tenho nenhum analgésico para baixar a temperatura e não posso deixá-la para ir ao povoado comprar. Só posso tentar mantê-la confortável.

Na manhã do quarto dia desde que ela ficou doente tenho dificuldade para acordá-la.

Ela grita quando abro a cortina, encolhendo-se por causa da luz.

Meu estômago afunda.

Levanto a blusa do pijama cor-de-rosa e noto a erupção cutânea no peito. Meu coração está na boca. Pego o copo vazio ao lado dela e aperto contra a erupção. As manchas não somem.

Meningite. Ela geme:

– Minha cabeça dói.

Será que posso me arriscar a levá-la ao hospital? Mesmo que eu dê um nome falso, vão fazer perguntas demais. Não haverá nenhum registro dela nos computadores. Eles vão querer interná-la e, a cada momento que ela passar no hospital, a chance de alguém a reconhecer aumentará.

Eu poderia deixar a menina lá. Poderia levá-la à emergência e simplesmente deixá-la.

Mas, se fizer isso, não poderei voltar. Vou perdê-la para sempre.

Vamos dar um jeito. Tenho um pouco de penicilina que comprei pela internet. Vou mantê-la ingerindo líquido e amassar um pouco de paracetamol numa colherada de geleia, para ajudar com a dor de cabeça. Se eu puder fazê-la comer alguma coisa, isso vai ajudar, mas o importante são os líquidos. E precisamos baixar a temperatura.

Dou-lhe um banho tépido – não frio, seria um choque grande demais para o corpo, esse é o erro que todo mundo comete – e gentilmente a ajudo a tirar o pijama. Ela me deixa lhe dar um banho de esponja sem reclamar, e então a tiro da banheira de novo e a enrolo numa toalha macia, fofa e branca.

Ela encosta a cabeça quente no meu ombro.

– Eu amo você, mamãe – *murmura.*

É a primeira vez que ela me diz isso.

63
Alex

Do meu esconderijo vejo Lottie correr pela praia, o cabelo louro balançando feito uma bandeira desbotada, atrás dela. Está fingindo que é um avião, ou talvez um pássaro: seus braços estão estendidos, abertos, enquanto ela finge subir e mergulhar acima da areia.

Ninguém está com ela. Ninguém a vigia.

A não ser eu.

Lottie para de repente, caindo com o traseiro gordo na areia como uma criança muito menor. Tira as sandálias e as joga no mar frio, cinzento, rindo com deleite enquanto a maré as carrega para longe rapidamente. Quando a observo, é difícil não sorrir. Mesmo com quase 6 anos, ainda é suficientemente nova para não se abalar com *devo* e *deveria*. É impulsiva, vivendo o momento, como eu lembro. Saltita alegre pela praia fria, com os pés descalços, a saia balançando molhada em volta dos tornozelos, e imagino brevemente em que idade paramos de saltitar e nos rendemos à disciplina sem graça de andar e correr.

Fico feliz por ela estar se divertindo tanto, porque sei que ficará amedrontada quando eu a pegar. Não posso evitar isso, mas vou garantir que a parte assustadora termine o mais rápido que eu puder.

Lottie chega mais perto da água, sem perceber minha presença quando saio das pedras atrás dela. Controlo o instinto de puxá-la de volta da beira d'água e dizer para ter cuidado, que a maré é mais forte do que parece. A vida é perigosa. Se ela ainda não sabe, saberá logo.

E a maior ameaça para ela não vem do mar. Vem de alguém como eu: uma pessoa estranha para ela, espreitando nas sombras.

Minha pulsação acelera quando saio de trás das pedras. Estou para atravessar um limite e pôr em ação uma sequência de acontecimentos dos quais não há como voltar.

No meu primeiro ano na Muysken Ritter, um dos sócios representava uma mulher francesa cujo filho tinha sido roubado do carrinho de bebê quando estava com 10 meses. Quatro anos depois, ele foi encontrado em Joanesburgo, sendo criado por um casal que o havia adotado, inocentemente, depois de ele ser traficado para a África do Sul. O supremo tribunal em Pretória decidiu que, para o menino, era melhor ficar com os únicos pais que ele havia conhecido. A mãe biológica ganhou a permissão de ver o filho uma vez por mês, e até mesmo essas visitas eram supervisionadas, para o caso de ela tentar sequestrá-lo de volta.

Há quatro dias, prometi à minha mãe agonizante que traria Lottie para casa. Não vou esperar a polícia agir, os tribunais se moverem lentamente para uma decisão que poderia dar meu bebê a outra mulher. Agora não me resta nada a perder.

Estou farta de seguir as regras.

É uma manhã límpida, ensolarada, e com um calor pouco característico para a estação, um daqueles raros dias de novembro que mais parece o início do outono. A praia está salpicada de pessoas passeando com cachorros e famílias do local aproveitando o sol aquoso. Esperei deliberadamente até o sábado para fazer isso, com esperança de que haja pessoas por perto, de modo que Lottie e eu possamos nos fundir com mais facilidade, mas tive mais sorte no que ousei sonhar. Opto por considerar que isso é um bom presságio. Um último presente da minha mãe.

Lottie levanta a cabeça e me vê. Hesita um segundo e leva um dedo aos lábios: *ssssh*.

Meu coração se revira. Ela se lembra de mim.

Ela não faz ideia de quem eu sou de verdade, claro. Para ela, sou só a moça do café, a que devolveu seu brinquedo. Mas quando a chamo, ela vem até mim, os olhos brilhando de curiosidade.

Minha filha, a um metro de distância.

Ela deveria saber que não deve ir tão facilmente até uma estranha, mas Lottie sempre foi uma daquelas crianças que gosta de quebrar as regras. Luto contra a ânsia de puxá-la para perto. Mais do que qualquer coisa, quero tocá-la, saber que ela está realmente ali, mas me controlo.

– Não trouxe o Squishmallow hoje? – pergunto.

– Na praia, não. Não quero que ele molhe de novo.

– Claro. Que boba que eu sou.

Ela ri.

– Eu tenho uma menininha da sua idade – digo. – Você não vai acreditar em quantos Squishmallows ela tem. E tem uma coisa ainda melhor.

– Ainda melhor?

– Ainda melhor!

– O quê?

Dou de ombros.

– Ah, você teria que ver.

– Você pode me mostrar?

– Poderia. Não fica muito longe – digo. – Mas acho que você não tem permissão.

Ela franze a testa, pensando. Depois leva os dedos aos lábios de novo, *ssssh*, os olhos dançando de malícia.

Sorrio e me viro como se fosse embora, sabendo que a curiosidade será sua ruína. Ela me alcança e segura minha mão, porque confia em mim.

A mão da minha filha na minha.

Caminhamos juntas à plena vista ao longo da praia, passando por dezenas de pessoas. Ninguém ao menos tenta nos impedir.

Não acredito que seja tão simples. Este é o momento de maior risco, o único período em que, apesar de todo o meu planejamento cuidadoso dos últimos dias, os eventos estão, em grande parte, fora do meu controle. Se alguém a vir comigo e nos questionar, tenho a desculpa preparada. Mas ninguém sequer percebe. Ficamos invisíveis por nossa própria aparência comum, Lottie e eu.

Ando um pouco mais depressa. O relógio já está correndo. Podem sentir falta da criança a qualquer momento. O tempo é fundamental.

Viro num caminho pedregoso que se afasta da praia. Lottie está descalça, mas não reclama. Mas está nos retardando enquanto pula, cuidadosamente, de um pé para o outro, por isso, eu a pego no colo e ela não protesta.

Minha filha no meu colo.

Ela franze a testa pela primeira vez quando abro a porta de trás do carro alugado. Eu não quis me arriscar a usar meu próprio veículo, para o caso de haver alguma câmera de circuito fechado que deixei de perceber, mas acho que consegui evitá-las. O documento que entreguei na locadora é obviamente falso. É chocante a velocidade com que se pode obter uma carteira de motorista e um passaporte falsos na internet. Graças a Simon Green e à Berkeley International, sei me virar muito bem na *dark web*.

– Cadê minha cadeirinha de carro? – pergunta ela.

– Você não é grande demais para isso? – pergunto de volta, se bem que, claro, ela não é. Ela responde satisfeita:

– Sou.

Não faz perguntas enquanto vamos até um hotel barato a apenas quarenta minutos do povoado de South Weald, a não ser um pedido para ir ao banheiro, que eu nego, já que estamos quase chegando. Deliberadamente escolho um lugar perto, para não deixá-la em pânico com uma viagem longa, mas ela não parece nem um pouco preocupada. Continuo olhando pelo retrovisor, incapaz de acreditar que ela está mesmo aqui. Ela está aqui comigo. Estamos fugindo. Isso não é um conto de fadas, não é minha imaginação: é real. Lottie é real.

Obrigo-me a me concentrar na estrada. Tive o cuidado de escolher uma rota com poucas câmeras de trânsito e nenhum pedágio. Não creio que a mulher que roubou meu bebê vá ser idiota a ponto de provocar um estardalhaço, mas tomei medidas para garantir que não sejamos encontradas, até ter certeza de que ela voltou para o mesmo buraco escuro de onde saiu. Não estou interessada em vingança, em castigá-la. Tenho minha filha de volta.

Dentro de alguns dias poderei levá-la de volta pra casa, em Londres. O modo como a encontrei não importará. Não é crime resgatar a própria filha.

O pesadelo está quase terminado.

64
Quinn

Ninguém mais faz a conexão, mas Quinn faz.
Um logotipo num suéter.
Uma criança desaparecida em Devon.
Eu a encontrei. Sei onde ela está. Estou olhando para a casa dela agora mesmo.
– Que porra você fez, Alex? – murmura Quinn, quando o telefonema para Alexa cai de novo na caixa postal.

Deixa outro recado e enfia o telefone no bolso dos jeans. Adoraria mergulhar de novo numa garrafa de Jack, mas isso não a ajudará a encontrar Alexa e Lottie Martini. Não trará a solução dessa história fodida, escrota, desgraçada. Precisa ir até o fim, e que se danem as consequências.

É melhor Quinn admitir: não é somente pela história. Ela sente uma paixonite feroz por Alexa Martini. A mulher é difícil, está ferida e totalmente fixada em chegar à verdade, e isso basta para fisgar Quinn. Alexa foi sujeitada ao tipo de assassinato de caráter que nenhum homem em seu lugar conseguiria suportar, e simplesmente continua indo em frente, sem se quebrar, nem se amedrontar, apontando dois dedos para o mundo: *Você é o estacionamento de trailers. Eu sou o tornado.*

Quinn joga as garrafas de uísque vazias na lixeira de recicláveis e limpa as poças de vômito no sofá e ao lado da cama. Faz uma careta lavando as manchas. Meu Deus, dessa vez ela realmente arrebentou a boca do balão.

Quando termina, faz uma tigela de mingau – a única comida no apartamento – e mói o resto dos grãos de café panamenho. Senta-se diante do computador, envolvendo o café desajeitadamente com a mão boa enquanto pensa.

Não tem ideia se Alexa Martini realmente encontrou a filha perdida há muito tempo ou se pirou de vez e pegou uma criança inocente na rua. A foto da criança desaparecida tem semelhança suficiente com Lottie a ponto de *poder* ser ela, mas é difícil ter certeza: as fotos mais recentes de Lottie estão desatualizadas em dois anos, e as crianças tão novas mudam depressa demais. Mas no momento isso realmente não importa. Sem dúvida *Alexa* acha que encontrou Lottie. Ela é uma mulher inteligente. Deve ter um plano. Sabe que não pode se esconder para sempre, então qual é o seu objetivo final?

Quinn se censura pela enésima vez por não ter atendido ao telefone seis dias atrás, quando Alexa ligou. Poderia tê-la convencido a não fazer isso. Ou pelo menos participar da história, em vez de correr atrás. Alexa pode estar em qualquer lugar, mas Quinn aposta que ela provavelmente continua no país.

Para onde você iria se estivesse fugindo com uma criança pequena?

Quinn pousa o café. Está olhando isso pelo ângulo errado. Tentar descobrir o hotel ou a pensão específica onde Alexa se entocou é o mesmo que procurar uma agulha num palheiro. Por experiência, sabe que encontrar alguém é como jogar tênis: você não mira onde a bola *está*, e sim onde ela *estará*.

Se Quinn estivesse no lugar de Alexa, quereria uma prova incontestável, de DNA, feita num centro de testes confiável, para levar adiante uma coisa dessas.

Se encontrar o laboratório, encontrará Alexa.

No Reino Unido existe apenas uma dúzia de centros de testagem de DNA com reputação, autorizados pelo governo. É uma pesquisa lenta, tediosa, mas é o tipo de ofício em que Quinn se especializou. Demora três dias e gasta 500 libras em subornos para funcionários mal pagos, mas acaba acertando o grande prêmio.

Como tudo o mais nessa história, a coisa vem com uma reviravolta mais fodida do que ela poderia imaginar.

65
Alex

A princípio, Lottie acha que é uma aventura. Fica empolgada quando digo que vamos fazer um jogo nos escondendo de todo mundo até que minha surpresa especial para ela esteja pronta. Digo que precisamos cortar seu cabelo louro lindo, característico. Em vez de ser contra, Lottie pergunta se ela mesma pode fazer. Entrego a tesoura e ela corta uma enorme mecha e a joga no chão, rindo.

– Quando a gente vai ver a surpresa? – pergunta.

– Logo.

Meu plano era ficar alguns dias no hotel e depois explicar a Lottie quem eu realmente sou, e levá-la para casa.

Porém, para meu choque, a mulher que se diz mãe de Lottie *vai* mesmo à polícia. Seu nome é Helen Birch e ela diz que adotou Lottie – ela a chama de Flora – na Polônia, dois anos atrás, quando a menina tinha 4 anos.

Não sei se ela está mentindo ou se, de algum modo, minha filha foi negociada por meio de um intermediário e Helen Birch é vítima, tanto quanto eu.

Isso muda tudo. Mesmo sabendo que poderia acontecer, em teoria, jamais pensei que a coisa chegaria a esse ponto.

A enormidade do que fiz me alcança pela primeira vez. Para o mundo, eu sequestrei uma criança inocente e a afastei de sua mãe. Eu me transformei no monstro dos meus próprios pesadelos. Não posso levar Lottie para casa até provar, sem qualquer dúvida, que ela é a minha filha.

Entro na internet e escolho um centro de testagem de DNA certificado pelo Ministério da Justiça, que segue regras rígidas para manter a cadeia de custódia, o que significa que os resultados são aprovados nos tribunais e aceitos pelas varas de família.

Embalo a escova de dentes que comprei para Lottie, junto com a minha, e mando para o laboratório, usando o gabinete de Jack como endereço de remetente. Devido a um acúmulo de serviço, o resultado vai demorar duas semanas, mas quero que sejam de domínio público. É o único modo de eu provar que estou dizendo a verdade.

Sigo obsessivamente cada novidade sobre o assunto, esperando até Lottie dormir, antes de entrar na internet e percorrer os sites de notícias e as redes sociais. A polícia mostra Helen Birch na televisão, e ela não se sai muito bem. Não demora muito para a imprensa cair em cima dela, como fez comigo.

Parte de mim sente pena dela. Sei como é a gente se culpar. Sei como é dizer a si mesma que você só afastou os olhos da criança por um segundo, que isso poderia ter acontecido com qualquer um, mesmo sabendo que não é verdade. Não acontece com qualquer um, aconteceu com você porque *você* olhou para o outro lado.

Mas do meu lado a coisa não está tão fácil, também. À medida que a novidade da nossa aventura se esvai, Lottie começa a se revoltar contra minhas regras, mesmo quando explico que é para o seu bem. Não me arrisco a levá-la para fora, a não ser quando sou obrigada a arranjar comida. Ela dá mais trabalho do que eu esperava, e acho mais difícil estabelecer uma ligação com ela do que esperava. Estressada e confusa, perco rapidamente a paciência com ela.

– Cadê minha mamãe? – pergunta ela, com frequência cada vez maior.

Meu coração se racha. Sei que é cedo demais, que ela ainda não está preparada para que eu diga a verdade, mas no fim não consigo evitar.

– Eu sou a sua mamãe – digo.

Ela tem um ataque de fúria, chutando e mordendo. Logo minhas pernas estão cobertas de hematomas e eu entrego meu iPad a ela para que se acalme. Ela se conecta no YouTube e assiste a vídeos do Minecraft durante horas sem fim. Antigamente ela não gostava de assistir à TV. Sempre tinha energia demais para ficar parada para qualquer coisa.

Isso me faz perceber de novo o quanto perdi, o quanto me foi roubado. A criança que eu conhecia se foi. Esta menina parece uma estranha para mim.

Nada disso está acontecendo como achei que seria. Eu esperava que Lottie ficasse chateada a princípio, mas sem dúvida nesse ponto ela percebe que estou fazendo isso por ela, não é? Sei que é idiotice esperar que ela se lembre de mim, mas é dolorido ela não ver o quanto eu a amo.

Sua preciosa "mamãe" não foi nenhum tipo de mãe verdadeira para ela. Eu as observei juntas por vários dias antes de finalmente agir. Helen Birch não prestava atenção a Lottie, deixando-a brincar sozinha na praia durante horas seguidas. Duvido que ao menos sinta sua falta, agora que ela se foi.

Ao passo que eu provei minha dedicação. Arrisquei tudo por ela.

Mas Lottie não facilita as coisas. É carrancuda e grosseira, e tem um chilique sempre que não consegue o que quer. Fica se comportando como a menininha de 3 anos que era quando foi tirada de mim, e não como uma criança de quase 6. E imagino se, ao pegá-la, eu a fiz regredir. Ela parece bem cuidada, mas não faço ideia do que ela passou nos últimos dois anos. E nós duas estamos sofrendo por causa do confinamento, presas dentro das mesmas paredes dia após dia.

Por isso, tento fazer concessões, mas quando dou um dedo, ela exige a mão inteira. Sinto que estou fracassando outra vez. Nunca fui uma mãe hábil, antes. Era Luca quem cuidava de Lottie. Estou construindo um avião em pleno voo.

Agora percebo que criei uma imagem rósea da minha filha, uma imagem que está disputando com a dura realidade. Digo a mim mesma que isso é *bom*. Que isso é ser mãe e que desta vez não vou fugir da tarefa.

Jack e Quinn ficam telefonando, mas deixo cair na caixa postal. Os dois são inteligentes a ponto de terem feito a conexão entre mim e uma criança desaparecida em South Weald. Estou contando com a lealdade deles – lealdade comigo, com a história – para não irem à polícia até que eu tenha a chance de me explicar. Por enquanto, preciso mantê-los afastados.

Mas mantenho contato constante com papai. Ele me quer em casa, mas eu disse que preciso de um tempo sozinha para processar a morte de mamãe. Harriet está com ele. É hora de ela fazer sua parte. Ele insistiu numa autópsia, porque ainda se recusa a acreditar que não houvesse nada que pudesse ser feito para salvar mamãe. E ainda que isso me parta o coração, acaba me dando tempo, porque o enterro só pode acontecer depois. Lottie e eu teremos voltado para casa antes disso, assim que passar a agitação e eu tiver os resultados do DNA.

Mas a agitação não termina.

O nome de Flora Birch está nos lábios de todo mundo. Vejo sua foto em toda parte. Vou com Lottie para uma pensão numa área precária de

Barnstaple e pago em dinheiro vivo. Nosso quarto tem cheiro de umidade e mofo, e Lottie reclama porque os lençóis parecem pegajosos. Ela é briguenta e vive reclamando, e está constantemente, *constantemente* com fome.

Percebo que cometi um erro: nós nos destacamos como dedos machucados nessa parte ruim da cidade, com os cabelos limpos e o rosto branco. Precisamos nos fundir com pessoas parecidas conosco.

Vamos para o norte até Manchester e alugo um quarto num hotel elegante em Didsbury. Ninguém olha duas vezes para nós, mas Lottie está inquieta e entediada, trancada no quarto o tempo todo. Eu a levo a alguns passeios de um dia ao redor da cidade, arriscando-me às multidões e ao anonimato do trem, mas não é suficiente. Para isso funcionar, ela precisa sair ao ar livre todo dia, para algum lugar onde possa correr e brincar. Está começando a parecer doente.

Por isso, eu a levo até Anglesey e alugo um chalé perto de Traeth Mawr, no litoral, no meio de lugar nenhum, pagando três meses adiantados, em dinheiro vivo. O rapaz magricelo na imobiliária nem pede um documento de identidade. Está ocupado demais contando dinheiro.

Lottie parece um pouco mais feliz aqui, mas faz muito tempo que não tem com quem brincar. Exige atenção constante, entretenimento constante. Fico preocupada com a possibilidade de ela ter sofrido algum dano irrecuperável devido a tudo que lhe aconteceu.

Fico preocupada com a possibilidade de ter piorado tudo.

Depois de dez dias juntas, ela finalmente se acostumou comigo – até me chama de mamãe. Mas há um medo em seus olhos, uma cautela que nenhuma criança deveria ter. Há algo de errado entre nós e, apesar dos meus maiores esforços, a coisa cresce a cada dia que passa. Quero mostrar que confio nela, por isso a deixo brincar na praia abaixo do chalé, sem mim, e às vezes a levo a um café no povoado, onde ela faz amizade com o cachorro do dono.

Porém, um dia, uma mulher nos olha com intensidade demais no café, e tenho certeza de que a vejo nos vigiando mais tarde, quando estamos voltando para casa.

Decido que vamos de carro para a Escócia pela manhã. Conheço bem Edimburgo. Será fácil nos perdermos lá. Falta só uma semana, mais ou menos, até os resultados do teste de DNA chegarem. Então, Quinn poderá publicar a matéria e será seguro eu levar Lottie para casa. Ninguém vai tirar minha filha de novo.

Só que ela não melhora. Ela piora.

**Dois anos e
trinta e cinco dias desde
o desaparecimento**

66
Alex

Quando Lottie diz que me ama, é como se um balde de água gelada fosse jogado em cima de mim, me deixando sóbria num instante.

O que importa se eu for presa? Prefiro deixar que o tribunal devolva Lottie a Helen Birch e perdê-la para sempre a permitir que algo aconteça com ela. Não importa se vão me jogar na cadeia. Só importa salvar minha filha.

Estamos a menos de quarenta minutos do hospital em Bangor, mas são os quarenta minutos mais longos da minha vida.

Não acredito na rapidez com que Lottie piora. Ela tem estado apática e com febre há vários dias, mas na última hora sua febre disparou até 41 graus. Enquanto prendo seu cinto no carro, ela vomita uma bile escura, verde-alga, que me enche de terror. Sua pele pálida tem um tom doentio, que dá a ela uma luminescência fantasmagórica, e o cabelo louro e curto está grudado no crânio com o suor. Ela não suporta a claridade do dia, por isso, eu a envolvo num cobertor e dirijo o mais rápido que ouso.

O que eu estava *pensando*, dando penicilina vencida e paracetamol esmagado para a minha filha? Ela precisa de cuidados de quem sabe – antibióticos especializados, soro intravenoso, oxigênio, esteroides – e não banhos tépidos! Eu jamais deveria ter demorado tanto tempo para procurar ajuda. Eu *sei* como a meningite funciona: uma criança do grupo de brincadeiras de Lottie quase morreu com isso. Uma professora reconheceu os sinais e chamou uma ambulância. Seu pensamento rápido salvou a vida do menininho, mas a septicemia devastou o corpinho e lhe custou os dois pés. Se minha demora roubar os membros de Lottie, se alguma coisa acontecer com ela – que Deus não permita –, nunca poderei me perdoar.

Faltam apenas alguns minutos para chegar ao hospital quando verifico Lottie pelo retrovisor e a vejo ficar subitamente rígida, o corpo endurecendo como uma marionete. Então ela começa a se sacudir, batendo-se contra o carro. Percebo que ela está tendo uma convulsão.

Agora cada segundo conta.

Passo para a pista contrária, com a mão na buzina, o pé no fundo do acelerador. Minha urgência deve estar evidente: os carros vão para o acostamento nas duas direções, me deixando passar. Entro direto na baia de ambulâncias do lado de fora da emergência, ignorando a pintura amarela que diz para não parar ali, e pulo do carro, abrindo a porta do banco de trás.

– Minha filha está tendo uma convulsão! – grito enquanto um paramédico pula de uma ambulância estacionada e corre para mim.

Solto o cinto de Lottie e a tiro do carro. Fico chocada ao ver como ela parece subitamente leve.

– Acho que é meningite – digo, com o pânico me tirando o fôlego. – A temperatura é de 41 graus e ela está com uma erupção roxa estranha no peito todo.

O paramédico levanta a manga do suéter dela.

– Espalhou para os braços – diz ele. Enquanto olhamos, mais pontos aparecem na parte interna dos pulsos, a erupção se espalhando literalmente diante dos nossos olhos.

– Ela está queimando – diz o paramédico, tirando-a dos meus braços. – A senhora fez bem, trazendo-a tão depressa.

Ele já está entrando na emergência e eu corro para acompanhá-lo. Lottie está frouxa nos braços dele, os olhos se revirando para trás. Há um súbito furacão de atividade enquanto o pessoal médico, usando jalecos, converge para nós vindo de todas as direções. O paramédico transfere Lottie para uma maca e um médico já está batendo na parte de dentro do seu antebraço para inserir um tubo intravenoso enquanto ela é empurrada por um corredor, passando por uma porta dupla deslizante.

Tento ir atrás dela, mas o paramédico põe a mão no meu ombro, me fazendo parar.

– Não pode ir lá, querida – diz ele. – Tente não se preocupar. Ela está em boas mãos. As melhores que existem. Alguém levará você até ela assim que o quadro se estabilizar.

Quando ele volta à baia da ambulância, a porta se abre de novo com um chiado e uma enfermeira com roupa hospitalar amarelo-prímula aparece, segurando um tablet.

– Você é a mãe?

– Sou. Ela vai ficar bem?

– Ela está em mãos excelentes. – A enfermeira olha para a tela. – Só preciso anotar alguns detalhes. Qual é o nome da sua filha?

Hesito apenas brevemente.

– Charlotte. Lottie.

– Sobrenome?

Há uma comoção súbita atrás de nós: gritos de socorro, choro, pés correndo.

Som de vidro quebrando, cadeiras sendo viradas.

Uma briga começou na sala de espera. Dois homens de vinte e poucos anos estão trocando socos agressivamente, ambos já sangrando com lábios partidos e narizes quebrados. Cada um é apoiado por dois ou três amigos, alguns também feridos, todos gritando palavrões e encorajamentos. Duas mulheres jovens usando brincos de argola de ouro, idênticos, saltos altos e jeans justos estão tentando acalmá-los, sem resultado.

De repente, soa um alarme ensurdecedor, interrompendo todas as conversas. Dois seguranças corpulentos entram no meio da confusão, separando os rapazes à força.

– Desculpe por isso – grita a enfermeira acima do estardalhaço. – Alarme de segurança. Acontece o tempo todo. Pode repetir o sobrenome da sua filha?

Eu poderia mentir. Usar o nome e a data de nascimento do documento falso, inventar um endereço. Nesse caso, talvez isso passasse despercebido. Por enquanto. Mas cedo ou tarde o hospital vai descobrir que a criança com nome fictício que eu dei não tem registros médicos, e que não há número de seguro saúde nacional ligado à sua data de nascimento. Estou cansada de fugir. Lottie é *minha* filha. O teste de DNA vai provar. Por que eu precisaria escondê-lo?

O alarme para abruptamente.

– Martini – digo, com a voz alta no silêncio súbito.

A enfermeira nem levanta os olhos. Se o nome de Lottie significa alguma coisa para ela, a mulher não dá sinal.

– Alguma alergia? – pergunta. – A penicilina, alguma coisa assim?

– Não – respondo. – Nenhuma alergia.

Ela pergunta detalhes das vacinações de Lottie, há quanto tempo ela está doente, quando comeu pela última vez. Ela visitou alguma fazenda nas últimas duas semanas? Foi exposta a alguma substância química? Viajou à África subsaariana?

Respondo a cada pergunta, tentando esconder a frustração cada vez maior.

– Quando posso ver minha filha? – pergunto finalmente.

– O médico virá logo dar as informações.

Por fim, a ordem foi restaurada na sala de espera e os dois rapazes estão sentados em lados opostos, olhando-se com raiva. Sento-me na cadeira sugerida pela enfermeira, mas logo estou de pé outra vez, andando de um lado para o outro no corredor. Minha menininha está lutando pela vida lá dentro e eu não faço ideia do que está acontecendo.

Meu celular toca.

– Nada de telefones aqui – diz a recepcionista do outro lado da sala.

Pego o celular para silenciá-lo. O nome de Quinn está na tela. É uma mensagem de texto.

Apenas algumas palavras estão visíveis: ME LIGUE O QUANTO ANTES! FLORA...

Mas antes que eu possa olhar a mensagem inteira ouço alguém chamar meu nome.

Dois policiais uniformizados vêm na minha direção. Na frente deles está a enfermeira com roupa hospitalar amarela que anotou os detalhes de Lottie.

Então ela *reconheceu* o nome, afinal.

– Sra. Martini? – repete um dos policiais. – Gostaríamos de trocar uma palavrinha.

E então leio a mensagem de Quinn.

Dois anos e trinta e nove dias desde o desaparecimento

THE SATURDAY MORNING EXPRESS

Sábado, 27 de novembro de 2021. Transcrição/p.2

Apresentadora: Jess Symonds

Convidada: Zealy Cardinal

JESS: Eu acho... e nem preciso dizer que nosso coração está com as duas mulheres e que isso é realmente triste, eu sinto pelas duas, mas ao mesmo tempo temos leis, há motivos para os procedimentos serem seguidos.

ZEALY: É realmente triste, sim.

JESS: Como a melhor amiga de Alexa Martini, você deve estar devastada, por ela.

ZEALY: Sim, todos estamos.

JESS: Você fez parte dos chamados "apóstolos", não foi? Na verdade, você esteve na última ceia, na noite antes de Lottie desaparecer.

ZEALY: Eu gostaria que as pessoas não nos chamassem assim.

JESS: Para que nossos espectadores saibam, os outros apóstolos naquele jantar foram seu meio-irmão, Marc Chapman, e a noiva dele, Sian, os pais dela, Penny e David Williams, e o pai de Marc, Eric Chapman, além dos pais de uma das pequenas damas de honra, Felicity e Jonathan Everett. Ian Dutton também estava lá — bom, todos nós sabemos sobre ele. E as últimas duas pessoas no jantar foram Catherine Lord, madrinha de Sian, e Paul Harding, com quem Catherine se casou mais tarde, está certo?

ZEALY: Está.

JESS: E que depois disso foi acusado de abuso contra crianças.

ZEALY: Sim.

JESS: Falou-se muito sobre você e os outros apóstolos no correr dos anos, não foi? Houve muita especulação. Pode me dizer, Zealy, como é ter o dedo da suspeita apontado contra você?

ZEALY: Nada se compara com o que Alex passou.

JESS: Você pode dizer por que está se manifestando agora?

ZEALY: Porque alguém precisa colocar as coisas nos devidos lugares. É fácil julgar Alex, mas o que ela passou… ela foi incrivelmente… é o pior pesadelo de uma mãe, nenhum de nós sabe o que faria no lugar dela.

JESS: Mas é o mesmo pesadelo que ela infligiu a outra mãe, não foi?

[pausa longa]

JESS: Helen Birch.

ZEALY: Lamento pela sra. Birch, também.

JESS: O sequestro de Flora está no noticiário há semanas, não é? Até o primeiro-ministro falou dela numa entrevista, um dia desses. Sendo uma pessoa negra, isso deixa você com raiva?

ZEALY: O quê?

JESS: Ver outra criança branca receber toda essa atenção, todos esses recursos.

ZEALY: Não, claro que eu não…

JESS: Você acha que, se Flora Birch fosse negra, o primeiro-ministro apelaria pela volta dela em segurança?

ZEALY: O que eu acho é que você não se importa nem um pouco com isso. Está jogando a coisa da raça para melhorar a audiência.

JESS: O que Alexa Martini fez foi imperdoável, não foi?

ZEALY: A polícia não estava fazendo nada…

JESS: Está dizendo que você apoia a decisão de Martini dar uma de sequestradora?

ZEALY: Ela não é sequestradora!

JESS: Se Alexa achava mesmo que Flora Birch era a filha dela, poderia ter procurado a polícia.

ZEALY: Ela procurou a polícia quando viu Lottie no metrô e a polícia não fez nada.

JESS: Mas foi Flora que ela viu no trem, com a babá, e não Lottie.

ZEALY: É, mas Alex não sabia disso.

JESS: Então, você acha que ela não tinha intenção de fazer mal, só estava iludida?

ZEALY: [pausa] Ela achou que a menina era Lottie. As duas são muito parecidas...

JESS: Mas os testes de DNA provaram que a criança não era a filha dela. Se Alexa Martini tivesse deixado a polícia fazer o trabalho, teria poupado dez dias de inferno para Helen Birch, não é?

ZEALY: A mãe de Alex tinha acabado de morrer. Ela estava desesperada, não estava pensando direito...

JESS: Então, você está dizendo que ela é mentalmente instável?

ZEALY: Não, eu não disse isso.

JESS: Flora quase morreu.

ZEALY: E assim que percebeu que Lottie — Flora — estava doente, Alex a levou ao hospital. Ela jamais colocaria a vida da criança em perigo.

JESS: Você diria que Alexa Martini é uma boa mãe?

ZEALY: Claro!

JESS: Você acha que uma boa mãe deixa a filha largada num carro quente?

ZEALY: Ela cometeu um erro. Estava trabalhando demais, ela...

JESS: Você acha que uma boa mãe faz sexo com um estranho em vez de vigiar a filha?

ZEALY: Você está distorcendo tudo. Mesmo que Alex fosse uma mãe terrível, ela não merecia que sua filha fosse roubada! Ela não fez nada de errado!

JESS: Ela sequestrou uma criança.

ZEALY: Não foi isso que eu quis...

JESS: Muita gente acha que Alexa não devia ter tido permissão de sair sob fiança, depois do que fez. Você acha que ela recebeu tratamento especial, por causa de quem ela é?

ZEALY: Deixá-la na prisão ajudaria a alguém de que modo?

JESS: Isso é questão para um júri decidir.

ZEALY: Depois de tudo que ela passou, sem dúvida Alexa merece alguma compaixão, não é? Helen Birch teve a filha de volta, mas a filha de Alex ainda está desaparecida. Você pode imaginar o que ela está sentindo neste momento?

JESS: Você acredita que Lottie Martini ainda está viva?

ZEALY: Acho que Alex nunca vai parar de procurá-la.

JESS: Não é hora, como amiga dela, de você puxá-la de lado e dizer a ela que pare?

[silêncio]

ZEALY: Você acha que ela deveria parar, Zealy?

[pausa longa]

ZEALY: Se fosse sua filha, você pararia?

67
Alex

Minhas mãos estão tremendo de nervosismo. Eu as enfio embaixo das coxas e respiro lentamente, para me firmar. Não acredito que ela tenha concordado em me ver. Em seu lugar, eu jamais perdoaria.

Vamos nos encontrar no escritório do meu advogado, Jeremy, por insistência dele. A polícia deixou claro que pretende entregar minha pasta ao Serviço de Promotoria da Coroa, com uma recomendação para apresentar a queixa. *Segundo a Lei de Sequestro Infantil de 1984, é crime uma pessoa tomar ou deter uma criança com menos de dezesseis anos para retirá-la do controle legítimo de qualquer pessoa que tenha seu controle legítimo, ou para mantê-la fora do controle legítimo de qualquer pessoa que tenha o direito ao seu controle legítimo sem autoridade legal ou motivo razoável.*

Não tenho ideia se a promotoria decidirá me processar, mas Jeremy parece achar que existe uma boa chance de isso acontecer. Há muita pressão pública para jogar a lei em cima de mim, como exemplo para outras pessoas que resolvam fazer justiça com as próprias mãos caso achem que descobriram seus filhos sequestrados. Porque há muitos de nós por aí.

Há uma batida fraca à porta.

– Está preparada? – pergunta Jeremy.

Fico de pé, enxugando as palmas das mãos na saia.

Helen Birch é mais nova do que eu lembrava. Quando a vi no café, supus que ela teria cinquenta e poucos anos, mas agora dá para ver que ela é uma década mais nova do que isso. Tem cintura grossa e pernas curtas, seios caídos. Sua melhor característica, sem dúvida, são os espantosos olhos verde-folha, cercados por cílios longos e escuros. Eu os teria notado antes, mas na verdade só estava prestando atenção em Lottie.

Em Flora.

Helen estende uma das mãos e em seguida a recolhe.

– Desculpe – diz.

Não sei se ela está falando sobre o gesto ou a situação incômoda em que estamos.

– Por favor, gostaria de se sentar? – pergunta Jeremy, indicando as duas poltronas do outro lado da sua mesa. – Posso servir um chá às senhoras?

Jeremy não tem mais de 35 anos, mas, pelos seus modos, seria de se pensar que ele tem setenta.

– Obrigada – diz Helen.

Ele sai da sala para pegar o chá, deixando nós duas brevemente sozinhas. Helen ainda não se senta.

– Como ela está? – pergunto, incapaz de me conter.

– Flora está muito melhor, obrigada – responde Helen. – Os médicos disseram que ela pode voltar para casa amanhã.

A ênfase no nome da sua filha é sutil, mas inconfundível.

– Obrigada por concordar em me ver – digo. – Eu não a culparia se você...

– Por que estou aqui?

Seu tom não é particularmente hostil, mas aqueles olhos verdes estão frios.

Não tenho ideia do que dizer. Essa reunião foi sugestão de Jeremy: ele diz que a promotoria terá menos probabilidade de abrir um processo agressivamente se Helen não estiver exigindo justiça retributiva a plenos pulmões. Ela não tem motivo para ser simpática à minha causa. E, por mim, não me importo muito se vou para a prisão ou não.

Mas se eu estiver atrás das grades, ninguém procurará Lottie. A polícia metropolitana deixou claro que, quando as verbas atuais acabarem, não pedirá mais. Para eles, este é um caso sem solução. E a Fundação Lottie está fatalmente comprometida: os golpes da prisão de Paul Harding, e agora a minha, fizeram nossos doadores desaparecerem. Até Jack foi obrigado a se distanciar de nós em público, ainda que seu apoio privado seja o único motivo para eu ao menos ter saído sob fiança.

– Preciso pedir desculpas pessoalmente – digo, enfim, a Helen. – Sei que isso nem de longe compensa o que fiz você passar. Mas eu só precisava olhar você nos olhos e dizer como lamento.

Helen não diz nada. Mas quando Jeremy volta com o chá, carregando uma bandeja com xícaras e pires de louça antiquada com estampa floral, ela se senta.

– Eu tinha tanta *certeza*! – digo. – Agora vejo que ela não é Lottie; os olhos nem são da cor certa. Mas na ocasião olhei para ela e realmente *vi* minha filha.

Não era só que Flora lembrasse uma menininha que podia ser minha filha. Eu vi *Lottie*. Tinha tanta certeza quanto tenho da gravidade, do chão sob os pés. No entanto, menti para mim mesma. Sou a narradora pouco confiável da minha história. E, se menti sobre isso, nada que eu diga pode ser digno de crédito.

– Eu tinha tanta certeza! – repito. – E então minha mãe morreu e eu tinha prometido trazer Lottie para casa. Não estou pedindo simpatia. Só queria explicar. Nunca pretendi fazer mal a você, ou a Flora. Eu achei que estava *resgatando* minha filha.

Há um longo silêncio. Olho para as minhas mãos. Fiz exatamente o que disse que não faria: pedi sua simpatia.

– Não preciso dizer o que você fez comigo – diz Helen, contendo a emoção com esforço visível. – Quando fui à praia e ela não estava lá. O terror. O pânico. Senti que estava me afogando. A pressão no peito... – Ela hesita e se contém. – Não preciso dizer a você.

– Sinto tanto...

– Todas aquelas noites em que não pude dormir. Quando estava imaginando o que aconteceu com Flora, quem podia tê-la levado. Os *homens*. – Ela para de novo, lembrando-se de com quem está falando. – Rezei para que ela tivesse sido levada por alguém como você. Uma mulher que tivesse perdido a filha e precisasse da minha. Alguém que cuidasse dela. Que a amasse, até. Rezei e prometi a Deus: se Flora me fosse devolvida em segurança, eu não pediria mais nada: *Só a traga de volta para mim*. Esse foi o trato que eu fiz.

Minha garganta se fecha. Eu fiz os mesmos pedidos, as mesmas promessas.

Os nós dos dedos de Helen ficam brancos quando suas mãos se retorcem no colo, e eu sei o quanto isso está lhe custando.

– Prometi que aceitaria o presente da minha filha e deixaria todo o resto de lado – diz ela. – Prometi que não buscaria vingança, nem castigo. Não importando quem a tivesse levado, se eu a recebesse de volta em segurança, perdoaria. E então um milagre aconteceu. – Sua voz fica subitamente cheia de um espanto reverente. – Flora voltou.

Nós duas sabemos que ela está certa: *é* um milagre. A polícia deve ter mantido uma fachada de otimismo enquanto procurava Flora, mas Helen certamente encontrou a verdade no Google, como eu, e descobriu que, depois dos primeiros três dias, apenas uma em cada vinte crianças que desaparece é encontrada viva. Os assassinos e pedófilos geralmente matam as vítimas muito antes disso. E, das crianças que são recuperadas, quase todas são fugitivas ou foram sequestradas por pessoas da família em disputas de custódia. Depois de dez dias, as chances de uma criança levada por um estranho ser devolvida em segurança são muito remotas.

Depois de dois anos?

– Você foi o meu milagre – diz Helen. – Você foi meu pesadelo, e depois foi meu milagre.

Minha filha está desaparecida há setecentos e setenta dias. Não houve nenhum avistamento verificável dela, nenhum traço, em todo esse tempo. Agora sei que não vi Lottie no metrô, afinal de contas. A minúscula chama de esperança que abriguei nas últimas cinco semanas não tem oxigênio para alimentá-la. Voltamos ao ponto de partida.

No fundo do coração, sei que minha filha deve estar morta. Mas se Lottie ainda estiver viva, *se*, minha prece é para que ela tenha sido levada por uma mulher como eu. Uma mulher iludida, sofrida, que acredita que minha menina é dela e a esteja mantendo em segurança. Rezo para Lottie ter me esquecido e achar que essa mulher é sua mamãe. Rezo para que ela seja amada, que esteja quentinha e feliz.

Helen se levanta.

– Espero que você encontre sua filha – diz ela. – Rezo a Deus para que ela volte para você, como Flora voltou para mim. E, se isso acontecer, você precisa ser generosa, como estou sendo, Alexa. Precisa abrir mão do ódio e da raiva. Precisa *perdoar*. Esse é o trato que você fez com o universo.

E como eu faria qualquer coisa, como concordaria com qualquer coisa para ter Lottie em casa, digo que sim.

Dois anos e quarenta e um dias desde o desaparecimento

68
Alex

Este não é o enterro que minha mãe merece. Eu roubei os últimos dois anos da vida dela quando perdi sua neta, e agora estou roubando a despedida digna e pública que ela teria.

É impossível fazer o serviço fúnebre na paróquia dos meus pais, como mamãe queria, por causa da mídia feroz me cercando depois da prisão, seis dias atrás. Assim, somos obrigados a nos despedir numa capela pequena, privada, no terreno de um mosteiro beneditino próximo, cujas paredes altas e os campos ondulados mantêm a imprensa longe. Precisamos limitar a cerimônia a apenas alguns familiares e amigos íntimos, que é tudo que pode caber na igreja minúscula.

Pela segunda vez em três anos olho o rosto frio, imóvel, de uma pessoa querida que morreu, apoiado em cetim e carvalho. Se existe um deus, ele não é o meu deus.

Papai se vira para mim, como sempre, em busca de apoio. Seguro seu braço e o ajudo a ir até um banco na frente da capela. Passo o braço em volta do seu ombro quando ele soluça, sofrido e desolado, enquanto o padre Jonathan pede para celebrarmos a vida da minha mãe. Minha voz sai clara quando faço a leitura escolhida por tia Julie: *Na minha casa existem muitas mansões: se não fosse assim, eu teria dito a vocês.*

Mas não consigo chorar. Não consigo sentir. Meu coração é de pedra. A brasa tremeluzente de esperança por Lottie, que me sustentou, não passa de cinza na minha alma.

Quando o breve serviço termina, nós nos derramamos na fria tarde de novembro. Os carregadores colocam o caixão de mamãe no carro funerário para a curta viagem até o cemitério a alguns quilômetros daqui. São apenas 14h30, mas o sol pálido já pende baixo no céu cinzento.

Fico surpresa ao encontrar Jack me esperando no caminho de cascalho atrás da capela, parado sob um cedro antigo para se proteger da garoa. Está usando um casaco de lã elegante, preto e grosso, mas a barba está crescida e ele parece alguém que não vê a própria cama há dois dias.

Meu coração gelado se anima ao vê-lo em todo o seu desalinho caótico.

Há algo reconfortante em sua dureza gasta, usada, e preciso resistir à tentação de baixar seu colarinho torto, ajeitar a gravata.

– Foi um serviço lindo – diz Jack. – Ela teria muito orgulho de você.

– Não percebi que você estava aqui.

– Fiquei no fundo. Não queria me intrometer.

– Foi gentileza sua vir.

Por baixo das amenidades está acontecendo um diálogo mais profundo. Jack solta o ar, sua respiração é um sopro branco levado pelo ar frio. Ela roça minha pele, quente, como um beijo. Ele sorri e eu sinto o calor se espalhar até os ossos.

Harriet me chama do outro lado do estacionamento.

– A gente deveria ir – diz ela. – Papai e tia Julie estão esperando no carro.

– Um minuto – respondo.

– Você deveria ir ficar com sua família – diz Jack. – Eu só queria que você soubesse que a promotoria não vai levar o processo adiante. Ainda não é oficial; precisamos esperar que o interesse público diminua. Mas, se você concordar em se consultar com um terapeuta durante alguns meses, eles não farão a acusação.

Por um momento acho difícil falar. Jack deve ter cobrado uma dúzia de favores para que isso acontecesse.

– Obrigada.

– Não me agradeça. A mãe de Flora fez um lobby muito forte a seu favor. – Ele hesita. – Alex, sinto muito porque não estava perto quando você precisou. Se eu tivesse lido suas mensagens quando você viu Flora pela primeira vez...

– Não faria nenhuma diferença.

– Você sabe que não é verdade.

– Não importa, Jack. Você não tem culpa de nada disso.

– Eu estava procurando Amira – diz Jack abruptamente. – Minha mulher. Eu me lembro de quem ela é.

– Demorei alguns dias para encontrar. Não a vi durante mais de seis anos. E não queria que a mídia ficasse sabendo, por isso saí de cena por um tempo.

– Não precisa explicar...

– Eu pedi o divórcio a ela, Alex. Agora ela tem a cidadania. Não precisa mais de mim.

Sua respiração se mistura com a minha no ar frio.

– Você não precisa me salvar, Jack.

– Talvez seja eu que precise ser salvo. – Ele espana uma folha caída no meu ombro. – Verei você quando você voltar a Londres.

É uma promessa. Um fio frágil para o futuro.

Harriet estica o pescoço quando entro no carro, e o cortejo começa a se mover.

– Quem é aquele? – pergunta ela, olhando Jack se afastar bamboleando.

– Você não conhece – respondo.

Minha irmã troca um olhar com tia Julie. Há um ar de cumplicidade entre elas, e sei que estiveram falando sobre mim.

Estremeço, como se alguém tivesse andado em cima da minha sepultura.

69
Alex

Sepultamos mamãe na terra fria de um cemitério antigo, embaixo de um junípero. Mais tarde, na casa dos meus pais, onde está acontecendo a vigília, eu me sirvo de uma dose farta de gim em homenagem à memória dela, saboreando o gosto amargo.

Ninguém fica por muito tempo. Tia Julie distribui pratos de sanduíches e miniquiches, enquanto papai fica inerte em sua poltrona, olhando para o nada. Ele perdeu cinco quilos em cinco dias e sua pele está fina e frouxa nos ossos. É como se ele estivesse se juntando a mamãe em sua ruína embaixo da terra, desmoronando em si mesmo; o sangue, os músculos e ossos se transformando em putrefação.

Eu poderia lhe dizer: o sofrimento é o preço que a gente paga pelo amor.

Tia Julie conversa com Harriet na cozinha, olhando papai enquanto sussurram juntas. Eu realmente não tinha notado antes a semelhança entre as duas, mas poderiam ser mãe e filha. Ambas têm o mesmo cabelo denso e escuro, mas o de tia Julie está ficando grisalho, preso num coque bem-feito, ao passo que o de Harriet chega até a metade das costas. Se Harriet fosse minha prima, e não minha irmã, talvez fosse mais feliz.

Depois de as últimas visitas irem embora, ajudo Harriet a lavar os pratos. A bolsa de mamãe ainda está em cima do micro-ondas, perto de uma pilha de contas que não foram abertas. Seu avental está pendurado atrás da porta da cozinha.

– Tia Julie disse quanto tempo vai ficar aqui? – pergunto.

Harriet me entrega um prato para enxugar.

– Mais uns dias, acho.

– E você?

– Vou embora amanhã.

– Harry...

– Eu já estou aqui há três semanas. Recebi uma encomenda para pintar um mural numa escola em Brae. Não posso me dar ao luxo de ficar de folga.

Minha irmã não precisa dizer: *é sua culpa termos tido de esperar para fazer o enterro de mamãe*. Suas costas rígidas falam por ela.

Terminamos de lavar a louça em silêncio. Tia Julie está separando fotos na sala de jantar e papai subiu para se deitar um pouco. O sofrimento é cansativo. De todos os aspectos inimagináveis, a intensidade dos sintomas físicos é o que pega a gente de surpresa. Depois do desaparecimento de Lottie, eu ficava exausta o tempo todo.

– Você acha que pode vir no Natal? – pergunto a Harriet, enquanto guardamos a melhor louça de mamãe de volta no aparador. – Sei que papai gostaria que nós duas estivéssemos aqui.

– Talvez. Depende do Mungo. Ele também tem família.

Sinto uma onda de tristeza. A distância entre nós jamais pareceu tão intransponível como agora. Sei que ela culpa o estresse dos últimos dois anos por ter levado mamãe a uma sepultura precoce. Ela *me* culpa. Mas não quero que a próxima vez em que nos vejamos seja daqui a vários anos, no enterro de papai. Quero que sejamos irmãs de novo.

Harriet mal falou comigo desde que veio das Shetlands. Quando eu entro num cômodo, ela sai, como se não suportasse ficar perto de mim. Não creio que ela tenha me olhado nos olhos ao menos uma vez, desde que chegou. Eu poderia entender se isso tivesse a ver com Flora Birch, mas ela está agindo assim comigo há meses.

Na verdade, desde que Lottie sumiu.

Sei que ela me culpa por ter perdido Lottie. Mas se alguém tem o direito de estar sofrendo por isso, sou eu. Quando Lottie foi levada, Harriet não foi à Flórida ajudar a procurá-la. Ela é minha *irmã*. Como pôde não estar lá, para mim?

– Tia Julie disse que encontrou você por acaso em Heathrow – digo, lembrando de repente. – No dia em que Lottie desapareceu.

Harriet está de costas para mim e não tenho certeza se ela ao menos ouviu. Ela empurra a mesinha de centro dois centímetros para a esquerda e dá um passo atrás, para avaliar, como se o posicionamento exato fosse a coisa mais importante que ela já tivesse feito na vida.

– Aonde você estava indo? – pergunto, curiosa.

– Quando?

Suprimo um suspiro de irritação.

– Quando tia Julie viu você em Heathrow.

– Mmmm? Ah, sim, nós nos esbarramos. Mas isso foi há anos, quando Mungo e eu fomos viajar na lua de mel. Ela deve ter se confundido. – Harriet empurra a mesa de centro mais dois centímetros. – Você acha que isso está no meio?

Tia Julie foi muito clara. *Eu me encontrei com ela por acaso em Heathrow, no dia em que Lottie desapareceu.*

Na nossa família, o dia em que minha menina desapareceu foi como o 11 de setembro, a morte da princesa Diana, os atentados de 7 de julho no metrô. Todos sabemos o que estávamos fazendo, onde estávamos, com quem estávamos.

Não é o tipo de coisa com a qual a gente se confunda.

Nos últimos dois anos, revivi milhares de vezes as últimas horas que passei com minha filha, arrastando e parando o tempo para examinar cada detalhe, esperando que essa reconstrução contínua, vagarosa, me ajude a encontrar a pista que me levará a ela.

Lottie empurrando pedaços de papel embaixo da porta do banheiro.

Lottie mergulhando na piscina.

Lottie segurando minha mão enquanto andamos pela areia fina para encarar o oceano.

Lottie tratando Sian com o desprezo que ela merecia.

Sempre acelerei o breve telefonema de Harriet, em vez disso, focando minha atenção no momento em que me viro e vejo Lottie falando com um homem estranho que está com a mão no ombro dela.

Mas agora eu me lembro.

Lembro o som daquele anúncio de voo ao fundo do telefonema. Eu me lembro de ter perguntado à minha irmã: *Você está no aeroporto?*

E a resposta dela: *É só a TV.*

70
Alex

Não é possível.

Harriett *jamais*...

Minha irmã pode não aprovar meu jeito de ser ou o modo como eu criava Lottie, mas jamais tiraria o meu bebê de mim. Jamais me faria passar por isso. Jamais faria *mamãe* passar por isso.

Tia Julie vem para a sala segurando um álbum.

– Algumas fotos dessas... – diz com carinho. – Nosso *cabelo*. Olha a sua mãe com essas luzes. Não acredito que a gente saía assim.

– Você se lembra de quando se encontrou por acaso com Harriet em Heathrow? – pergunto.

– O quê, querida?

– Você disse que se encontrou com ela no aeroporto.

– Quando eu disse?

– Depois de mamãe morrer.

Tia Julie olha para Harriet, depois de volta para mim. Fecha o álbum e o aperta contra o peito.

– Acho que não, querida.

– Você disse que a viu no aeroporto no dia em que Lottie desapareceu – repito.

– Que aeroporto?

– Heathrow – respondo impaciente.

– O que eu estaria fazendo na Inglaterra, querida?

– Não sei! Mas você disse...

– Alex, eu estava em casa na Nova Zelândia, com o seu tio Bern, quando Lottie foi levada – diz ela. – Só viajei para a Flórida para ajudar você a procurá-la, dias depois. Acho que você se confundiu, querida.

Harriet suspira.

– Eu disse, Alex. Foi quando Mungo e eu viajamos na lua-de-mel.

De repente, fico tonta, como se tivesse vertigem. Sei que não imaginei. Eu lembro. *Eu me encontrei com ela por acaso em Heathrow, no dia em que Lottie desapareceu.*

Mas minha memória não é de confiança, não é? O fiasco com Flora Birch provou isso: minha necessidade de encontrar minha filha é tão avassaladora que me fez conjurar uma imagem real a ponto de eu não conseguir ver a diferença entre verdade e ficção.

Talvez Harriet e minha tia estejam certas. Talvez eu esteja lembrando fragmentos de uma conversa e emendando-os na imaginação. Harriet não tem nenhum motivo concebível para mentir para mim.

Não é?

– Sua mãe tinha acabado de morrer – diz tia Julie, tocando no meu braço. – Você provavelmente estava em choque, querida, e confundiu as coisas. É melhor não ficar pensando nisso. Bom, por que não fazemos um chá e olhamos juntas as fotos da sua mãe?

A voz de Harriet sai surpreendentemente gentil.

– Você não pode continuar assim, Alex. Você precisa de uma folga. Algum lugar onde possa fugir da pressão.

– Eu saí sob fiança – digo. – Eles pegaram o meu passaporte. Não vou a lugar nenhum.

Nessa noite, como acontece com tanta frequência, não consigo dormir. Digo a mim mesma que estou sendo paranoica, mas não consigo afastar a sensação de que Harriet e minha tia estão escondendo alguma coisa.

Harriet conhece tia Julie muito melhor do que eu. Ela tirou um ano sabático enquanto eu estava na universidade e passou seis meses na Nova Zelândia. Nenhuma das duas tem filhos. O tio Bern já tinha três, da primeira mulher, quando conheceu minha tia, e não quis ter outros. Talvez as duas...

As duas *o quê?* Roubaram a sobrinha e sobrinha-neta e a levaram para a Nova Zelândia, ou as ilhas Shetland? Esconderam Lottie num barracão em algum lugar?

Sinto que estou enlouquecendo. Preciso de uma folga. Nisso, Harriet estava certa.

O relógio na minha mesinha de cabeceira indica 4h54. Jogo as cobertas para trás, com cuidado para não pisar no quarto degrau de baixo para cima, que está rangendo. Saio para o quintal dos fundos e vou nas pontas dos pés descalços pela grama coberta de geada, quase correndo por causa do frio. Minha respiração sai em sopros brancos e paira pesadamente no ar gelado da noite.

Sento-me no banco de pedra coberto de musgo embaixo da faia, abraçando os joelhos junto ao peito e enrolando os pés embaixo do corpo, para esquentar. Era aqui que eu e mamãe costumávamos nos sentar e bater papo. Ela ficava na espreguiçadeira, ali, e eu punha para fora qualquer coisa que estivesse me incomodando: garotos, provas, trabalho.

Lottie.

Fecho os olhos, tentando escutar sua voz, e só ouço o silêncio zombando.

O sol ainda não nasceu, mas o denso negrume da noite está se suavizando na estranha meia-luz cinzenta que precede a alvorada. Sinto que fiquei presa nesse momento de não ser, presa entre dois mundos, desde que Lottie desapareceu. Para os que sofrem a perda, o tempo não é uma experiência linear. Meu purgatório é, ao mesmo tempo, interminável e novo, como uma ferida aberta.

Meus olhos ardem com lágrimas súbitas. Não posso ficar pulando de uma teoria da conspiração louca para outra, como estive desde que achei ter visto Lottie no metrô. Meus pés precisam tocar o chão.

Preciso encontrar algum modo de sair do abismo. Durante dois anos, estive agarrada à esperança de me reunir com minha filha. É hora de encontrar um modo de deixá-la ir.

Primeiro preciso curar a ferida aberta com Harriet. Independentemente do que aconteceu entre nós no passado, somos irmãs. Mamãe ficaria com o coração partido se pudesse ver como a separação entre nós cresceu. Talvez eu devesse ir às Shetlands, passar um tempo com Harriet e realmente conhecê-la. Talvez a gente se surpreenda e acabe gostando uma da outra.

Com um súbito sentimento de propósito, eu me levanto e volto para a casa. A cozinha ainda está escura quando entro. Antes de fazer as pazes com Harriet, preciso fazer as pazes comigo. Posso deixar as dúvidas de lado com um único telefonema. Desconecto meu celular do carregador na bancada da cozinha e me fecho no escritório de papai, na frente da casa, onde não serei ouvida.

Mungo atende ao segundo toque. Sei que ainda não são seis horas, mas ele trabalha fazendo turnos na plataforma e não tenho ideia de qual hora seria boa.

– Mungo, é a Alex – digo. – Desculpe ligar tão cedo. Você tem um momento para falar?

– Dois minutos.

Meu cunhado sempre foi um homem de poucas palavras. Mesmo assim, fico surpresa com seu tom brusco.

– É sobre a Lottie. O dia em que ela desapareceu. Você estava em casa naquela semana, não é? Nas ilhas, em Brae?

– É.

– Sei que isso deve parecer ridículo, mas Harriet estava com você?

Espero que ele diga: *sim, claro, onde mais ela estaria?*

O silêncio fazendo redemoinhos entre nós é espesso e denso, como névoa chegando do Mar do Norte.

– De que isso se trata, Alex? – pergunta Mungo.

– Só estou tentando clarear as coisas na minha cabeça.

– Você deveria falar com sua irmã.

Minha boca está seca.

– Estou perguntando a você, Mungo.

O relógio no escritório de papai faz um tique-taque alto. Posso ouvir os tubos de aquecimento nas paredes, como se a casa respirasse.

– Não faço ideia de onde Harriet estava – diz ele, finalmente. – Não faço ideia de onde ela *está*. Ela me abandonou. Um dia, eu voltei da plataforma para casa e ela tinha ido embora.

O chão embaixo dos meus pés desaparece.

– Quando? – gaguejo. – Quando ela deixou você?

– Naquele verão, antes de a menina ser levada.

Naquele verão.

Há dois *anos* e meio.

Por que Harriet não me disse que tinha abandonado Mungo? Por que não contou a *nenhum* de nós? Mamãe comprou um cartão de aniversário de casamento para ela e Mungo apenas algumas semanas antes de morrer. Por que fazer segredo disso?

– Olha – diz Mungo. – Sinto muito. Eu soube sobre sua mãe. Ela era uma mulher ótima.

– Obrigada.

– Têm sido uns anos difíceis – diz ele.

– É. De merda.

– Pois é. O pessoal está me esperando, então...

– Mungo, só mais uma pergunta. Quando Lottie desapareceu, Harriet ainda estava em Brae?

– Não. Ela saiu da ilha quando nós nos separamos. Desde então não voltou. Não sei onde ela está morando agora. Alex, sinto muito, mas preciso ir mesmo.

Pouso o telefone e olho minha foto com Harriet, na escrivaninha de papai. Foi tirada há sete anos, no meu casamento com Luca. Minha irmã e eu estamos abraçadas pela cintura, as cabeças inclinadas uma para a outra, quase se tocando.

Nossos sorrisos são escancarados.

Ela mentiu para mim.

Não estava nas ilhas Shetland, em casa, em Brae.

Estava onde?

71
Quinn

Quinn joga o telefone no sofá, com uma exclamação de nojo. O erro mais básico, bem no início da investigação policial. Meu Deus. Aqueles supostos detetives deviam ser enforcados.

Não é Penny Williams.

Você se lembra do último avistamento oficial de Lottie Martini, falando com a "mãe da noiva" na praia no final da cerimônia de casamento? *Ela não estava falando com Penny.*

Quinn sabia que havia alguma coisa estranha quando leu a transcrição da entrevista da mulher. A sra. Williams se lembrava totalmente da sua discussão banal com o cabeleireiro na manhã do casamento e cada palavra do debate com a filha sobre o esmalte de unha azul-esverdeado. Mas tinha esquecido todo o encontro com uma criança que estava no centro de uma caçada humana global nos últimos dois anos?

Não. Quinn não engolia isso. Assim, voltou e releu as entrevistas com os quatro convidados que disseram ter visto a menininha falando com a sra. Williams.

Todos tinham descrito uma mulher mais velha, de cabelo escuro, usando um vestido azul-claro, que supuseram ser a mãe da noiva. Mas quando Quinn os encontrou e falou com eles, descobriu que nenhum realmente *conhecia* Penny Williams.

Todos tinham feito uma suposição baseados na idade e na cor da roupa da mulher. E a polícia da Flórida jamais questionou essa suposição mostrando uma foto da sra. Williams a qualquer uma das testemunhas, para garantir que estavam falando da mulher certa. Cada linha de investigação, desde o início, tinha se baseado na mesma informação falha. E, apesar de milhares de libras gastas pela polícia metropolitana, ninguém jamais tinha pensado em voltar e *verificar*.

Por isso, Quinn mandou por e-mail uma foto de Penny Williams com seu vestido do casamento para as quatro testemunhas. Tinha acabado de falar com a última delas pelo telefone.

E agora tem certeza.

Penny Williams não se lembra da conversa com Lottie porque *não era com ela que a menina estava falando.*

A mulher de cabelos escuros que eles viram conversando com Lottie tinha mais ou menos a mesma idade de Penny Williams e seu vestido era de uma cor parecida. Mas, agora que tinham visto uma foto da mãe da noiva, as testemunhas perceberam que a mulher que eles viram era muito mais bronzeada e mais magra. Eles se sentem péssimos, simplesmente *presumiram...*

Quinn prepara um pouco mais do seu fabuloso café panamenho e volta ao computador. Tem a sensação de que está ficando sem tempo. Não para resgatar Lottie, mas para salvar Alex.

É claro que ela está à beira de um colapso nervoso. E Quinn *deve* a ela. Se tivesse atendido ao telefone quando Alex ligou, em vez de entrar numa bebedeira de seis dias, talvez pudesse tê-la convencido a sair da beira do precipício. No mínimo, teria convencido Alex a conseguir uma amostra do DNA da menina que ela tinha tanta certeza de que era sua filha e esperar os resultados *antes* de tentar fazer justiça com as próprias mãos. Gostando ou não, Quinn se sente responsável pelo que aconteceu. As duas estão nisso juntas.

Quinn tem participação nesse jogo.

Passa a tarde examinando cada foto e cada vídeo entregue pelos convidados do casamento e por turistas ao departamento de polícia da Flórida, quando foi feito o primeiro pedido de ajuda. Não os conseguiu de modo exatamente legal, mas por meio de uma fonte dentro da investigação. Para ela, os fins justificam os meios.

Não faz ideia se a mulher misteriosa com quem Lottie foi vista conversando aparece em alguma foto, mas não saberá até ter verificado cada imagem. A mulher não é convidada do casamento; isso já está estabelecido. Mas a praia estava aberta ao público durante a cerimônia e existe uma grande quantidade de turistas e outros hóspedes do hotel no fundo das fotos, desfrutando o espetáculo à beira d'água. Talvez Quinn tenha sorte.

Talvez não.

Às 3h da madrugada, Quinn está fazendo isso há dezesseis horas. Sua cabeça dói e as costas também. Examinou milhares de fotos e não encontrou nada. Vai à cozinha e mói mais grãos de café, imaginando se chegou ao fim da linha. Amanhã procurará a equipe de investigação da polícia metropolitana e contará o que ficou sabendo. Mas, sem uma foto da mulher, não tem certeza do que isso adiantaria.

A trilha está velha, com dois anos, e provavelmente isso não passa de mais um alarme falso. A mulher provavelmente não tem nada a ver com a investigação. É só uma doce avozinha que parou para dizer a uma dama de honra como ela estava bonita e foi em frente.

Quinn leva o café de volta para o computador e continua procurando.

Dois anos e quarenta e dois dias desde o desaparecimento

72
Alex

Eu *estou* dizendo a verdade – insiste Harriet. Minha irmã está sentada à minha frente na espreguiçadeira de mamãe, diante do velho banco de pedra. O assento da cadeira está cheio de folhas molhadas e o banco está frio, mas nenhuma de nós duas se importa. Essa não é uma conversa que podemos ter dentro de casa, onde papai poderia ouvir.

– Por que eu deveria acreditar em você? – pergunto.

– Porque é verdade. Não sei o que mais dizer. – Ela abre os braços. – Agora eu contei tudo. Por que mentiria?

– Por que você mentiu *antes*? Não contar a nenhum de nós que você abandonou o Mungo é uma coisa. Acho babaquice, mas tudo bem. Talvez você realmente não quisesse perturbar mamãe. Mas todo o resto? – Minha voz se eleva. – Você está cheia de merda, Harriet.

– Ssssh – diz Harriet. – Não queremos que papai saia de casa.

De repente, minha raiva se esvai. Fico de pé, apertando o agasalho em volta do corpo, olhando o pequeno bosque atrás da casa dos meus pais. Harriet e eu costumávamos brincar durante horas sem fim na floresta, construindo esconderijos e casas nas árvores, nos balançando no pneu que papai pendurou num velho carvalho, devorando amoras no outono até ficar enjoadas.

Na época, ela era minha melhor amiga.

– Toda manhã eu acordo e há um momento, uma fração de segundo, em que acho que tudo foi um sonho terrível – digo. – Parte de mim quer ficar naquele momento para sempre, e acho cada vez mais difícil abrir mão da fantasia e voltar ao mundo real. – Viro-me para encará-la. – Eu acabei de sequestrar uma criança que achei que era Lottie. Eu *sequestrei* a menina. Estou na beira do precipício, Harriet! E você me fez acreditar que eu tinha imaginado uma conversa inteira. Você me fez pensar que eu estava ficando louca.

Ela parece desconfortável.

– Eu jamais quis chegar tão longe.

– Você me *manipulou*. Como você pôde, Harriet?

Uma expressão estranha atravessa seu rosto.

– *Eu* manipulei *você*? Eu passei a vida inteira sendo manipulada por você!

– O que isso quer...

– Quer dizer que eu cresci achando que era idiota e burra, quando a única coisa errada comigo era não ser *você*! Não finja que não sabe – Harriet acrescenta, feroz. – Você adorava estar no centro do mundo de mamãe e papai. Você sugava toda a atenção deles e não restava nada para mim. Precisei me mudar para a porcaria das Shetlands para sair de baixo da sua sombra. Os últimos dois anos da vida de mamãe foram totalmente dominados por você: você e seu drama, você e sua tragédia. Era *só disso* que a gente falava. Mamãe não me telefonou nenhuma vez para perguntar como *eu* estava.

– Meu Deus, Harriet! Minha filha foi *sequestrada*!

– Você acha que eu *gosto* de ser essa pessoa? – Ela grita, saltando de pé. – Na maior parte do tempo, não suporto me olhar no espelho!

Fico perplexa. Sei que Harriet sempre se sentiu deixada de lado, mas não fazia ideia de que ela era tão ciumenta. Tão *raivosa*.

– Eu não contei ao papai e à mamãe que abandonei Mungo porque não queria que eles ficassem mais decepcionados comigo do que já estavam. *Coitada da Harry, não pode ter filhos, tem um trabalho inútil, um casamento falido.* Não existe nenhuma explicação sinistra para eu não ter contado a ninguém, Alex! Eu só queria uma chance de lamber as feridas um pouco antes de ter de encarar todo mundo, só isso. Estava esperando a hora certa para contar a você, mas aí a Lottie desapareceu e a hora certa nunca chegou. Isso não tinha a ver com *você* – acrescenta ela, amarga. – Nem sempre tem a ver com você.

– Mas por que você me mentiu sobre onde estava naquele dia? Por que fingir que estava em casa com Mungo? Onde você *estava*?

– Não preciso lhe contar tudo!

– Precisa sim, quando tem a ver com a minha filha!

– Que tipo de monstro você acha que eu sou? Você acha mesmo que eu tive *alguma coisa* a ver com o que aconteceu com Lottie? Eu adoro aquela menininha mais do que qualquer pessoa!

– Talvez esse seja o problema!

Nós nos encaramos, com a respiração saindo em saltos curtos, bruscos, que pairam como fumaça no ar frio.

Quando Harriet fala de novo, seu tom é conciliador.

– Alex, sei que você está sofrendo, mas isso é loucura. Mesmo que eu quisesse, nem saberia como fazer uma coisa dessas. Qual é! Isso não é você...

– Tia Julie ajudou? Foi assim que você fez?

– Você está doente, Alex. Precisa de ajuda.

– Não me dê as costas! – grito agarrando seu braço enquanto ela se vira de volta para a casa. – Você não respondeu à minha pergunta. Onde você estava quando Lottie desapareceu? Você pediu à tia Julie que mentisse por você? Ela está nisso, também?

– Sabe por que você está tão desesperada para ter Lottie de volta? – grita Harriet, se soltando. – Não é porque você a ama demais, Alex! É porque você não a amava *o suficiente*! Você se sente culpada porque jamais quis Lottie de verdade! É *disso* que se trata!

Recuo como se tivesse levado um soco no estômago.

É porque você não a amava o suficiente.

Oito palavras que me lançam no inferno.

Ela está certa.

Só uma irmã sabe exatamente como derrubar nossas defesas e acertar direto abaixo da cintura. *Eu* sou o motivo para Lottie ter sido levada. Sou o motivo para minha menina estar apodrecendo no chão em algum lugar ou presa numa morte em vida dentro de um porão. Desde o momento em que ela nasceu, eu a entreguei a Luca, à creche, a qualquer um que ficasse com ela por cinco minutos.

Eu mereci perdê-la porque não a queria o suficiente.

– Não falei isso a sério – diz Harriet. – Retiro o que disse. Não foi de propósito.

– Foi sim.

– Alex, por favor. Não foi a sério. Sei que você ama Lottie, claro que sei.

Vou em direção à casa, totalmente nauseada. As palavras não podem ser desditas. Ela não pode retirá-las porque é verdade. A culpa sustentou cada momento em que estive acordada, desde o dia em que minha filha foi tirada de mim: Harriet apenas deu voz a isso. Ela grita do outro lado do gramado:

– Eu estava tendo um caso.

Paro.

– No dia em que Lottie desapareceu. Eu deixei o Mungo porque tinha conhecido outra pessoa. Estava indo para Chipre, ficar com ele.

Isso me pega totalmente de surpresa. É ridículo, claro: Harriet é tão humana quanto qualquer pessoa. No entanto, eu jamais esperei por isso. Ela pode ser artista, mas sempre foi totalmente seguidora das regras, recatada e convencional.

– Por que você simplesmente não me contou? – pergunto. – Por que fez tanto segredo?

– Porque ele é casado – responde ela, com um rubor cobrindo as bochechas. – E depois do Luca... Sei como você se sente em relação a esse tipo de coisa. Agora já acabou – acrescenta ela, rapidamente. – Ele voltou para a esposa depois de quatro meses. Bem feito para mim, eu sei. Voltei para as Shetlands há alguns meses, mas não contei ao Mungo. Não queria piorar a coisa para ele.

– Ah, Harry.

– Eu jamais deveria ter mentido. Sinto muito, Alex. Eu não peguei a Lottie, juro...

– Sei que não pegou. Desculpe se em algum momento...

Harriet me puxa e me dá um abraço, o primeiro que me lembro de ter compartilhado com ela desde que éramos crianças no South Weald House. Depois de um momento, eu a abraço de volta.

Só muito mais tarde, voltando para Londres, foi que me ocorreu imaginar por que minha tia também mentira sobre ter estado no aeroporto.

Dois anos e quarenta e três dias desde o desaparecimento

73
Quinn

Q uinn encontra a mulher misteriosa.
Claro que encontra: ela é Quinn Wilde.
Demora quarenta e duas horas e tanto café panamenho que ela jamais dormirá de novo, mas ali está: a mulher de cabelos escuros e vestido lilás, bem na borda de uma foto tirada por um dos convidados.

Pelo registro de tempo, sem dúvida a foto foi tirada no final da cerimônia; a noiva e o noivo estão virados para os convidados, preparando-se para voltar pelo corredor de areia, juntos, como marido e mulher. Quem a tirou devia estar sentado nas últimas fileiras de cadeiras, porque boa parte do primeiro plano é um borrão de nucas das pessoas.

Mas a mulher de lilás está em foco perfeito.

Está parada perto da praia, junto com vários outros turistas que assistiram à cerimônia. Quinn quase não a percebeu, porque a maior parte de seu característico vestido lilás está obscurecida pelo dedo da pessoa que fotografou. Mas ali está ela, olhando para o grupo do casamento embaixo do caramanchão.

Olhando para Lottie.

Quinn recorta todo mundo da foto e a passa por um programa de melhoramento, ampliando e tornando mais nítida a imagem da mulher até suas feições ficarem reconhecíveis.

Tem mais de 75 anos, supõe Quinn. A pele tem o bronzeado caramelo de alguém que passou muito tempo ao sol durante muitos anos, e não apenas algumas semanas nas férias de verão, sugerindo que é nativa da Flórida ou mora em algum lugar quente, como a Austrália. O cabelo escuro, ficando bastante grisalho, está afastado do rosto num coque de bailarina, na nuca. Não há nada notável nela. Se Quinn não a estivesse procurando, ela seria apenas mais um rosto perdido na multidão.

Dá para ver por que as quatro testemunhas confundiram a mulher com Penny Williams. Elas se parecem bastante e estão usando vestidos semelhantes. Se essa mulher é a sequestradora, certamente teve sorte.

O sentido de aranha de Quinn pinica. A mulher poderia ser uma moradora do local que estivesse dando uma caminhada ao pôr do sol na praia e parou para desfrutar do espetáculo romântico. Elogiou o vestido de Lottie, talvez, ou disse para ela não chegar muito perto da praia.

Mas o sequestro de Lottie saiu em todos os canais de TV e em todos os jornais durante semanas. Havia cartazes dela nos supermercados e nos bares em toda St. Pete Beach. O presidente chegara a apelar pelo retorno dela. A não ser que essa mulher vivesse embaixo de uma pedra, devia saber que havia uma caçada humana internacional para achar a daminha de honra com quem ela tinha parado para conversar.

Então, por que não se apresentou?

Quinn copia a imagem melhorada e a anexa numa mensagem de texto para Alex. Então hesita. Não quer mandar Alex de novo para uma toca de coelho de conspiração, especialmente porque não tem prova de que a mulher de lilás tem algo a ver com o caso. Sabe que a chance de Alex reconhecê-la é, no mínimo, remota.

Mas se *foi* essa mulher que levou Lottie, sem dúvida, a menina se sentia suficientemente confortável para ir com ela sem criar confusão. O que significa que Alex a *conhecia*.

Talvez tenham se encontrado num salão de manicure. Pegando toalhas perto da piscina.

Vale a pena tentar.

Quinn aperta o ícone e envia a mensagem.

74
Alex

Eu a reconheço instantaneamente.
Claro que sim. Ela é da *família*.
Lottie teria ido com ela sem protestar. Acreditaria em qualquer história que fosse contada.

Sinto ânsia de vômito. Lottie provavelmente estava indo para o aeroporto de Tampa antes mesmo que eu soubesse que ela havia desaparecido. Estaria do outro lado do mundo ao amanhecer.

Jamais tivemos nenhuma esperança de encontrá-la.

Com um uivo de fúria que vem das profundezas da alma, empurro com a mão tudo que está em cima da minha mesa, cega de raiva. Puxo livros das estantes, arranco fotos das paredes, jogo longe qualquer coisa em que possa pôr as mãos, enquanto dois anos de medo, sofrimento e culpa contidos me atravessam como lava derretida.

Passei setecentos e setenta e quatro dias num círculo do inferno que nem Dante poderia imaginar. Fiquei atormentada com imagens do que minha menininha podia estar passando nas mãos de homens doentios e malignos e visualizei seus últimos instantes, o terror que meu bebê devia ter sentido, num ciclo nauseante, inescapável, na minha cabeça durante mais de dois anos. Escutei sua voz no meio da noite, chamando a mamãe. Conheci a tortura insuportável de rezar para minha filha estar morta, e não sofrendo.

E a mulher que fez isso comigo, que me fez passar por esse pesadelo indescritível, é alguém em quem eu já pensei como uma pessoa da família.

Meu frenesi desvairado vai diminuindo e eu me apoio na mesa vazia, ofegando. Agora que a névoa vermelha se esvaiu, tudo que resta é um ódio frio, obstinado. Finalmente sei onde minha filha está. Assim que soube o *quem*, o *onde* ficou óbvio. Vou encontrar Lottie e vou acabar com a vida dessa mulher.

Nós duas não vamos sair dessa. O que significa que preciso de alguém para garantir que minha filha chegue em casa em segurança, não importa o que me acontecer.

Alguém que não tenha medo de violar as regras.

Encontro o telefone no meio das coisas espalhadas e ponho o número de Quinn na tela.

Dois anos e quarenta e quatro dias desde o desaparecimento

75
Alex

Passo o cartão de embarque na leitora e entrego o passaporte. Meu coração martela quando a mulher da segurança o passa pelo scanner. Usei a mesma identidade falsa ao fazer as reservas do hotel e do aluguel do carro quando sequestrei Flora Birch, e cruzo os dedos desejando que nenhum detetive inteligente tenha pensado em espalhar um alerta para meu nome falso, além do verdadeiro.

Mas a segurança mal olha duas vezes para *Alicia Emma Douglas* enquanto me manda passar pelo escâner corporal.

É Quinn que dispara o alarme, com suas hastes de metal na coluna, suas placas e parafusos. Demora vinte minutos até encontrarem uma policial que a revista, e minha agitação cresce a cada segundo.

– Você precisa ficar fria – diz Quinn, quando finalmente é liberada e nós vamos para o portão de embarque. – Toma uma porcaria de um Valium, se estiver nervosa. Você vai chamar atenção.

– Com essa roupa?

Meu cabelo está enfiado embaixo de uma boina cinza, e estou usando calças de combate e uma camisa xadrez grande demais, muito distante do meu terninho de alfaiataria e dos sapatos masculinos. Mas não vou enganar o programa de reconhecimento facial ou um leitor do *Mail* de olhos afiados.

Não durmo há mais de trinta horas, mas estou tão ligada que acho difícil ficar imóvel. Meu corpo vibra com adrenalina enquanto nos acomodamos nas poltronas do avião. *Lotie está viva*. Sei disso na alma, no tutano dos ossos. Ela está viva e a uma viagem de avião de mim.

– Lembre-se do que você prometeu – digo a Quinn. – Tudo que importa é Lottie. Se alguma coisa der errado, não me espere. Pegue Lottie e vá embora.

Quinn assente bruscamente.

Em seguida, eu me recosto na poltrona e fecho os olhos, tentando acalmar os nervos abalados. Tomei a decisão certa quando pedi que Quinn viesse. Jack tentaria me salvar, se eu estivesse correndo perigo. Preciso de alguém capaz de ir embora.

A mulher deve achar que está em segurança; que se livrou. Afinal de contas, em mais de dois anos, jamais cheguei sequer perto de adivinhar a verdade, apesar de ela estar embaixo do meu nariz. Do seu modo pervertido, deformado, sei que ela ama Lottie. Ela acha que está fazendo isso pela segurança da minha filha. Mas não tenho ideia do que ela fará quando se sentir acuada.

O que a torna muito perigosa.

Quinn e eu não conversamos muito desde que saímos do aeroporto. O ar-condicionado do carro alugado não está funcionando, por isso eu baixo as janelas, já que faz um calor surpreendente nessa época do ano.

Não estou acostumada a dirigir carro com câmbio manual, e repetidamente engasgo as engrenagens enquanto faço as curvas fechadas na montanha.

– Meu Deus – diz Quinn, depois da terceira ou quarta vez. – Quer que eu dirija?

– Muito engraçado – murmuro, lutando para encaixar a terceira.

A paisagem é nua e árida, uma massa longa e ondulada de campos queimados pelo sol, cheios de casas e fazendas abandonadas. Bolsões de eucaliptos dão subitamente lugar a trechos de capim meio seco. Cidades isoladas nos topos das montanhas olham carrancudas para as estradas modernas que passam longe demais. É uma terra linda, intransigente; uma paisagem atemporal de picos silenciosos queimados de sol, povoados feitos de pedras cinza e vales esquecidos.

– Ali – digo de repente.

Aponto. Quinn demora um momento para localizar a casa de campo, uma construção atarracada em cima de um pequeno penhasco. As antigas paredes de pedra se fundem perfeitamente com a paisagem ressecada.

– Porra, você não estava brincando – diz ela.

Não há como nos aproximarmos da propriedade sem sermos vistas. Na verdade, a casa de campo é uma pequena fortaleza, empoleirada em sua montanha solitária com vista aberta em todas as direções. Foi construída para se defender contra bandidos medievais, e eu não tenho tempo para fazer um cerco. Quero minha filha de volta.

Por isso, vou chegar à porta da frente e perguntar por ela. A estrada se bifurca alguns metros à nossa frente. Viro à direita, numa trilha estreita e sem pavimentação, chacoalhando em primeira marcha nas pedras e buracos fundos, queimados pelo sol. A trilha para na frente de um muro de pedras baixo que cerca a construção a dois terços do caminho que sobe a montanha. Teremos de fazer o resto do caminho a pé.

Quinn se esforça para manter o equilíbrio no chão irregular, mas me sinto agitada demais para esperá-la. Estou quase correndo pela encosta íngreme, fazendo pedras escorregarem pela colina, atrás de mim.

Paro quando chego à entrada, uma porta de treliças de ferro que dá para um pátio grande, tranquilo. Arcos em colunata levam a cômodos frescos, abertos, em três lados do pátio, e uma pequena fonte cercada por bancos de pedra borbulha baixinho no centro.

A casa parece deserta, mas sei que nossa aproximação foi ouvida. Quando Quinn chega finalmente ao topo do morro, ofegando de exaustão, abro um pequeno painel de madeira no muro à direita da porta e pego a corda do sino, dentro.

Esperamos com o sol nos golpeando, enquanto o sino ecoa distante, na propriedade. As últimas reverberações morrem, deixando um silêncio cortado apenas pelo som da água espirrando na fonte e o chiado das cigarras.

Já vou pegar de novo a corda do sino quando uma porta bate dentro da casa. Ouvimos passos vindo em nossa direção.

Meu estômago borbulha de nervosismo. Meu peito se aperta e de repente fica difícil respirar.

Uma mulher se aproxima da porta de treliça.

A mulher da fotografia: a mulher que roubou minha filha.

76
Alex

A mãe de Luca leva a mão acima dos olhos, para bloquear o sol. Estamos em silhueta contra a luz, os rostos na sombra, e ela demora um momento para me reconhecer.

Sua reação é absolutamente a última coisa que espero.

– *La mia bellissima figlia!* – exclama. – *Veni qui! Veni qui!*

Ela sinaliza para avançarmos, o rosto coberto de sorrisos enquanto destranca o portão com treliça de ferro.

– Roberto! – grita ela por cima do ombro. – *Veni qui presto, sono Alexa!*

– Que porra...? – murmura Quinn.

Elena Martini põe as palmas das mãos dos dois lados do meu rosto, apertando minhas bochechas, e depois leva as mãos ao coração, alegre, balançando a cabeça num espanto.

– *Mia cara! Questo è um miracolo!* Roberto! – grita de novo. Ela parece muito mais velha do que eu me lembro. Só faz três anos que a vi no enterro de Luca, mas seu cabelo está quase totalmente branco e a pele envelhecida tem um tom amarelado e doentio. Além disso, há uma expressão vazia nos seus olhos, que me faz pensar se sua demência não está avançada demais. Ela sempre foi uma mulher pequenina, mas agora parece frágil e insubstancial, como se um sopro de vento pudesse jogá-la longe, no pátio. Roberto não aparece. Elena nos leva por um arco até uma sala fresca do outro lado do pátio. Um lance de escada no canto desce para um segundo pátio, mais baixo, cheio de buganvílias, cujas flores roxas são uma vívida mancha de cor contra a pedra de um dourado suave. Uma janela alta numa parede revela uma visão ampla do vale lá embaixo.

Lembro-me de ter vindo a essa mesma sala quando Luca me trouxe para conhecer seus pais. Naquela ocasião, como agora, fiquei impressionada com a forte influência árabe do lugar: o tapete kilim em tons claros de azul e vermelho, a mesinha de centro em prata marroquina gravada, o narguilé de vidro soprado, ao lado da lareira. A Sicília é tão árabe quanto italiana, um legado da conquista da ilha pelos sarracenos no século IX e mais de duzentos anos de domínio muçulmano subsequente.

Antes de vir aqui pela primeira vez, estive várias vezes na Itália com meus pais, e tinha até mesmo passado um ano trabalhando como garçonete na costa amalfitana. Mas a Itália dos turistas que eu tinha conhecido não era *essa* Itália. Sentada naquela sala mourisca há sete anos fiquei impressionada com uma verdade cujo significado só percebi depois de nos casarmos: na superfície, Luca e eu podíamos ser europeus cosmopolitas, mas vínhamos de culturas e passados muito diferentes.

Elena indica um semicírculo de sofás de linho branco cheios de almofadas de espelhinhos.

– *Caffè? Acqua? Tè alla menta? Solo um momento, per favor.*

Ela volta ao pátio e a ouvimos chamar uma empregada que não vemos. Meu senso de deslocamento aumenta. Sinto que entrei num universo paralelo, no qual minha filha não está desaparecida e minha sogra e eu temos o hábito de passar a tarde tomando chá de hortelã.

– Meu italiano é muito básico – murmura Quinn –, mas acho que sua sogra foi preparar uma celebração de boas-vindas.

– Eu te disse: ela é maluca – digo, indo até a janela. – Ela viu a gente subindo a montanha. Roberto deve estar escondido com Lottie enquanto ela tenta se livrar de nós.

Só há uma estrada descendo a montanha: a mesma pela qual nós viemos. É impossível alguém se aproximar da casa sem ser visto, mas é igualmente impossível ir embora sem ser visto. Se Roberto, ou qualquer outra pessoa, tentar levar Lottie para longe enquanto Elena me distrai, eu verei daqui.

– Você *tem* certeza de que era ela na foto, não tem? – pergunta Quinn.

– Claro que tenho!

Ela parece cética. Não a culpo: apesar da minha afirmação confiante, de súbito não tenho mais certeza.

Será que uma velha senil poderia mesmo sequestrar uma criança e contrabandeá-la por milhares de quilômetros, atravessando fronteiras internacionais?

Quinn precisou melhorar aquela foto borrada com programas de alta tecnologia para tornar o rosto da mulher reconhecível. Talvez o processo tenha feito uma semelhança passageira parecer muito mais forte do que era. Talvez eu *quisesse* ver o rosto de Elena, porque isso significaria que minha filha ainda estava viva. Será que ela teria realmente me recebido com os braços tão abertos se Lottie estivesse escondida em algum lugar na propriedade?

Eu estava errada em relação a Flora Birch. Será que estou agora também? Minha ex-sogra volta e se senta, dando um tapinha no sofá para eu me juntar a ela. Finjo não notar, continuando a vigiar pela janela.

– *Quindi, chi è questa?* – pergunta Elena, indicando Quinn.

– É uma amiga minha – respondo.

– *Alexa, cara,* por que você está aqui? Você tem alguma notícia *della mia bella ragazza?* Sua menina linda?

De repente, sou tomada pela raiva. Depois do enterro de Luca, Elena me cortou como se eu nunca tivesse existido. Nenhuma vez entrou em contato para ver como eu estava, nem pediu para ver minha filha. Eu não insisti por causa da demência dela. Quando Lottie desapareceu, foi Roberto, e não Elena, que me mandou uma breve carta de condolências, oferecendo-se para enviar dinheiro e prometendo rezar por Lottie.

Não sou sua filha *bellissima* e nunca fui. O papo dessa doce velhinha é pura representação.

Ponho a foto no celular e o estendo na frente dela. Elena olha para a tela.

– *Chi è questa?* – pergunta.

– Você sabe quem é – respondo.

Ela olha do telefone para mim, e de volta, confusa.

– É você – digo impaciente.

Ela explode numa gargalhada.

– *Sono io?* – exclama. – Não!

– É você, na praia na Flórida – digo, lutando para controlar a raiva. – No dia em que Lottie desapareceu.

– *Non, non sono io. Questa donna è molto più grassa!* – Enquanto afirma que a mulher na foto é mais gorda do que ela, Elena balança o dedo numa censura fingida, ainda rindo. – Não sou tão gorda, Alexa. Nem tão velha.

Estamos falando do sequestro da minha filha – da neta dela. Por mais louca que ela seja, não vejo como pode achar alguma coisa engraçada nessa conversa.

– Se não é você, Elena, você sabe quem é? – pergunta Quinn.

A velha dá de ombros, impotente.

– *Non sono io* – repete.

Ela parece genuinamente perplexa com nossas perguntas. Será que tudo isso faz parte da sua demência? Será que ela nem se lembra do que fez?

– Isso não vai nos levar a lugar nenhum – digo frustrada.

– Podemos dar uma olhada na propriedade? – pergunta Quinn, gesticulando para se fazer entender.

Elena sorri de orelha a orelha.

– *È bella, si?*

– Muito linda – diz Quinn. – Por favor, eu adoraria se você me mostrasse.

Quero demolir a casa, pedra por pedra, e não ficar arrastando os pés atrás dessa velha demente, admirando tapeçarias.

– Confie em mim – murmura Quinn, oferecendo o braço à velha.

Ela é efusiva nos elogios enquanto Elena nos leva, e a velha está visivelmente animada nos guiando pela casa. Mostra com orgulho passagens secretas e cômodos ocultos que jamais teríamos encontrado sem ela. Não há sinal de Roberto, nem da empregada.

E nenhum sinal de que uma criança vive aqui, tampouco.

Nenhum brinquedo, nenhum desenho rabiscado, nenhuma cama desfeita, nenhum livro infantil, nenhum sapatinho largado perto da porta.

Lottie não está aqui.

Revistamos a propriedade de cima a baixo. Minha filha não está aqui e claramente jamais esteve. Eu me enganei em relação à foto. Não era Elena na praia, afinal de contas. Esta é outra pista falsa, mais um beco sem saída nascido da esperança e do mesmo desejo dismórfico que me fez ver Lottie no rosto de outra menina.

Elena não é uma sequestradora louca. É só uma velha solitária, meio senil, que perdeu o filho e a neta. Ela me recebeu em sua casa quando apareci sem me anunciar, e espero que ela jamais saiba por que eu estava realmente aqui.

De repente, eu me sinto tão desesperada para escapar dessa casa quanto estava para chegar.

– Preciso sair daqui – digo a Quinn quando voltamos ao pátio.

– Só porque Lottie não está aqui agora, Alex, não significa...

– Eu estava errada, Quinn. Não é ela.

– Tem certeza?

– Olhe para ela – digo enquanto Elena se senta com dificuldade num banco de pedra perto da fonte. Sua boca está ligeiramente aberta e os olhos opacos. – Ela não seria capaz de roubar nem um batom numa loja, quanto mais sequestrar uma criança.

– Você é que sabe – murmura Quinn.

Não posso mais fazer isso. Eu sempre disse que jamais pararia de procurar Lottie, mas não posso continuar cavalgando esses tsunamis de esperança e desespero se alternando. Estou pulando ao ver sombras, suspeitando de tudo, sem confiar em ninguém. Nos últimos dois dias, acusei minha irmã e minha ex-sogra, com poucas evidências para qualquer uma das duas. Isso precisa parar. Quinn se vira para Elena e pede:

– Posso usar o banheiro?

Elena aponta para uma porta junto ao portão de ferro.

– *Questo è il piu vicino.*

Quando Quinn tenta abrir, a porta do banheiro está emperrada. Evidentemente há alguma coisa presa embaixo, e Quinn tem dificuldade para soltá-la apenas com a mão boa.

Vou ajudar e paro. Meu sangue congela.

O motivo para a porta não abrir é que, enfiados embaixo dela por dedos pequeninos, há uma dúzia de pedacinhos de papel.

77
Alex

Lottie está aqui.
 Minha filha, aqui, nesta casa, enfiando pedacinhos de papel embaixo da porta do banheiro.
No segundo seguinte estou agarrando Elena pelos ombros.
– Onde ela está? – grito, sacudindo a mulher com tanta força que sua cabeça balança para trás e para a frente. – O que você fez com ela? *Onde ela está?*
Quinn tenta me puxar, mas minha fúria é tão visceral, tão primitiva, tão cheia de todo o medo, da dor e do sofrimento dos últimos dois anos, que não posso ser alcançada. Estou consumida por uma fúria que engolfará todos nós.
– Meu Deus! Você vai matá-la! – grita Quinn. – Alex, pelo amor de Deus! Desse jeito ela não vai poder dizer nada! Solte-a!
Finalmente ela consegue penetrar na névoa vermelha. Com um uivo feroz, empurro a velha para longe. Quinn a agarra antes que ela caia.
– Alex, que diabo foi isso?
– Lottie estava *aqui* – digo. O nojo é denso na minha voz, feito muco. – Essa vaca estava mentindo para nós desde o início. Aqueles pedacinhos de papel embaixo da porta. É uma coisa que Lottie fazia quando ficava ansiosa. Ela estava *aqui*.
Quinn afasta o braço que estava no ombro de Elena, reconfortando-a. Desta vez, não precisa perguntar se eu tenho certeza.
– Ela não está aqui agora – diz Quinn. – Nós revistamos esse lugar de cima a baixo.

– Talvez ela não seja mantida aqui. Talvez Roberto a tenha levado para outro lugar. Talvez eles a mantenham numa porra de uma masmorra!

Elena começa a soluçar, balançando-se para trás e para a frente no banco, as mãos cobrindo o rosto. Eu a olho com algo parecido com ódio. Não me importa que ela seja velha, senil, solitária. Ela roubou minha filha. Não existe castigo que eu possa imaginar e que seja igualmente cruel.

Eu me abaixo diante dela e seguro suas mãos, forçando-as a se afastar do rosto.

– *Dov'è* Lottie? – pergunto. – Para onde vocês a levaram? Onde ela está?

– *Non capisco, non capisco...*

– Você entende sim – digo séria. – Onde ela está, Elena?

– *Non lo so* – geme a mulher.

Brando meu telefone diante dela, obrigando-a a olhar para a foto.

– Essa é *você*! Você estava *lá* no dia em que Lottie desapareceu! Onde ela está?

– *Non lo só. Non lo só!*

Não sei. Não sei.

– Maldição – digo, me balançando para trás e me apoiando nos calcanhares.

– Ela está aterrorizada, Alex.

– E deve estar mesmo – rosno.

Contenho a ânsia de apertar o pescoço da mulher e arrancar a verdade. Lottie adorava sua *nonna*; antes de morrer, Luca costumava levá-la para ver os pais doentes em Gênova, sabendo o quanto isso os alegrava. Lottie iria de boa vontade com a avó. Como Elena pôde fazer isso comigo? Será que simplesmente acordou um dia e decidiu que, como tinha perdido o filho, pegaria a minha? Ou está simplesmente louca?

Sem pena, agarro o pulso de Elena e a puxo de pé. Ela é tão leve que não deve pesar mais do que uma criança.

– Não me importa se eu tiver de demolir esse lugar – digo a ela. – Se Lottie estiver aqui, vamos encontrá-la. Entendeu, Elena? *Capisci*?

– Espera – diz Quinn subitamente.

Passos ecoam dentro da casa. Roberto: a pisada é forte demais para ser a empregada. Não há nenhuma tentativa de se aproximar sem fazer barulho; ou ele não sabe ou não se importa com o motivo para estarmos aqui.

Quinn sai de vista, escondendo-se atrás de um arco, com o telefone na mão.

– Roberto! – grita Elena.

Ela se solta de mim com uma força surpreendente, indo na direção dele. Ele abre um braço, puxando-a num abraço casual e dando um beijo no topo de sua cabeça branca. Seus olhos pretos não se desviam dos meus nem por um segundo.

Minha boca está tão seca que minha língua corta o palato. Há uma ardência atrás dos meus olhos, um zumbido nos ouvidos. Tento falar, mas os músculos das bochechas estão entorpecidos de choque.

– Oi, Alex – diz Luca.

78
Alex

Tudo parece parar e girar. Não sei se o som na minha cabeça é do vento chicoteando o pátio ou do sangue correndo para os ouvidos. Meu estômago dá uma cambalhota, como se eu estivesse caindo num abismo. Minhas entranhas se reviram e meus pulmões se contraem, e subitamente é difícil respirar.

Não é possível.

Luca está morto. Eu estava lá quando ele foi enterrado.

Eu o *vi* ser posto na cova.

Olho meu marido morto andar despreocupado pelo pátio, ajudando a mãe, solícito, a se sentar de novo no banco de pedra perto da fonte. De repente, há um cheiro pungente, doce, nas minhas narinas: o perfume amadeirado, condimentado, de incenso, escorrendo pelo pátio. Ouço o estalo da corrente quando o padre levanta o turíbulo dourado, o som fraco de soluços contidos, o arrastar de pés nas pedras do piso, os bancos antigos estalando enquanto os enlutados ocupam seus lugares.

Meu cérebro luta para processar imagens conflitantes, sobrepodo-as como um duplo negativo fotográfico:

Luca no caixão, lindo, pálido e imóvel.

Luca na minha frente, bronzeado, saudável e vivo.

– Estou impressionado – diz ele. – Você acabou nos encontrando. Eu me perguntava se você conseguiria. Mamãe tinha certeza de que você desistiria, mas eu disse a ela: você não conhece Alex. – Ele dá um sorriso carinhoso para Elena. – Hoje em dia, ela não se lembra de muita coisa. Ela não é a mesma desde que papai morreu, ano passado. Na maior parte do tempo, ela não sabe que dia é. Acha que eu sou o meu pai, e não tenho coragem de corrigir.

O choque é algo que a mente usa para nos proteger, um mecanismo de fechamento projetado para ganhar o tempo de consertar as defesas despedaçadas. O mundo externo some de vista; o som e a visão são postos em espera enquanto o cérebro elimina a distração, enquanto reconcilia o impossível com a experiência vivida. Só quando a mente alcança isso, o mundo real volta rugindo, vívido e impossível de ser parado.

Meu primeiro pensamento:

– Onde ela está? – pergunto.

– Lottie está em segurança. O que quer que você esteja pensando em fazer agora, Alex, pare. Isto é, se quiser vê-la de novo.

Aperto as mãos contra as coxas, as unhas se cravando nas palmas, para me impedir de voar sobre ele e arrancar aqueles olhos de vem-para-a-cama, dilacerar a carne soltando-a dos ossos lindos.

Ele fingiu a própria morte.

Não consigo imaginar como Lottie deve estar confusa. Luca não é apenas o narcisista que sempre suspeitei. É um psicopata. Sua própria existência é uma prova viva: não há nada que esse homem não faria.

Mas ao mesmo tempo em que tento entender isso, tenho consciência de que o gelo sobre o qual estou é perigosamente fino.

Eu o vi. Seu disfarce está destruído.

Ele não pode deixar que eu vá embora.

Quinn ainda está escondida nas sombras da arcada e percebo que Luca não a viu. Por um brevíssimo momento, atraio seu olhar, e ela assente.

Tudo que importa é Lottie. Se alguma coisa der errado, não me espere. Pegue Lottie e vá embora.

– Eu enterrei você, Luca! – grito, garantindo que a atenção dele fique comigo. – Você estava morto. Eu *vi*!

– Você viu o que deveria ver.

– Como? Como isso foi possível?

Luca esfrega uma cicatriz pálida na testa.

– Eu *estava* na queda da ponte em Gênova. Isso não foi mentira. Fiquei em coma por mais de seis semanas. Num estado assim, o corpo da gente se fecha e a respiração fica lenta, muito lenta. A circulação também: a pessoa fica pálida como a morte, e é difícil captar uma pulsação. Olhando para mim, seria de pensar que eu estava morto. A não ser que você me tocasse e percebesse que eu ainda estava quente, jamais saberia que eu estava vivo.

– Você encenou o seu próprio enterro – digo incrédula.

– Na verdade, foi minha mãe que fez isso.

Olho para Elena, sentada em silêncio e com o queixo frouxo, no banco de pedra, olhando com ar vazio para a distância. Ela teve muito cuidado para que ninguém chegasse perto do caixão, eu me lembro de repente. Flores foram amontoadas em volta do altar, dificultando a aproximação: eu estava a pelo menos dois metros de Luca, talvez mais. E as únicas pessoas que participaram do funeral eram da família siciliana de Luca, que teria apoiado Elena. Mesmo assim, ela precisou de coragem para fazer isso.

Olhando-a agora, é difícil imaginá-la capaz de uma coisa assim. Mas a demência não é linear, claro. Elena tinha acabado de ser diagnosticada com a doença quando Luca foi visitá-la, há quase três anos e meio, mas ele disse que ela continuava totalmente coerente e funcional: a não ser que você passasse um tempo perto dela, jamais adivinharia que ela estava começando a ficar demente. Seu comportamento no enterro me pareceu perfeitamente funcional, em especial no contexto do sofrimento de uma mãe. Não havia sinal da velha enlouquecida, senil, de agora.

O pai de Luca também devia fazer parte da mentira, percebo. Elena não conseguiria executar uma fraude nessa escala sem a cooperação dele. Ela era sempre a dominante no relacionamento: ele faria qualquer coisa que ela pedisse.

Luca franze a testa.

– Ainda tenho dores de cabeça. Às vezes, é difícil me concentrar.

Há uma sombra nos olhos dele, uma escuridão, uma confusão, como se ele próprio não conseguisse mais se lembrar de como chegou aqui.

– Mamãe achou que estava fazendo isso pelo bem de todos – diz ele. – Um presente de Deus, era como ela dizia. *Un dono de Dio.*

– Luca, isso não faz nenhum sentido.

Ele esfrega o rosto com a mão. Perdeu peso, percebo, mais do que seria saudável; por baixo do bronzeado, seu rosto lindo está abatido. Seria possível cortar diamantes nos malares.

– Eu tive problemas, Alex, depois de nos divorciarmos. Houve uma mulher. – Ele suspira. – Eu sei. É sempre uma mulher, não é? Ela era genovesa. Eu a conheci quando estava visitando meus pais. Por acaso, ela era casada.

Seu olhar salta nervoso pelo pátio.

– O marido dela é um sujeito ruim, Alex. Eu me meti com coisa grande. Coisa *muito* grande. Ele tem conexões em toda parte. Eu não podia procurar a polícia, porque metade trabalhava para ele. Não sabia o que fazer. Morria de medo de ir para casa, para Londres, com a possibilidade de guiá-lo até você e Lottie, tinha medo de voltar para os meus pais. E então a ponte em Gênova caiu e no dia seguinte encontraram meu carro, completamente esmagado. Todo mundo achou que eu estava morto.

Não tenho ideia do quanto disso é verdade e o quanto é paranoia. Mas Luca evidentemente acredita.

– Eu não estava com nenhum documento e fui admitido no hospital como um paciente não identificado. – Ele dá de ombros. – Quando meu pai finalmente me encontrou, depois de três dias, conseguiu que eu fosse transferido para um hospital aqui, na Sicília, usando o sobrenome da minha mãe. Luca Bonfiglio.

– Por que você não contou a *mim*? – pergunto. – Como pôde deixar *a gente* pensar que você estava morto?

– A escolha não foi minha. Juro, Alex. Eu fiquei em coma durante semanas, depois precisei aprender a fazer tudo de novo. A andar, comer. Foram meses antes que eu ficasse sabendo que meus pais tinham...

– Mas a escolha de manter a farsa foi sua!

A expressão dele fica sombria. Ele é Luca, mas não é Luca, percebo de repente. Ele mudou. O acidente deixou cicatrizes invisíveis mais profundas do que a que fica acima do olho. Luca parece quebradiço, instável, como se ele próprio não soubesse de que modo vai se partir.

– Nós estávamos divorciados, Alex – diz ele, com frieza. – Por que você se importaria em saber se eu estava vivo ou morto?

– Claro que eu me importo! E Lottie?

– Eu voltei por ela.

– Você a *roubou*! Você nem me deixou saber que ela estava viva!

– Você não queria Lottie. Era *eu* que cuidava dela. É melhor ela ficar comigo. Não sou o único que pensa assim.

Há algo em seu sorriso que me faz parar. Um rancor que eu nunca vi.

– O que isso quer dizer?

– Como você acha que minha mãe sabia sobre aquela praia, naquela ocasião, naquele dia? Deduza, Alex.

Alguém contou a ele sobre o casamento.
Alguém próximo de mim, em quem eu confiava.
– Quem? – pergunto.
Ele gargalha.
– Pergunte ao seu namorado.

79
Alex

Parece que levei um soco na garganta. De repente, fica difícil respirar.

Marc aprontou para mim.

Ele é o motivo para Elena Martini estar na praia naquele dia.

Ele sabia onde Lottie estava o tempo todo.

Marc nunca foi meu namorado, claro, mas era assim que Luca sempre o chamava: *Seu namorado está telefonando. Vai jantar com seu namorado?*

– Marc sabe que você está vivo?

– Não, não sabe. Mas foi uma coincidência feliz. Eu tinha me resignado a nunca mais ver Lottie, mas então ele contatou minha mãe alguns meses depois de eu ter "morrido" e os dois combinaram. Ele achou que ia mandar Lottie para a avó.

De algum modo a traição de Marc é o pior de tudo. Luca é pai de Lottie. Por mais iludido que esteja, pelo menos ele tem algum direito sobre ela. Não bancou o amigo dedicado, fazendo campanha e levantando fundos para encontrar uma criança cujo paradeiro ele já conhecia. Ele não segurou minha mão para me consolar enquanto eu soluçava de coração partido, sabendo que podia aliviar minha perda e meu sofrimento a qualquer instante.

– *Por quê?* – pergunto.

– O que você acha?

De repente, eu me lembro da última vez em que vi Marc: *Depois de tudo que eu fiz por você.*

Ele não estava falando do que tinha feito para me *ajudar*.

Estava falando de tudo que fez para me *ganhar*.

Quase vomitei. Será que ele achava que, com Lottie fora do caminho, eu teria tempo para ele? Ou talvez fosse algo mais sombrio ainda: ele queria que eu sofresse, acreditando que, numa situação extrema, eu me voltaria para ele?

E por um tempo, pelo menos, ele esteve certo.

Foi Marc quem invadiu minha casa, percebo. Ele queria ver o quanto estávamos chegando perto. Até que ponto estávamos chegando perto da verdade.

Ele deve ter roubado a foto da minha irmã tomando sorvete comigo no gramado do South Weald House para me distrair – a não ser que haja um motivo mais sinistro para ele querer uma foto de quando eu era criança. Meu estômago embola quando penso que o deixei botar Lottie na cama.

– Estou cansado. Preciso me sentar – diz Luca abruptamente.

Ele atravessa o pátio em direção à sombra da arcada, com movimentos de um homem muito mais velho. O pé esquerdo se arrasta ligeiramente e, quando ele se senta, faz isso com cuidado, posicionando uma almofada às costas.

Sinto uma inesperada pontada de perda. Luca pode não ter morrido há três anos em Gênova, mas o homem jovem, bonito e vibrante que eu conheci desapareceu naquele dia. Não reconheço o estranho magro, assombrado, que ocupou o lugar dele.

– Onde ela está? – exijo saber. – Está aqui?

– Está com a família dela.

– Eu sou a *mãe* dela!

Os lindos olhos dele lampejam subitamente com raiva.

– Você não tem o direito de se chamar assim! Você estava fodendo com um estranho quando deveria cuidar dela! Se minha mãe não a tivesse resgatado, quem sabe o que poderia ter acontecido!

Sinto vontade de bater com a cabeça dele contra a parede de pedra. Durante dois anos fui atormentada com visões do *que poderia ter acontecido*: minha filha acorrentada num porão, passada de mão em mão por homens depravados, apodrecendo numa cova improvisada.

Luca podia ter me poupado dessa agonia com uma única mensagem de texto. Preciso fazer um esforço enorme para engolir a fúria. Mas a única coisa que importa agora é dar tempo suficiente para Quinn levar minha filha em segurança para longe desse homem e sua mãe insana.

Fico agachada diante dele.

– Luca, sei que não fui a mãe perfeita – digo num tom conciliador. – Mas eu adorava a nossa menina, desde o momento em que ela nasceu. – Minha voz embarga. – Quando ela foi tirada de mim, senti como se meu coração tivesse sido arrancado enquanto ainda batia. Posso não ter sido uma mãe natural ou mesmo boa. Mas eu *sou* a mãe dela. E ela precisa de mim.

Por um momento, acho que o alcancei.

– Você nunca esteve presente – diz ele. – Quantas vezes você realmente deu banho em Lottie? Deu comida ou trocou a roupa dela? A única coisa com que você se preocupava era o *trabalho*.

– Meu trabalho nunca importou mais para mim do que Lottie! Você tem alguma ideia de como os últimos dois anos foram para mim, Luca? Você consegue ao menos imaginar?

– Eu acompanho o noticiário.

– Então sabe que viajei o mundo inteiro procurando por ela! Sempre que havia um avistamento eu entrava em outro avião! Marrocos, Argélia, Tailândia. Você partiu meu coração mil vezes! – Não consigo mais controlar a raiva. – Como você pôde fazer isso comigo, Luca? Como pôde me fazer passar por isso? Você destruiu minha vida!

– Eu também senti falta dela! – diz Luca. – Achei que nunca mais a veria, e então Marc ligou para minha mãe e ofereceu uma solução. O que eu deveria fazer?

Estou exausta com a inutilidade disso tudo: nossos tropeços, nossos erros. Todo o dano que causamos à menina que estava no centro do nosso conflito.

– Luca, isso precisa parar – digo cansada. – *Nós* precisamos parar. Precisamos fazer o que é melhor para Lottie agora. Ela precisa de uma vida normal.

– Ela *tem* uma vida normal.

– Ela tem amigos? Frequenta a escola?

– Claro! Eu não a mantenho numa jaula, Alex. Ela frequenta a escola do povoado. Nós usamos o sobrenome da minha mãe. Agora ela é Carlotta Bonfliglio. Carli. – Sua voz se enche de orgulho. – Ela é a mais alta da turma. A mais inteligente também. Ela é feliz, Alex. Ela tem tudo de que precisa.

– Menos a mãe!

– Ela tem a avó.

Olho para o banco de pedra onde Elena estava sentada, mas a velha tinha ido para dentro de casa.

– Sua mãe não está bem – digo. – Ela não deveria estar cuidando de uma criança.

– Alex, sei que você sentiu falta dela, mas agora ela está adaptada aqui. Está segura e feliz. Se você quer o melhor para Lottie, deixe que fique onde está.

– Vivendo uma *mentira*?

– Vivendo uma vida normal. Ela não conhece nenhuma outra coisa, Alex. Não se lembra da vida em Londres com você. Aqui é o lar dela, agora. E você sabe o que vai acontecer se levá-la de volta. A mídia não vai deixá-la em paz. Ela vai passar o resto da vida num aquário. É isso que você quer mesmo?

Pela primeira vez, sinto uma pontada de dúvida. Luca está certo: Lottie Martini é propriedade pública. Nunca será deixada em paz. Mas Carli Bonfliglio é apenas uma criança comum, ainda que com uma história extraordinária.

– Não posso deixá-la – digo. – Não posso perdê-la de novo, Luca.

– Então fique com a gente.

– *Ficar*?

– O que você tem te esperando, quando voltar? – Ele faz um gesto indicando a linda propriedade ao redor, a fonte, a vastidão rochosa que nos cerca. – Pense nisso. Você poderia ficar aqui e ser a Signora Bonfliglio, uma esposa e mãe normal. Poderia escapar da sua prisão da mídia e viver aqui, com a gente.

Por um breve momento, eu me sinto tentada.

Uma esposa e mãe normal.

– Poderíamos ser uma família de novo – diz Luca. – Não é o que você quer?

– Faz muito tempo que não somos uma família, Luca.

Luca põe as mãos nos meus ombros, por isso não tenho para onde olhar, a não ser para ele, que diz:

– Eu nunca quis deixar você. Não queria o divórcio. Não queria naquela época, nem quero agora. Você não faz ideia de quantas vezes senti vontade de telefonar para você. Podemos fazer o relógio voltar, Alex. Tudo pode ser como antes, antes de o seu trabalho atrapalhar. Lembra como nós éramos bons juntos?

Meu corpo lembra.

Luca pressiona, sentindo a vantagem. Seu polegar acompanha a linha do meu maxilar e eu sinto um puxão elétrico nos mamilos.

– Fique comigo – diz ele, baixinho. – Podemos devolver a família para Lottie. Você vai estar livre do circo da mídia. Seremos você e eu de novo, *cara*. Só nós três. Ainda melhor do que antes.

80
Alex

Ele faz parecer tão fácil! E está certo: eu poderia ficar aqui. Ninguém sabe onde estou, a não ser Quinn, e eu confio nela. Viajei para cá usando um passaporte falso. Luca e eu poderíamos viver aqui discretamente, fora do alcance do radar, uma família comum outra vez.

Ou eu poderia esperar até Quinn voltar com a cavalaria e levar Lottie de volta para a Inglaterra. Tentar reconstruir nossa vida e continuar a fazer malabarismo com o trabalho e a criação de Lottie. Talvez um dia até criar um futuro com um homem em quem eu possa confiar, um homem como Jack. Mas a que custo para Lottie? Luca fez uma coisa maligna quando a arrancou de mim, mas despedaçar a vida dela pela segunda vez não consertará isso. E tudo vai acontecer sob o olhar feroz da imprensa.

A idade de Lottie não a salvará da tempestade da mídia.

Ficar aqui é uma linda fantasia. Mas é só isso: uma fantasia. Não posso confiar em Luca. Nem tenho certeza se ele *é* Luca, de verdade. Um ferimento na cabeça que deixa a pessoa em coma durante seis semanas pode provocar dano permanente no cérebro. Avaliando pela cicatriz, o golpe foi na frente da cabeça, que abriga a parte do cérebro que controla a personalidade e os impulsos. Não acredito que o homem que eu conhecia teria sequestrado nossa filha.

No entanto, ainda que por algum milagre Luca e eu conseguíssemos reviver nosso relacionamento, não posso ficar em casa fazendo macarrão desde o zero pelo resto da vida, e não sou qualificada para trabalhar como advogada na Itália. O que eu faria, assim que a novidade de ser uma mãe que fica em casa se esvaísse? Teria mais bebês? Ficaria sentada cuidando da ensandecida mãe de Luca enquanto ele persegue qualquer coisa que use saia?

Ouço o som de um carro ao longe. Há um rangido de engrenagens e percebo que Quinn deve ter chegado ao nosso veículo. Preciso distrair Luca.

Ponho o corpo um pouco mais perto do dele.

– O que a gente diria a Lottie? – pergunto, como se estivesse enfraquecendo.

– A verdade. Lottie acha que veio morar comigo porque a mamãe dela precisava trabalhar e ajudar as pessoas. E agora você voltou.

– Mas você disse que ela não vai se lembrar de mim.

– Eu disse que ela não se lembra da vida em Londres. Claro que ela se lembra de *você*. Não sou um monstro, Alex. – Seu lábio roça no meu pescoço. – Eu falo sobre você o tempo todo. Nós precisamos de você. Nós dois precisamos de você.

– Preciso pensar, Luca. Você precisa me dar um tempo...

Mas não tenho tempo.

Alguma coisa me acerta com força na cintura, às costas. Cambaleio na direção de Luca, apanhada desprevenida. Eu cairia, se ele não estivesse ali para me segurar.

– Tudo bem – digo. – Estou bem.

Tento recuperar o equilíbrio, mas minhas pernas não funcionam direito. Meu peito parece estranhamente apertado; parece que não consigo inalar ar suficiente.

– Preciso me sentar – digo tonta.

Pontos pretos dançam diante dos meus olhos. Luca cambaleia embaixo do meu peso morto, incapaz de me segurar, e nós dois deslizamos para o chão. Encosto-me no muro do pátio. A dor nas minhas costas está piorando.

Tudo começa a assumir uma qualidade irreal, como um sonho. Luca está me segurando e gritando com a mãe em italiano.

– *Mamma, cosa hai fatto*?

E Elena está gargalhando.

Está segurando uma faca.

Luca diz alguma coisa sobre pedir ajuda. *Volto num minuto, Alex, só fique comigo.* Deslizo para o chão, encostada no muro, até que minha bochecha esquerda repousa nas pedras do piso. Sinto o cheiro da buganvília no vaso, a pouco mais de um metro.

Acho que eu sempre soube que a coisa terminaria assim. Mas tudo bem. Lottie ficará segura. Quinn a levará até Harriet e minha irmã vai cuidar dela. Luca e eu fracassamos de modo espetacular como pais de Lottie, mas Harriet fará melhor.

Ele está ao telefone agora, pedindo uma ambulância, mas sei que ela chegará tarde demais. Tudo está nadando e fora de foco. O chão balança suavemente embaixo de mim, como se eu estivesse sendo acalentada num banho quente.

A escuridão está se fechando. Minha visão se estreita, como a imagem em uma câmera antiquada, as sombras se esgueirando de fora para dentro. E de repente Lottie está de pé diante de mim. Seu cabelo está mais comprido e mais claro do que eu lembro; a pele está bronzeada e as pernas morenas são longas e magras. A gordura de bebê sumiu. É Lottie, mas não é Lottie.

No meu sonho digo para ela correr. *Corre!*

Não olha pra trás.

Quando pisco, ela sumiu. Luca está me segurando nos braços, tentando estancar o sangramento. Acho que digo para ele não chorar, mas não sei se as palavras estão apenas na minha cabeça. Não o odeio mais. Nem estou com raiva.

Você precisa ser generosa, como estou fazendo, Alexa. Precisa abrir mão do ódio e da raiva. Precisa perdoar. Esse é o trato que você fez com o universo.

Não tenho arrependimentos. Sabia que vir aqui era um risco, mas fiz minha escolha há muito tempo.

Escolhi Lottie.

COMENTÁRIO por Emma Donovan

O SOFRIMENTO OCULTO DOS AVÓS PERDIDOS

O amor entre um neto e os avós costuma ser o elo mais doce e mais precioso que uma criança pode conhecer, sem ser maculado pelas discussões e as tensões da vida familiar cotidiana.

Mas também pode ser uma fonte oculta de sofrimento.

Enquanto comemoramos, com toda a razão, a volta milagrosa em segurança de Lottie Martini, 6 anos, roubada de um casamento na Flórida há mais de dois anos por sua avó italiana distante, deveríamos reservar um momento para pensarmos no sofrimento de uma mulher levada a medidas tão extremas.

Claro, ninguém desculpa os atos de Elena Martini, de 77 anos, nem por um momento. É impossível imaginar a dor que a mãe de Lottie, Alexa, 31 anos, suportou, sem saber se sua adorada filha única estava viva ou morta.

Mas se essa história trágica nos ensina alguma coisa, é que a importância do elo entre os avós e a criança não pode ser subestimada.

Toda criança deveria ter o direito ao contato com sua família mais ampla, especialmente com os avós, a não ser que haja um bom motivo para separá-los, objetivando proteger a criança.

Em todo o Reino Unido, milhares de avôs e avós têm negado o contato com os netos, o que cria um enorme poço de desgosto.

Muitos casos são danos colaterais do divórcio — especialmente se forem os avós paternos. Para muitas pessoas idosas isoladas, particularmente se sofreram perdas, os netos são literalmente uma corda de salvação.

Quando eles perdem o contato com essas crianças, sentem que perderam tudo.

Exclusão

Mesmo nas famílias mais felizes, o delicado relacionamento entre sogra e nora pode ser complexo e às vezes competitivo.

Se houver uma briga, a mulher mais jovem sempre ganhará, munida da arma definitiva: a exclusão.

O triste fato é que, no caso do rompimento de uma família, os avós não têm direitos legais. Mesmo se puderem contratar um advogado para levar seu caso à vara de família, esse é um processo longo e caro.

Não é de espantar que muitos fiquem desesperados a ponto de pensar em tirar a própria vida. Alguns descrevem o afastamento dos netos como "um luto em vida".

O filho de Elena Martini, Luca, tornou-se o cuidador primário de Lottie depois de se divorciar da mãe dela, em fevereiro de 2018.

Ele levava a filha para ver os avós na Itália pelo menos uma vez por mês, até sua morte trágica no desmoronamento da ponte em Gênova, em agosto daquele ano.

Sem dúvida, lutando com o próprio sofrimento, Alexa Martini rompeu todo o contato com os pais de Luca, levando a sra. Martini a tentar fazer justiça com as próprias mãos.

Para os Martini, é tarde demais para pedir uma trégua, mas para tantas outras famílias certamente não deixa de haver esperança de que a paz seja declarada, não é?

Afinal de contas, nesses cruéis conflitos familiares, as vítimas, como acontece em tantas guerras, são as crianças.

Seis meses depois

81
Quinn

Quinn odeia os serviços memoriais. Também não é grande fã de hospitais ou enterros, mas pelo menos você pode se sentir péssima numa porra de um enterro. Ninguém espera que você *"celebre uma vida bem vivida"* ou, pior ainda, *encerre um ciclo*.

Ela evita os jornalistas e fotógrafos amontoados perto dos degraus da igreja. Hoje não está aqui como profissional, mas como amiga de Alex.

A irmã de Alex, Harriet, entrega a ela um folheto da missa, quando Quinn entra na nave.

– Que bom que você veio – diz automaticamente.

Quinn olha a foto sorridente no folheto. Não se parece nada com Alex.

– Como Lottie está? – pergunta.

– Sei que as pessoas dizem que as crianças são resilientes, mas é incrível a rapidez com que ela voltou – diz Harriet. – E parece que ela gosta das Shetlands. Ah, sra. Harris. Que bom que a senhora veio.

A missa é comovente, mas sem sentimentalismos e misericordiosamente curta. Um discurso tocante do pai de Alex, algumas leituras inspiradoras, o poema usual de Henry Scott Holland, *a morte não é nada*, e depois o hino "Jerusalém". Quinn é ateia, mas a fé das pessoas reunidas na igreja apinhada é estranhamente tocante, e por um momento ela deseja compartilhá-la. E então se lembra do que aconteceu na Sicília e fica satisfeita porque não acredita em Deus.

Depois, todo mundo se reúne num pub ali perto. Quinn não tinha planejado ir – está sóbria de novo, e sua nova ficha de seis meses parece queimar um buraco no bolso – mas ouve Harriet dizendo que Lottie estará lá, e Quinn quer ver a menina pessoalmente. Precisa saber se ela está indo bem, apesar de tudo que aconteceu. Precisa saber se fez a coisa certa.

Tudo que importa é Lottie. Se alguma coisa der errado, não me espere. Pegue Lottie e vá embora.

Que tipo de psicopata da porra finge a própria morte, pelo amor de Deus? O sentido de aranha de Quinn vinha dizendo o tempo todo que nessa história havia algo além do que era aparente, mas ela jamais adivinharia um marido zumbi que volta dos mortos.

Não queria deixar Alex sozinha naquele pátio com ele, mas tinha prometido que cuidaria de Lottie. E não a deixaria na mão. *Pegue Lottie e vá embora.*

Foi apenas por sorte que viu Lottie fugindo da casa. A menina devia estar escondida em algum lugar: embaixo de uma cama, talvez, ou atrás de um dos enormes vasos de buganvílias no pátio. Quinn a viu do carro, uma figura minúscula descendo a encosta rochosa até a estrada.

A pobre menina estava aterrorizada quando Quinn finalmente a alcançou, claramente convencida de que seria morta. Quinn sabe que seu tapa-olho pode pirar as pessoas; a menina achou que Quinn era algum tipo de maníaca homicida que tinha matado sua mãe. Nunca teria entrado no carro se não estivesse tão exausta. A coitadinha nem estava calçada. Tinha cortado os pés descalços até ficarem em carne-viva.

Se Quinn tivesse ido direto para o aeroporto, as coisas terminariam de modo muito diferente. Deveria ter levado a menina para casa, como Alex tinha dito. Por isso, Alex havia ligado para Quinn pedindo ajuda, e não para Jack Murtaugh.

Mas quebrou a promessa.

Voltou.

Lottie estava semicomatosa no banco de trás do carro. Quinn apoiou a cabeça da menina em sua jaqueta e trancou as portas, baixando as janelas para que a criança tivesse um pouco de ar.

Então se esgueirou de volta para a propriedade, do mesmo modo como havia saído. Podia ouvir gritos de novo, mas dessa vez era em italiano frenético: Luca e a mãe. Não escutou a voz de Alex.

E então percebeu por quê.

Mesmo do outro lado do pátio, pôde ver o vermelho se espalhando nas costas de Alex.

Luca não notou a aproximação de Quinn porque estava brigando com a mãe lunática, que de algum modo tinha subido em cima do muro. Havia alguma coisa brilhando na mão dela, enquanto discutia com o filho, e Quinn demorou alguns instantes para perceber que era o sol se refletindo numa lâmina.

Enquanto ela olhava, a velha louca recuou mais sobre o muro baixo e grosso, e Luca subiu atrás dela.

– *Stai attenta, Mamma!*

Tenha cuidado!

A casa era uma fortaleza no topo de uma montanha, projetada para manter os donos em segurança contra as hordas de sarracenos invasores. Empoleirada num penhasco, três lados da propriedade eram voltados para vistas do campo. O quarto lado dava para um penhasco vertical que descia dezenas de metros até as pedras embaixo.

De repente, Luca viu Quinn.

– Ela vai cair! – gritou ele. – Me ajude!

Luca avançou na direção da mãe, derrubando a faca da mão dela. A faca bateu nas pedras do piso e deslizou pelo pátio, parando aos pés de Quinn.

Vermelha com o sangue de Alex.

Luca tinha conseguido passar um braço em volta de Elena, mas ela estava lutando com ele, o cuspe voando dos lábios.

Ele estendeu a mão livre para Quinn.

– Por favor! Me ajude a fazer com que ela desça!

Por isso, Quinn correu até eles.

E empurrou.

82
Alex

Estou no jardim do pub com Lottie, saboreando o primeiro dia realmente quente do verão, quando Quinn vem de fora, procurando. Eu a convidei para a missa dedicada à memória de mamãe há semanas, mas não achei que ela viria.

Aceno, chamando-a. Não a vejo desde que saí do hospital, há quase seis meses, e fico surpresa ao ver como ela parece muito mais saudável. Sem dúvida, parar com a birita e voltar ao trabalho de campo para levar tiros e bombas lhe fez bem. Ainda tem o tapa-olho jovial, claro, mas não parece mais uma viciada em heroína procurando a próxima dose.

– Você acaba de fazer Lottie ganhar o dia – digo, abrindo espaço no banco de madeira.

– É o contrário – diz Quinn.

Lottie sobe nos joelhos de Quinn, empurrando sem constrangimento o braço mirrado da repórter, para abrir espaço. Qualquer pessoa que olhasse poderia se surpreender com o afeto pouco característico da minha filha, dado que as duas não se veem há seis meses, mas elas criaram um elo improvável na Sicília: a correspondente de guerra empedernida, sem filhos, e minha filha difícil, desajeitada, imensuravelmente corajosa.

Ou talvez não tão improvável, afinal de contas.

– E aí? – digo. – Como foi em Nagorno-Karabakh?

– Animado. O cessar-fogo foi interrompido de novo, então provavelmente voltarei daqui a um ou dois dias. Como estão as Shetlands?

– Inacreditavelmente monótonas. Graças a Deus.

– Quando vocês vão voltar para Londres?

Olho para o outro lado do jardim do pub, onde Jack está conversando concentrado com meu pai. Os dois ficaram amigos no instante em que se conheceram, enquanto eu convalescia no chalé de Harriet. Minha irmã tem sido minha apoiadora mais ferrenha nos últimos meses. Eu não teria conseguido sem ela. Realmente vou sentir falta de Harriet, quando viermos embora.

– No fim do verão – respondo. – Lottie vai voltar para a escola em Londres em setembro. Ela parece pronta para isso.

– Tenho certeza de que ela vai gostar do caminho mais curto até a escola – diz Quinn, secamente.

Meu relacionamento com Jack ainda está sob sigilo, por enquanto, mas sei que nosso segredo está seguro com Quinn. Nunca imaginei que diria isso, dado o modo como nós duas começamos, mas posso literalmente confiar minha vida a essa mulher.

Foi ela que a salvou, afinal de contas.

Não sei exatamente o que aconteceu naquele dia na propriedade de Elena Martini. Não tenho lembrança de nada depois de Elena me esfaquear. Quase morri. Segundo os registros médicos, meu coração parou duas vezes no helicóptero até o hospital na capital da Sicília, Palermo. Por isso, acho que jamais vou saber como Luca e a mãe foram parar no fundo do penhasco. Mas posso adivinhar.

Foi um acidente trágico, segundo a polícia siciliana. Parece que o Signor Bonfiglio – aparentemente um primo distante da velha senhora, ainda que ninguém tenha certeza do relacionamento – estava tentando salvar a parente idosa, que sofria de demência, e os dois caíram e morreram. Não havia mais ninguém em casa na ocasião.

Quando recuperei a consciência, seis dias depois, estava no St. George's Hospital em Londres, vítima de um aparente assalto perto de casa. Jack deve ter cobrado um bocado de favores para conseguir isso.

Nós debatemos longamente se deveríamos contar ao mundo que Lottie foi encontrada. Depois de tirar minha filha da Sicília, Quinn a levou para Harriet nas Shetlands, e quando recebi alta, dez dias depois, fui me juntar a elas. Talvez eu pudesse apresentar Lottie como parente do meu falecido marido, usando o nome que Luca tinha dado à nossa filha, mas eu já estava farta de mentiras e subterfúgios. Não queria passar o resto da vida olhando por cima do ombro, esperando que a verdade surgisse. Queria que Lottie soubesse quem ela era.

Um simples comunicado de imprensa não funcionaria. Tinha havido interesse demais na história, por tempo demais. Assim, finalmente dei a exclusiva a Quinn, uma entrevista de noventa minutos pela TV.

Fomos fiéis à verdade o máximo que pudemos. Quinn contou a história comovente de uma avó distanciada, levada pela morte do filho amado a cometer um ato imperdoável. Uma mulher que, quando foi diagnosticada com mal de Alzheimer, devolveu Lottie à mãe e depois tirou a própria vida em seu lar numa montanha na Sicília, alguns dias depois. Não houve nenhuma menção ao desafortunado Signor Bonfiglio.

Quinn soube vender a história. A INN divulgou a entrevista em seus canais domésticos e internacionais e a acompanhou com uma série de furos jornalísticos: as primeiras fotos de Lottie brincando no jardim; acesso à propriedade onde ela tinha sido mantida; entrevistas com meu pai e com Harriet. A INN sugou tudo que pôde da história, e apesar de outras redes e jornais a cobrirem, tinham perdido a iniciativa, e sabiam disso. No jornalismo, não existe segundo lugar. Além do mais, de repente a história tinha se tornado muito menos interessante: em vez de o sequestro dramático e perigoso que alimentava o pior pesadelo de toda mãe, o de Lottie Martini não tinha passado de uma tortuosa batalha pela custódia. Alguns comentaristas escreveram matérias opinativas sobre os direitos dos avós, e em seguida o ciclo do noticiário foi em frente.

Lottie olha um cachorrinho brincando com uma família em uma mesa ali perto e abruptamente desce do colo de Quinn.

– *Posso andare a giocare com il cucciolo?* – ela me pergunta, juntando as mãos num fingimento de oração.

– Em inglês, Lottie.

Ela faz uma carranca.

– Posso brincar com o cachorrinho, mamãe?

Confirmo com a cabeça e ela sai correndo.

– Deve ser difícil deixá-la ir – diz Quinn.

– Era mais difícil quando ela ficava apavorada demais para sair do meu lado – respondo.

Quando Quinn chegou a Brae com Lottie, minha pobre menina estava tão aterrorizada e confusa que não conseguia falar. Só quando finalmente fui para casa, ficar com ela, ela realmente acreditou que eu não tinha morrido, e durante meses se recusou a deixar que eu saísse de perto.

Para mim foi a mesma coisa. À noite eu me deitava sobre as cobertas da cama dela, olhando-a dormir. Não conseguia parar de olhá-la, o milagre que ela era. Acariciar aquele cabelo louro-branco, ainda incapaz de absorver tudo aquilo. Devolvida para mim. Minha menina.

Está demorando para encontrarmos o caminho de volta uma para a outra. Ela mudou de muitos modos e eu não sei o quanto disso é parte do processo natural de crescimento e o quanto é por causa das coisas pelas quais ela passou. No entanto, apesar da longa ausência, Lottie parece demais ela própria, a mesma garota teimosa que se recusava a deixar que alguém a ajudasse a dar o laço nos sapatos, que arrancou a fralda quando tinha dois anos e exigiu usar o sanitário. Lottie passou por tudo isso, não ilesa, certamente. Mas intacta, ela própria.

E ela se lembra de mim. Quando me pego cheia de raiva contra Luca, obrigo-me a me lembrar disso. Ele não tentou me apagar. Dizia a Lottie que eu tinha ido para longe, mas mantinha viva minha lembrança. Será que ele sabia, no fundo, que um dia eu iria encontrá-los? Seria esse o seu modo de expiar o mal terrível que me fez?

Eu o perdoei. Frequentemente me lembro de Helen Birch, da compaixão extraordinária que ela demonstrou por mim. *Você precisa abrir mão do ódio e da raiva. Precisa perdoar. Esse é o trato que você fez com o universo.*

Não lamento a morte de Luca, porque para mim ele morreu há anos, mas sinto a perda do homem que ele era, o homem com quem me casei. Aquele é o pai de quem quero que Lottie se lembre. Vou mantê-lo vivo para ela, como ele fez por mim.

Para Marc, não existe uma absolvição como essa. Ele está preso, apanhado no círculo de pedófilos de Paul Harding. Jack conseguiu isso. Marc pode ser inocente das acusações que o fizeram ir para a cadeia, mas não sinto culpa. Ele merece estar lá.

Lottie vem correndo para mim e dá um gole em sua limonada, derramando um pouco na mesa quando bate com o copo, antes de sair correndo outra vez. Parece qualquer criança de 6 anos, feliz e despreocupada, brincando ao sol de junho.

Sei que viramos uma esquina há dois meses, na primeira vez em que ela deixou que eu saísse do chalé de Harriet em Brae sem ela. Até então, ela sempre insistia em ir comigo aonde quer que eu fosse, mesmo que só estivesse indo comprar um litro de leite.

Eu tinha feito a lista de compras e entrado no ateliê da minha irmã, onde Lottie estava deitada de barriga no chão, colorindo um desenho de três corujinhas sentadas num galho.

– Você vem, querida? – perguntei.

– Posso ficar aqui com a tia Harriet? – Lottie não levantou os olhos. – Quero terminar de pintar.

O pincel de Harriet parou no ar.

– Tem certeza? – perguntei. – Não se importa se eu for sem você?

– Tenho. – Ela pegou um lápis de outra cor. Em seguida, olhou os bebês coruja, uma ilustração de seu livro de histórias predileto, e depois olhou para mim e sorriu.

– As mamães sempre voltam – disse.

Agradecimentos

Tenho a sorte excepcional de contar com uma equipe comprometida e inspirada na Avon e na HarperCollins, que trabalhou incansavelmente para defender meus livros nos momentos mais desafiadores. Eu não poderia desejar editores melhores, e agradeço a todos que trabalharam por trás dos panos para tornar esse romance um sucesso.

Agradecimentos especiais à minha editora, Rachel Faulkner-Willcocks, que tem sido uma torcedora empolgada dos meus textos desde o primeiro e tornou este livro muito melhor em todos os sentidos. É uma alegria trabalhar com você.

Obrigada também a Rebecca Ritchie, por suas ideias e seu apoio passional, e por ouvir meus terrores noturnos com paciência interminável.

E obrigada à minha maravilhosa revisora, Rhian McKay, por pegar todos aqueles fios soltos que deixei pendurados. Não sei como você faz o que faz, mas me poupou muitos embaraços!

Agradeço a Juliette Wills e à Two Magpies Media por projetar e criar o www.tessstimson.com, destilando minha visão vaga num site brilhantemente simples.

Obrigada à minha madrasta maravilhosa, Barbi, por ler o original na velocidade de um relâmpago e dar um retorno encorajador.

E obrigada às minhas queridas amigas Linnie e Bamby (que gentilmente cedeu seu nome para um dos personagens!). Vocês forneceram uma corda de salvação feita de sanidade neste ano tumultuado.

Obrigada sempre aos leitores, blogueiros e amantes de livros do NetGalley, que dedicaram um tempo a fazer resenhas dos meus romances. Isso é mais apreciado do que vocês imaginam.

E, por todo o planeta, obrigada a todos os leitores e ouvintes, a todos os compradores, vendedores, emprestadores e doadores de livros que garantem que nossas histórias encontrem um lar.

Por fim, mas jamais menos importante, obrigada ao meu marido Erik, aos meus filhos Henry e Matt e à minha filha Lily, que suportaram a quarentena junto de sua mãe louca com graça e bom humor. Obrigada a todos vocês por garantirem que a vida de uma escritora jamais seja monótona.

DIREÇÃO EDITORIAL
Daniele Cajueiro

EDITOR RESPONSÁVEL
André Marinho

PRODUÇÃO EDITORIAL
Adriana Torres
Júlia Ribeiro
Daniel Dargains

REVISÃO DE TRADUÇÃO
Maria Beatriz Costa

REVISÃO
Bárbara Anaissi
Rita Godoy

DIAGRAMAÇÃO
Douglas Kenji Watanabe

Este livro foi impresso em 2022
para a Trama.